寂聴源氏塾

瀬戸内寂聴

集英社文庫

寂聴源氏塾

目次

第一章　永遠の文化遺産——源氏物語と私　9
千年の名作／なぜ「源氏」は読まれないのか／耳で聴く物語
源氏物語との出会い／后の位も何にかはせむ
「忠実な訳文」を目指した谷崎源氏／円地源氏の挑戦
抑制されたエロティシズムの魅力／なぜ現代語訳に挑戦したのか
二十一世紀の若者たちへ／今も源氏物語は生きている

第二章　源氏物語を読み解く鍵——なぜ女たちは出家するのか　31
スーパースター光源氏／後宮の「いじめ」／桐壺の帖の「予言」
出家する女君たち／平安朝の恋愛作法／女たちの悲劇／待ちつづける辛さ
「ロべっぴん」の光源氏／鮮やかな変身／心の丈が伸びる
男女間の苦しみは「渇愛」から生まれる
出家とは「生きながらにして死ぬこと」／はたして紫の上は幸福だったのか
叶えられなかった出家の願い／なぜ源氏は現代でも読み継がれるのか

第三章　こうして源氏物語は誕生した——紫式部の生涯　63
紫式部の本名は？／文学者一族に生まれて／漢詩で摑んだ出世
才能と努力と境遇の三拍子／ライバルどうしだった清少納言
なぜ紫式部は晩婚だったのか／三年の結婚生活が残したもの

道長のスカウト／「最高の読者」を獲得した源氏物語
光源氏のモデルは？／平安京と京都の大きな違い
なぜ「右京」が地図の左側にあるのか／紫式部の生まれ育った家／不思議な縁

第四章　源氏はなぜ「危険な恋」を求めつづけたのか——藤壺の宮　93

十七歳のプレイボーイ／愛情過多の帝／「禁断の恋」の始まり
元服と結婚／冷え切った結婚生活／恋愛の結晶作用
雨夜の品定めで、なぜ源氏は居眠りをしているのか
徐々に明らかになる「真実」／人妻・空蟬との恋／「なよ竹」のような女
すべては闇の中で……／誇り高き女性たち／二度目の逢瀬
ついに恐れていたことが／なぜ藤壺は「強い女」になったのか
無責任な源氏／プライド高き姫君／若紫との出会い
冷え切った夫婦仲／藤壺、中宮になる

第五章　奔放な愛、知的な愛——夕顔と六条の御息所　135

光源氏の困った性格／「思い詰める性格」が仇に／性格の悲劇
乳母と乳母子／女蕩らしの条件とは／謎めいた女・夕顔
対照的な二人——夕顔と六条の御息所／秘められた娼婦性
捨て身の魅力／誰が夕顔を殺したのか？／「二重構造の小説」の面白さ
車争い／御息所の不安／ついに物の怪の正体が／芥子の匂い
葵の上との死別／「野の宮の別れ」／断ち切ったはずの未練が……
現代にも通じる御息所の悲劇

第六章　失意と復活の逆転劇――須磨流謫　171
桐壺院の遺言／吹きはじめた逆風／寂しい除目／運命の明暗／永遠の恋
引き寄せられる黒髪のエロス／藤壺、出家する／朧月夜との危険な密会
ついに露見／弘徽殿の大后の怒り／なぜ、源氏は流謫を決意したのか
冷たい世間／出家者のような日々／明石の入道の「過激な遺言」
須磨に現われた前帝の亡霊／明石の君との別れ／英断はなぜ下されたのか
朱雀帝と源氏――対照的な二人／鮮やかな復活劇

第七章　新たな出会い、そして別れ――六条院の女君たち　207
源氏の復権／なぜ紫の上には子どもがいないのか／御息所の遺言
母よりも女として／政治家・源氏／人は変わるものなのか
明石の君、上洛／哀切な子別れのシーン／紫の上の出家願望
藤壺との別れ／なぜ源氏は六条院を作ったのか／恐るべき財力
源氏が花散里を愛した理由／フランス人作家が描いた「控え目な女」
春夏秋冬を象徴する四つの邸／夕顔の忘れ形見・玉鬘
平安版シンデレラ物語／またもや源氏の悪い癖が……
堅物男の恋狂い／灰をかぶった右大将／栄華の絶頂

第八章　最も愛され、最も苦しんだ女性――紫の上　247
「源氏は若菜から」と言われる理由／朱雀院の悩み／降って湧いた降嫁話
「古女房」の悲哀／柏木の一目惚れ／なぜ、女三の宮は批判されたのか
紫の上の絶望感／女の厄年／悲劇の始まり／また六条の御息所の亡霊が

何という因縁／人生の苦味を味わう源氏／柏木いじめ／男の悲恋の哀切さ
女三の宮の覚悟／打ちのめされる源氏／泡の消えるように……
中年男の浮気／「最も不幸な女性」の死／妻に先立たれた男
最後の輝き／なぜ、式部は源氏の死を描かなかったのか

第九章　女人成仏の物語——浮舟　291

近代小説と遜色ない「宇治十帖」の魅力
なぜ、紫式部は続編を書こうと考えたのか／匂宮と薫の君
なぜ八の宮は零落したか／出生の秘密、明らかに
煮え切らない聖人君子／大君の死／『狭き門』と「宇治十帖」
すれ違いの面白さ／薫の君は好男子か／浮舟の登場／運命に翻弄される女
色好みは隔世遺伝？／大胆さの勝利
なぜ「宇治十帖」はエロティックなのか／すべては宿縁
「きよら」と「きよげ」の大きな違い／薫の勘違い
引き裂かれる心と体／追いつめられる浮舟／記憶喪失
リアルな出家シーンの秘密／紫式部は出家したか
男たちのだらしなさ／女人成仏の物語

《年表》光源氏の生涯　337

図版作成　タナカデザイン

第一章

永遠の文化遺産

——源氏物語と私

千年の名作

最近、世界文化遺産という言葉をよく聞《き》くようになりました。日本でもお城やお寺や庭園、仏像などが指定されています。

数ある日本の文化遺産の中で世界文化遺産にふさわしいものをただ一つあげよと言われたなら、私は『源氏物語《げんじものがたり》』をあげるでしょう。

『源氏物語』は、建物や美術品ではありません。物語、今の言葉でいえば小説です。紫式部《むらさきしきぶ》という、夫に死なれた三十前の子連れの女性が書いた小説です。

建物や美術品は、天災、戦災、人災によって、ひとたまりもなく破壊され、消滅してしまいます。けれども、小説は、そんな破壊にも耐えて残ります。印刷によって、あるいはコンピュータ・システムによって伝えられた小説をすべて消し去ることはできないでしょう。それだからこそ、『源氏物語』は永遠の文化遺産と言えるのです。

ところが、日本人のほとんどがこの世界に誇る文化遺産を読んではいないのです。

私が講談社《こうだんしゃ》から平成八年（一九九六年）に出版した『瀬戸内寂聴訳 源氏物語』は二百五十万部を超え、思いがけない〝源氏ブーム〟を招来しました。その勢いの中で、歌《か》舞伎《ぶき》、お能、映画、宝塚《たからづか》と源氏物語は取り上げられました。私も、歌舞伎と新作能の台本を依頼され、好評を得ました。前から描かれていた大和和紀《やまとわき》さんの、源氏物語を漫画にした『あさきゆめみし』も千七百万部を突破しました。

こうして、千年も前に書かれた小説が、二十一世紀の今なお、多くの人の心を捕らえているのを見ると、文学の力というのは、つくづく大したものだと思ってしまいます。

けれども、なお源氏物語に触《ふ》れたことのない人々が大勢いるのも事実です。

以前、私は東京の外国人記者クラブで源氏物語について話をしたことがあります。その講演が終わってからの質疑応答で、ある外国人ジャーナリストからこんな質問を受けました。

「私たちは日本に赴任《ふにん》するときにかならず上司から『源氏物語を読んでおくように』と言われます。源氏物語を読まないと日本文化の本質も理解できないし、日本人のものの感じ方、考え方も分からないから、と言われるのです。だからアーサー・ウェイリー*の英訳本の源氏物語をかならず読んで来ています。ところが日本に来てみると、ほとんどのインテリは源氏物語を読んでいないようなので驚いてしまいました。いったいなぜ日本人は、自国の誇りである傑作に興味を持たないのでしょう」

この率直な質問を聞いて、私はとても恥ずかしくなりました。

私たちは長編の名作小説というと、トルストイの『アンナ・カレーニナ』、フローベールの『ボヴァリー夫人』、モーパッサンの『女の一生』などを思い出します。しかし、これらの作品は、小説という表現形式が最も光り輝いていた十九世紀ヨーロッパのもの。古典的名作といっても、たかだか百年そこそこ前のものでしかないのです。

それに比べて『源氏物語』はそれより八世紀も前、つまり現代から千年も前に生まれ、現在に至るまで読み継《つ》がれてきました。聖書やコーラン、仏典などといった宗教書を除けば、十世紀にわたって読まれてきた本など、世界中を探してもありません。それだけ源氏物語には魅力があると言えるのです。

アーサー・ウェイリー　一八八九―一九六六年。イギリスの東洋学者。『源氏物語』『枕草子《まくらのそうし》』の翻訳を手がけ、日本の古典を欧米に紹介した。彼自身は一度も日本の土を踏《ふ》んだことがなかった。

なぜ「源氏」は読まれないのか

これだけの名作でありながら、源氏物語が日本人にあまり読まれていない理由の一つは、学校での教えられ方にあると思われます。

源氏物語のような長編小説は、ともすれば「最初から読まなければダメ」という印象を持たれがちですが、けっしてそうではありません。

源氏は全部で五十四帖、現代風《げんだいふう》に言うならば全五十四巻にわたる一大長編です。四百字詰め原稿用紙に換算すれば四千枚、登場人物が四百三十人にも上《のぼ》るという大河小説なのですが、それぞれの物語が独立性を持っている連作小説の趣《おもむき》もあります。

これは批評家で小説も書く丸谷才一《まるやさいいち》さんも言っておられることですが、何も源氏物語は最初の「桐壺《きりつぼ》」の帖から読みはじめなくても充分に楽しめるのです。

もし、あなたが源氏物語に触れてみたいと思ったのなら、「賢木《さかき》」や「若菜《わかな》」（上下）、あるいは「宇治十帖《うじじっちょう》」から読みはじめるのも一つの方法です。

「賢木」や「若菜」では光源氏《ひかるげんじ》をはじめとする登場人物に、さまざまな事件が次々と起きるので、読者を飽《あ》きさせません。また、光源氏の死後、その子孫たちが主人公となる「宇治十帖」は、まるで近代小説を読んでいるような面白さがあり、きっと「これが千年前に書かれたドラマなのだろうか」と驚くはずです。

また、源氏が親代わりになって育てた姫君・玉鬘《たまかずら》の、波乱に満ちた物語を描いた「玉鬘十帖」は、通俗小説的な面白さで昔から人気があります。

源氏物語には、こうした名場面は無数にあるというのに、どういうわけか昔から学校では面白くない部分だけが教材として選ばれています。

これはやはり教育の場では大人の色恋やセックスにつながる描写はふさわしくないという「教育的判断」があってのことでしょう。

また、源氏物語は主人公が天皇の皇子《おうじ》光《ひかる》の君《きみ》で、皇室や貴族社会が舞台になっていて、そこで繰《く》り広げられる恋愛は不倫も多く、光の君は大変なドンファンです。それで戦前の天皇制の厳しい世の中では、この物語は危険だと避《さ》けられたのです。

こうした傾向は、現在の学校教育でも名残《なご》りがあるし、とりわけ現代は偏差値教育の弊害で、源氏物語を文学として味わう余裕すら失われているようです。「試験に出る源氏物語」として細切《こまぎ》れに習い、大学受験のためだけに読むというのでは、やはり若い人たちに源氏物語の面白さが伝わるわけもありません。

日本の学校教育は源氏物語ファンを増やすどころか、源氏離れを加速させているのです。

宇治十帖　光源氏死後の物語となる源氏物語第三部（全十三帖）のうち、特に「橋姫《はしひめ》」以下の十帖をこう呼ぶ（第九章参照）。

耳で聴く物語

源氏物語があまり読まれない理由としてもう一つあげられるのは、千年前に書かれた文章があまりにむずかしいということです。

ことに源氏物語の原文は、同じ時代に書かれた清少納言《せいしょうなごん》の『枕草子』などよりもずっと読みにくく、現代の私たちにとって外国語よりもなじみにくいのです。

「いづれの御時《おほむとき》にか、女御《にょうご》、更衣《かうい》あまたさぶらひたまひけるなかに、いとやむごとなき際《きは》にはあらぬが、すぐれて時めきたまふありけり」

で始まる源氏物語の原文に少しでも触れたことのある人なら、そのことはすぐに分かるはずです。

源氏物語の文章は現代の感覚からすると、あまりにも長々しすぎるうえに、主語がほとんどないので読んでもすぐには内容が分かりにくいのです。

しかし、だからといって源氏物語が悪文かといえば、私はそう思いません。

というのも、紫式部の時代、つまり平安時代では本は黙読《もくどく》するものではなく、声に出して読み上げるのが鑑賞法とされていました。

後で詳《くわ》しく述べますが、源氏物語はそもそも一般の読者向けに書かれたものではなく、一条《いちじょう》天皇のお妃《きさき》であった*中宮彰子《ちゅうぐうしょうし》のサロンで読まれるために書き下ろされた作品でした。おそらく中宮彰子付《つ》きの女房の中でも、声がきれいで朗読上手な人が特に選ばれて、天皇や中宮の前で読んでいたのではないでしょうか。

紫式部はそうした読者を念頭に置いて文章を書いているわけなのです。

だからその当時と同じく、源氏物語も声に出して読んでみると、実に美しい文章で書かれていることが体得できるし、内容も案外すんなり頭に入ってきます。紫式部は目で追う文章ではなく、耳で聴く文章を書く達人であったとも言えるのです。

しかし、それを音読に慣れていない現代の読者に強《し》いるのは、やはり無理というものでしょう。源氏物語を原文で読むのは、千年後の我々にとってけっして容易なことではないのです。

中宮　もともとは皇后の別称であったが、一条天皇時代、彰子と定子《ていし》の二人の皇后が置かれたとき、定子が皇后、彰子が中宮と呼ばれるようになった。皇后と中宮とは名称は違っても、その資格は同じであった。

源氏物語との出会い

そこで近代に入ってからは、さまざまな作家たちが源氏物語の面白さを一人でも多くの読者に伝えようと、現代語訳に挑戦するようになりました。

もちろん源氏物語の本当の素晴らしさを知るには原文で接するのが理想的です。しかし、たとえ現代語に翻訳されたとしても、源氏物語の魅力は充分受け取れます。

実は私も、はじめは現代語訳を通じて源氏物語の熱烈な読者になった一人でした。

私が最初に源氏物語と出会ったのは、もう七十二年も昔のことです。

そのときの私は徳島《とくしま》県立徳島高等女学校に入学したばかりで、十三歳でした。その学校は校門を入ってすぐのところに図書館がありました。本の好きな私はさっそくそこへ入り、棚の本を順に見ていったのですが、そのうちに、一冊の本が私の目に留《と》まりました。

『新訳源氏物語』与謝野晶子《よさのあきこ》訳。

文学少女だった私はすでに小説を手当たり次第《しだい》に読みあさっていたのですが、その一方で短歌にも興味があり、中でも与謝野晶子とその明星派《みようじようは》の作品に強く惹《ひ》かれていました。そこで、その分厚い本を本棚から抜き出し、読みはじめました。

今でこそ源氏物語の現代語訳は、私のものも含めて何種類となく出版されていますが、近代日本で最初にそれを行なったのが、この「与謝野源氏」でした。

与謝野晶子と言えば、歌集『みだれ髪《がみ》』や日露戦争のときに歌った長詩「君《きみ》死にたまふことなかれ」で有名な天才歌人ですが、晶子は女学校の補習科卒で、古典の高等教育を受けたことはありません。源氏物語も独学で学んだのですが、実に読みやすく、しかも美しい日本語で翻訳しています。

「どの天皇様の御代《みよ》であったか、女御とか更衣とかいわれる後宮《こうきゆう》がおおぜいいた中に、最上の貴族出身ではないが深い御愛寵《ごあいちよう》を得ている人があった……」

与謝野晶子の歯切れのいい文章に導かれて、私はたちまち源氏物語の世界に没入してしまいました。ふと気がつくと、もう窓の外は暗く、図書館の中には生徒は誰《だれ》もいなくなっていました。いつの間にか閉館の時間になっていたのです。

その女学校では、図書館の本は館外貸し出しが禁止されていました。私がすぐ書店で、与謝野源氏を買い求めたのは言うまでもありません。それからというもの、学校に行く時間さえも惜《お》しいと思うほど源氏を読みふけったのでした。

后《きさき》の位《くらゐ》も何にかはせむ

こうして十三歳の私が源氏物語の熱狂的読者になったように、今から千年前の平安時代にも源氏物語に魅《み》せられた少女がいました。*受領《ずりょう》であった菅原孝標《すがわらのたかすえ》の女《むすめ》、後に『*更級日記《さらしなにっき》』の作者となった人です。偶然にも私と同じ十三歳のときに彼女は源氏物語に出会っているのです。

平安時代には現代のような印刷術はありません。ましてや図書館があるわけでもない。当時の本はすべて人間の手によって一冊一冊書き写されたものでしたから、たとえ読みたい本があっても手に入れるのは簡単ではなかったのです。

彼女が源氏を読むことができたのは、おばさんがひと揃《そろ》いをプレゼントしてくれたからでした。憧《あこが》れの源氏物語を手に入れた彼女の感動は、どれだけ大きなものだったでしょう。彼女がもらったのも当然、写本の源氏物語でしょう。紫式部の死んだ年は今も不明ですが、孝標の女が源氏物語に夢中になっていたとき、まだ作者は存命であった可能性もあります。

念願の源氏物語を手にした平安朝の十三歳の娘は、そのときの感動をこう書き記しています。

「后《きさき》の位《くらゐ》も何にかはせむ」と。

源氏物語を読む喜びに比べれば、帝《みかど》のお后になることなど目ではないと思ったというのは、けっして誇張ではありません。「夜は目のさめたるかぎり、灯を近くともして、これを見るよりほかのことなければ……」、つまり夜も昼もなく源氏物語に惑溺《わくでき》したと彼女は『更級日記』の中で告白しています。

『更級日記』の作者から千年後に源氏物語に出会った少女、つまり私も「こんなに面白い小説があったのか」と興奮したものです。

もちろん、それまでも私はたくさんの海外の小説を読んでいました。しかし、トルストイやフローベール、ジッドなどといった海外の一流作家に負けない、こんな作家が日本にもいたのだと知って、感嘆《かんたん》もしたし、誇らしい気分にもなったことを今でも鮮《あざ》やかに想い出します。

受領　平安時代の地方長官の呼び名。税金の徴収を含め、地方政治の最高責任者として大きな権力を持っていた。

更級日記　平安朝の日記文学の一つ。作者は菅原孝標の女。父の任国であった上総《かずさ》（現在の千葉《ちば》県）から帰京した十三歳のときから筆を起こし、晩年までの四十年間を綴《つづ》った記録。

「忠実な訳文」を目指した谷崎《たにざき》源氏

私が与謝野晶子の『新訳源氏物語』に出会ってから四年後の昭和十四年（一九三九）、

今度は谷崎潤一郎《たにざきじゅんいちろう》による現代語訳の刊行が始まりました。

すでに日本は大陸での戦争に突入していましたが、中央公論社《ちゅうおうこうろんしゃ》から出版された「谷崎源氏」は大きな評判を呼びました。私も毎月、書店から届く上品な和綴《わと》じのその本を楽しみにしていたものです。

谷崎潤一郎は『痴人《ちじん》の愛《あい》』や『春琴抄《しゅんきんしょう》』、『細雪《ささめゆき》』などの作者として有名な大作家です。東京帝国大学《とうきょうていこくだいがく》の国文科出身であった谷崎は、源氏物語の現代語訳をライフワークとして、大きな情熱を注《そそ》いだのです。

晶子の源氏物語は原文にこだわらない「自由訳」であったのに対して、谷崎源氏の特色は、原文にできるかぎり忠実であろうとした点にあります。

どこで切れるのか分からない、あの長い源氏物語の文章を途中で二つに分けたりせず、そのまま現代語に移し替えようとしています。また、訳語に関しては当時、東北帝大《とうほくていだい》の山田孝雄《やまだよしお》博士のアドバイスを受け、学問的にも正しい翻訳を心がけています。

原文に忠実でありながら、しかも現代語訳になっているのは、やはり谷崎ならではの名訳と言うべきでしょう。

谷崎潤一郎は最初、この源氏物語を与謝野晶子と同じ「である」調で訳していたのですが、戦後になって「ございます」調の文体に改めた新訳を出版しています。

冒頭の箇所は「何という帝の御代のことでしたか、女御や更衣が大勢伺候《しこう》していました中に……」といった訳になっていて、この新訳のほうが原文の雰囲気により近いと言えるでしょう。

円地《えんち》源氏の挑戦

谷崎源氏のあとに現われたのが、円地文子《えんちふみこ》の手になる現代語訳源氏物語でした。円地文子さんは戦後を代表する女流文学者で、代表作には『女坂《おんなざか》』や『妖《よう》』などがあります。

上田万年《うえだかずとし》という有名な国語学者を父に持つ円地さんは幼いころから古典に親しんでいたのでした。作家としてのスタートは遅いほうでしたが、ひとたび小説を発表しはじめるや、たちまち認められ、ついには戦後女流文学界を代表する作家になったのでした。

その円地さんが源氏物語の現代語訳に取りかかったのは昭和四十二年（一九六七）のことでした。「円地源氏」が完成するのは昭和四十七年で、つまり足かけ六年にわたる訳業だったのです。

はからずも私は、この円地源氏の誕生のさまを間近で見ることになったのでした。それは円地さんが源氏の訳業をするにあたって選んだ仕事場が、私の仕事場と同じアパートだったからです。

そのころの私は小説家のはしくれとして忙しい毎日を送っていたのですが、ある日、円地さんからお呼びがかかって、ご自宅にうかがうことになりました。

当時の円地さんは私から見れば、それこそ見上げる峯《みね》のような存在です。その円地先生がチンピラ作家の私に何のご用なのだろうかとうかがったら円地さんは、

「瀬戸内さん、これから私は大変な仕事をしようと思っています。そのとき、あなたのお世話になるかもしれないけれど、どうぞよろしく」

とおっしゃいます。

この言葉を聞いて、私はすぐに「源氏だな」とピンと来ました。円地さんが源氏物語の翻訳に取りかかるという噂《うわさ》がすでに耳に入っていたからです。

しかし、私に何の手伝いをせよというのかは想像もつきません。すると、

「実は、これから私は源氏物語の現代語訳をするつもりなのです。しかし、源氏を訳すためには、これまでのように自宅で執筆するわけにはいかない。だから、生まれて初めて自宅とは別に仕事場を構えようと思っています。あなたが目白台《めじろだい》アパートに仕事場を持っていると聞きましたから、そこに私も行きます」

とおっしゃいます。

正直言って、これは私にはありがた迷惑な話です。円地さんのような大先輩が同じ屋根の下におられるのでは嬉《うれ》しいどころか、息が詰まろうというもの。が、かといって断わることはもちろんできません。とうとう円地さんは目白台アパートに移ってきてしま

いました。

しかし、引っ越してきてからの円地さんの仕事ぶりは、まさに「精魂《せいこん》を傾ける」という表現にふさわしいものでした。

仕事の手が空《す》くと、円地さんは私の部屋に電話をかけてきて「一緒にお茶を飲みましょう」と誘うのですが、私のほうは締め切りに追われていて、実はそんな暇《ひま》などないのです。それでも大先輩の誘いを断わるわけにはいきません。お茶菓子を持って、円地さんの仕事場にしょっちゅううかがったものでした。

そんなときの円地さんは、ふだんは白い肌がピンク色に上気しているし、しかも髪の毛までもが逆立って、目も爛々《らんらん》としています。つい今まで源氏物語と格闘していた興奮の名残りがありありとしていました。

私が淹《い》れたお茶をがぶがぶと飲みながら、飽《あ》くこともなく、自分が訳している源氏物語についての感想を熱っぽく話してくれるのです。私にとって至福《しふく》の時間ではなかったかと思います。

その一方で源氏物語を翻訳することがいかに大変なことであるかも、私はつぶさに知ることになりました。

六年におよぶ過酷な執筆は、円地さんの健康を蝕《むしば》んでいきました。

円地さんはまず右目を、そして訳を終えられた翌年には左目を網膜剥離《もうまくはくり》で手術なさっています。おそらく翻訳の最終段階では、ほとんど目も見えない状態になっていたのではないでしょうか。

それだけではありません。

円地さんは執筆中、何度も体を壊しては入退院を繰《く》り返《かえ》していました。病院にお見舞いに行くたびに「何もそこまでしなくても……」と、つい思ってしまったのも事実です。しかし、それだけの代償を払うことになっても、円地さんは源氏の訳業をストップしようなどとは一度も考えたりしませんでした。

まるで魔に取《と》り憑《つ》かれたかのように執筆を続ける円地さんの姿を通じて、源氏物語の持つ恐ろしいほどの魅力を感じてしまったものでした。

抑制されたエロティシズムの魅力

「いつの御代のことであったか、女御更衣たちが数多く御所にあがっていられる中に、さして高貴な身分というのではなくて、帝の御寵愛を一身に鍾《あつ》めているひとがあった……」という訳で始まる「円地源氏」は、与謝野源氏とも、また谷崎源氏とも違ったスタンスで書かれています。

そのことについて、円地さんは、

「人の愛し方には、相手をそっと床《とこ》の間《ま》に置くように大切にする愛し方と、一方的な略奪結婚があるけれども、私の訳はその略奪結婚のほうね」

とおっしゃっていました。

「あくまでも原文に忠実に」をモットーにした谷崎源氏とは対極的に、円地さんはたとえ紫式部の原文には書かれていなくても、「私ならば、こう書く」と思ったところは自由に加筆されています。

光源氏と女たちのベッドシーンなどがその例です。

現代でも、源氏物語に対して「平安貴族社会のドンファン光源氏の性遍歴《へんれき》の物語」という偏見《へんけん》を抱《いだ》いている人が少なくはありません。儒教《じゅきょう》倫理が幅を利《き》かせていた江戸時代には、風俗を乱す小説という扱いさえ受けたこともありました。

しかし、原作者の紫式部は源氏物語を書く際に、性の描写などは、ほとんどしていません。

源氏物語の中で光源氏は、京都の北山《きたやま》で偶然見かけた幼女を気に入り、彼女を自分の邸《やしき》に誘拐《ゆうかい》してきます。この少女は若紫《わかむらさき》と呼ばれ、のちには源氏の妻の一人、紫《むらさき》の上《うえ》となるわけですが、源氏は若紫の天性の美質を磨《みが》き立てるために、みずから教育を施《ほどこ》します。その甲斐《かい》あって、若紫は輝くような美女になるのです。

この間、少女の若紫と源氏の間には性的関係はありません。源氏は若紫を我が子のように可愛《かわい》がり、また若紫も源氏を父や兄のように慕《した》います。二人はいつも添い寝をしているのですが、源氏は何もしない。今の言葉で言うならば、ロリータ・コンプレックスということになるでしょうか。

その若紫と源氏とが最初に性的関係を結ぶシーンは、源氏物語の中でも重要な転機になるのですが、作者の紫式部はこのシーンをけっして露骨に書いたりはしないのです。

「男君《おとこぎみ》（源氏）が早くお起きになりまして、女君《おんなぎみ》（若紫）が一向《いっこう》にお起きにならない朝がございました」

この一行によって紫式部は、源氏がついに若紫の処女を奪ったことを読者にほのめかすのです。それと同時に、いつまでも起きてこない若紫のようすから、彼女が味わったショックと悔《くや》しさも伝わる。エロティックな表現をあえて避けることで読者の想像力をかき立てる紫式部の手腕は大したものだし、それを千年前にすでに達成しているところに驚かされます。

円地さんはこうした紫式部の書き方も充分に理解しながらも、至るところで大胆に筆を入れています。小説家の本能と言うべきでしょうか。

紫式部があえて書かなかったベッドシーンも事細《ことこま》かに描写を加えているのですが、それが原文の中に実に上手に織り込《こ》まれており、知らない人が読めば、最初から紫式部が書いているのかとも思えるほど面白いのです。

これもまた源氏物語への取り組みかたの一つだと私は思います。

なぜ現代語訳に挑戦したのか

天才歌人の与謝野晶子、大文豪の谷崎潤一郎、そして女流文豪の円地文子……これらの人たちの現代語訳はどれも名訳であり、しかも、それぞれにいい特徴を持っています。

こうした名訳があるのにもかかわらず、なぜ私があらためて源氏物語を訳そうと考えたのか。その理由の一つには、これだけの名訳がありながらも源氏物語が今なお、日本人にとって縁遠い存在であるということがあります。

戦後日本の学校教育が荒廃し、学力低下の著《いちじる》しいことは、今や常識になっていますが、それは国語力においても例外ではありません。

かつては「読みやすい」と定評のあった円地源氏でさえ、今の若い人たちには「むずかしい」という印象を与えるそうなのです。円地源氏が出版されたのはわずか四十年ほど前であることを思えば慄然《りつぜん》としてしまうし、それは結局、私たち大人の責任なのだと思わざるをえないのです。

源氏物語は筋立ての面白さ、文章のよさ、個性的な登場人物たちの魅力、行き届いた心理描写、読後に余韻《よいん》を残す内容の深さなど、どれをとっても傑作に値するものだし、それはきっと現代の若い人たちにも伝わるものだという確信が私にはありました。

そこで、私は自分で新たにこの古典の名作を、誰もが読みやすく訳したいと思うようになったのです。

私が源氏物語の魅力に取り憑《と》かれたのは、十三歳のときでした。今とその当時では社会状況や教育が違ってはいても、きっと現代の十三歳の中にも源氏物語に夢中になってくれる人がいるのではないかと考えるようになったのです。

二十一世紀の若者たちへ

円地源氏の誕生のプロセスを間近に見て、いかに源氏物語の現代語訳が労苦を伴《ともな》うものであるかを身に染《し》みて知っていても、私はぜひ源氏物語を二十一世紀を担《にな》う若者たちに読んでもらおうと思いました。

そこで訳にあたっては、毛糸のようにもつれている源氏物語の長い文章のところどころにハサミを入れ、また主語もくどいほどに追加しました。また、源氏物語にかぎらず、古典の文章には敬語が多用されているのですが、これは読みやすく省略することにしました。しかし、それ以外は、原文にできるかぎり忠実に訳しています。

もう一つ私が工夫をしたのは、源氏物語の中に出てくる和歌を五行詩で訳した点です。

紫式部の生きた平安時代は、和歌が必須《ひっす》の教養とされていました。恋人に手紙を出すときも和歌に想いを込めました。ラブレターは和歌です。

ですから源氏物語の中でも、主人公たちはさかんに和歌を作ります。源氏五十四帖の中に書かれた和歌の総数は七百九十五。もちろん、これらはすべて紫式部が登場人物になりかわって作ったものです。

源氏物語は一種の「歌物語」と言うことができるのですが、現代の読者にとって和歌の解釈くらいむずかしいものはありません。与謝野晶子は自分が歌人であったこともあって、和歌はいっさい訳さず、そのまま掲《かか》げているのです。私はあえてそれを現代風の五行詩に訳してみたのです。

こうした作業はもちろんけっして楽なものではありませんでした。

すでに『女人《にょにん》源氏物語』や『わたしの源氏物語』など、源氏物語をテーマにしたものを何点も書いていたので、円地さんよりずっと早く完成すると思っていたのですが、実際には結局私も足かけ六年の歳月がかかってしまいました。入院こそしなかったものの、血圧が二百を超え、頭の中が真っ白になってしまったことも三回ありました。

今も源氏物語は生きている

「いつの御代のことでしたか、女御や更衣が賑々《にぎにぎ》しくお仕《つか》えしておりました帝の後宮に、それほど高貴な家柄の御出身ではないのに、帝に誰よりも愛されて、はなばなしく優遇されていらっしゃる更衣がありました」

という文章から始まる、私の源氏物語は幸いなことに多くの若い読者を得ることができました。

「お母さんと一緒に読んでいます」というお嬢さんの手紙をもらったし、また中学二年生の男の子からも「最初はむずかしいかと思ったけれど、面白かった」という感想も聞きました。私は今、八十六歳。源氏物語を読んだのは今からもう七十二年も前のことですが、若い人たちの素直な感性はいつの時代も同じだと嬉しくなったのです。

しかし、まだまだ「源氏物語はむずかしそう」と思っている人は少なくありません。この本をお読みのあなたも、その一人なのかもしれません。

源氏物語はけっしてむずかしくもなければ、退屈でもありません。今から千年前の人々も現代の私たちと同じような感受性を持ち、同じように生き、恋をし、悩んでいたのだと痛感できる、素晴らしい小説です。読者の心をぐいぐいと摑《つか》む力を持った文学作品なのです。

この本を通じて、あなたが源氏物語の世界に一歩でも近づけたら、著者としてこれほど幸いなことはありません。

第二章

源氏物語を読み解く鍵

——なぜ女たちは出家するのか

スーパースター光源氏

源氏物語の主人公光源氏は、物語の中で桁外《けたはず》れの美男子として描かれています。それも単に姿形《すがたかたち》が際《きわ》だって美しいだけではありません。学問の道でも専門の学者たちでさえシャッポを脱ぐほどの見識の持ち主であり、音楽や絵画といった芸術的センスも人並み外れています。

とにかく何をやらせても、簡単に超一流の域に達してしまうほどの能力を生まれながらにして持っているのです。

こうした天賦《てんぷ》の美貌《びぼう》や才能に加えて、光源氏は血筋のよさという大きな武器を持っていました。彼は、桐壺帝《きりつぼてい》とその愛妃《あいひ》・桐壺の更衣《こうい》との間に生まれた子ども、つまり皇子《おうじ》であったのです。

源氏物語は、このスーパースター光源氏の一代記を中心軸に据《す》えて展開される大長編小説です。

源氏の母、桐壺の更衣は帝《みかど》の妃《きさき》の一人で、それほど身分の高い家の出身ではありません。

といっても、父親は按察大納言《あぜちのだいなごん》という政府の高官なのですが、それでも他の並み居る

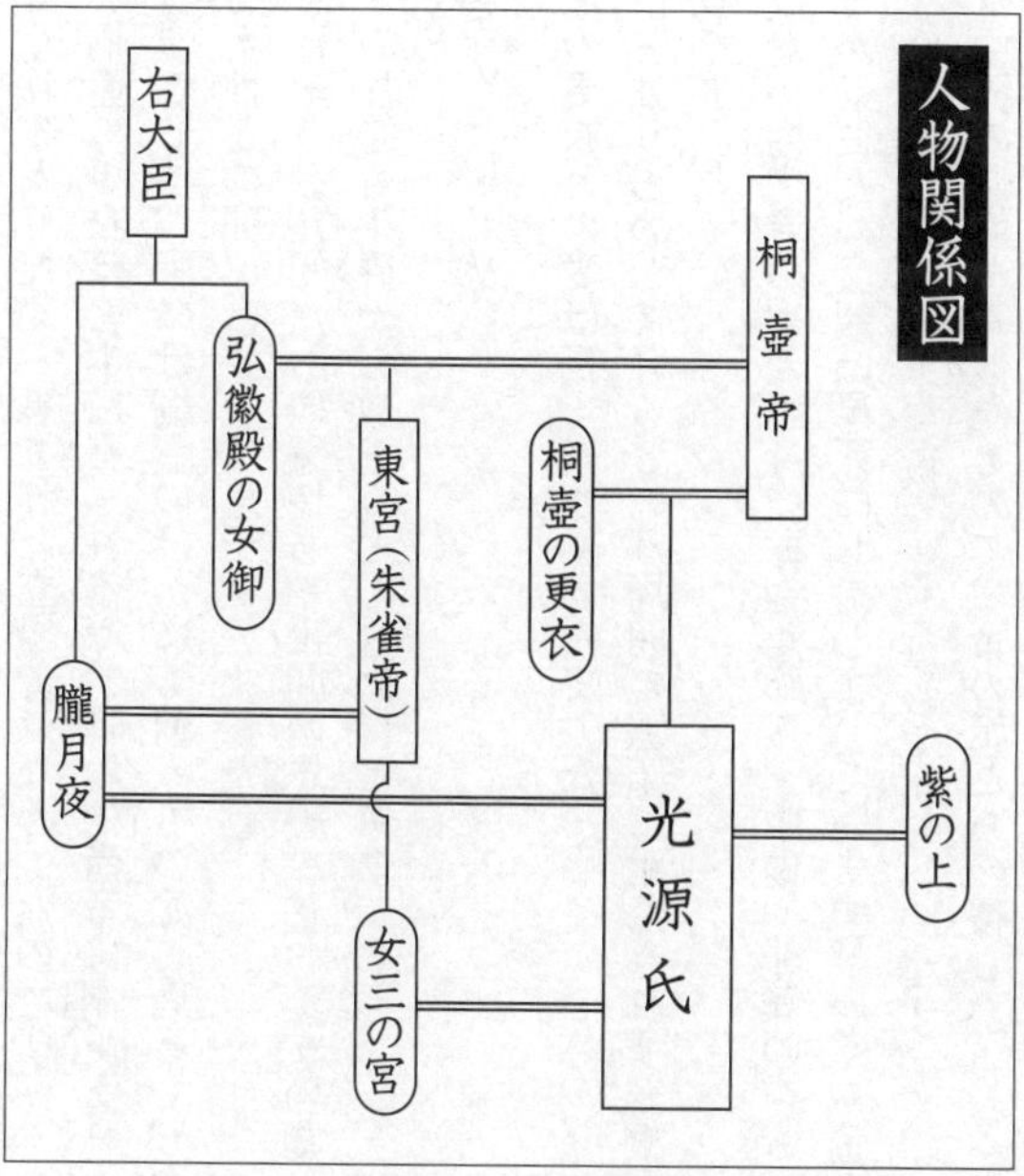
人物関係図
右大臣
桐壺帝
弘徽殿の女御
東宮（朱雀帝）
桐壺の更衣
朧月夜
光源氏
紫の上
女三の宮

妃たちに比べれば貴族としての格も落ちるし、また父の大納言が早く死んだために後《うし》ろ盾《だて》になってくれる人もなく、恵まれた立場ではなかったのです。

しかし、桐壺の更衣は宮中に召《め》されるや、時の桐壺帝に溺愛《できあい》されることになります。当時の習慣として、帝には桐壺のほかにも何人もの妃がいるし、しかも弘徽殿《こきでん》の女御《にょうご》と呼ばれる女性との間にはすでに皇子がいました。

しかし帝はそうした妃たちの気持ちや世間の思惑《おもわく》などおかまいなしに、桐壺の更衣に愛情を注《そそ》ぎ、片時も手許《てもと》から放《はな》そうとしないほどでした。

後宮《こうきゅう》の「いじめ」

帝と桐壺の更衣との愛は長く続きませんでした。

帝の愛情を独《ひと》り占《じ》めしているという周囲の嫉妬《しっと》に耐えきれず、桐壺の更衣は亡《な》くなってしまうのです。

もし、彼女が権力者の家の出身であったなら、中傷や非難の声も抑《おさ》えることができたのでしょうが、彼女の父親は早死にしてしまっています。いくら帝の愛情があっても、後ろ盾がない女性が後宮《こうきゅう》で生き抜くことはむずかしいのです。

後宮とは中国の制度を真似《まね》たもので、帝の妃たちの棲《す》むハーレムのことです。中国には「後宮三千人」という言葉も伝わっています。万事大げさな形容を使う中国ですが、三百人くらいはいた時代はあったでしょう。日本でも三十人くらいは妃たちのいた時代はあったようです。

後宮の妃たちは、皇后、中宮、女御、更衣と続きます。平安時代の最盛期と言われる＊延喜《えんぎ》年間には、女御が五人、更衣は十九人あったと言います。妃の数は、皇室の権力を計るバロメーターにもなるのです。

源氏物語の冒頭は「いつの御代のことでしたか、女御や更衣が賑々《にぎにぎ》しくお仕《つか》えしておりました帝の後宮に……」となっていて、架空の桐壺帝の時代もまた皇室の勢威《せい》がさかんであったことを伝えています。

桐壺の更衣が＊入内《じゅだい》したときにも、すでにたくさんの妃が後宮では暮らしていました。天皇がつねに生活をする御所《ごしょ》の清涼殿《せいりょうでん》の北側後方にある建物がいわゆる後宮なのですが、その建物のどこに部屋を与えられるかも、妃の身分で決まるのです。第一は皇族の姫君、次に＊左大臣《さだいじん》、右大臣《うだいじん》の姫君、つづいて親の官職の高さによって決められます。桐壺の更衣は親が大納言でしたから、「あまり身分は高くないが」と書かれているのです。

桐壺の更衣が与えられたのは、帝がお寝《やす》みになる清涼殿から最も遠い場所に当たる「桐壺の局《つぼね》」という部屋でした。壺とは局の前庭のことで、桐壺の局にはその名のとおり、桐の木が植えられています。この桐壺の局に住んでいたことから、彼女に「桐壺の更衣」という呼び名が付いたのです。

帝は昼間は政務のかたわら、好きな妃の局を訪れて遊びます。夜は帝のお名指しで妃が御寝所《ごしんじょ》に召されます。

帝はひっきりなしに桐壺の更衣の許《もと》を訪れるのですが、その途中、他の女御や更衣たちの部屋の前を素通りしていくことになります。

まったく帝からのお召しがかからなくなった他の妃や、妃付きの女房たちがそれをどんな気持ちで眺《なが》めていたかは言うまでもありません。

後宮の女性たちにとって、最大の目標は帝の子、それも世継《よっ》ぎとなる男子を出産することにあったのですから、帝の寵愛《ちょうあい》を受けられるかどうかが何よりの関心事だったのです。

帝の寵愛を独り占めしている桐壺の更衣は、さまざまな嫌《いや》がらせに遭《あ》うようになりました。

彼女が帝から呼ばれて清涼殿に行こうとすると、その通り道にあたる渡り廊下などに汚物がまき散らされていたりするのです。当時の住居には現代のようなトイレはなく、おまるを使って用を足していたので、その中のものを通路にまいたということでしょう。

また、廊下を歩いていると前後の扉に錠をかけられ、閉じこめられたこともありました。

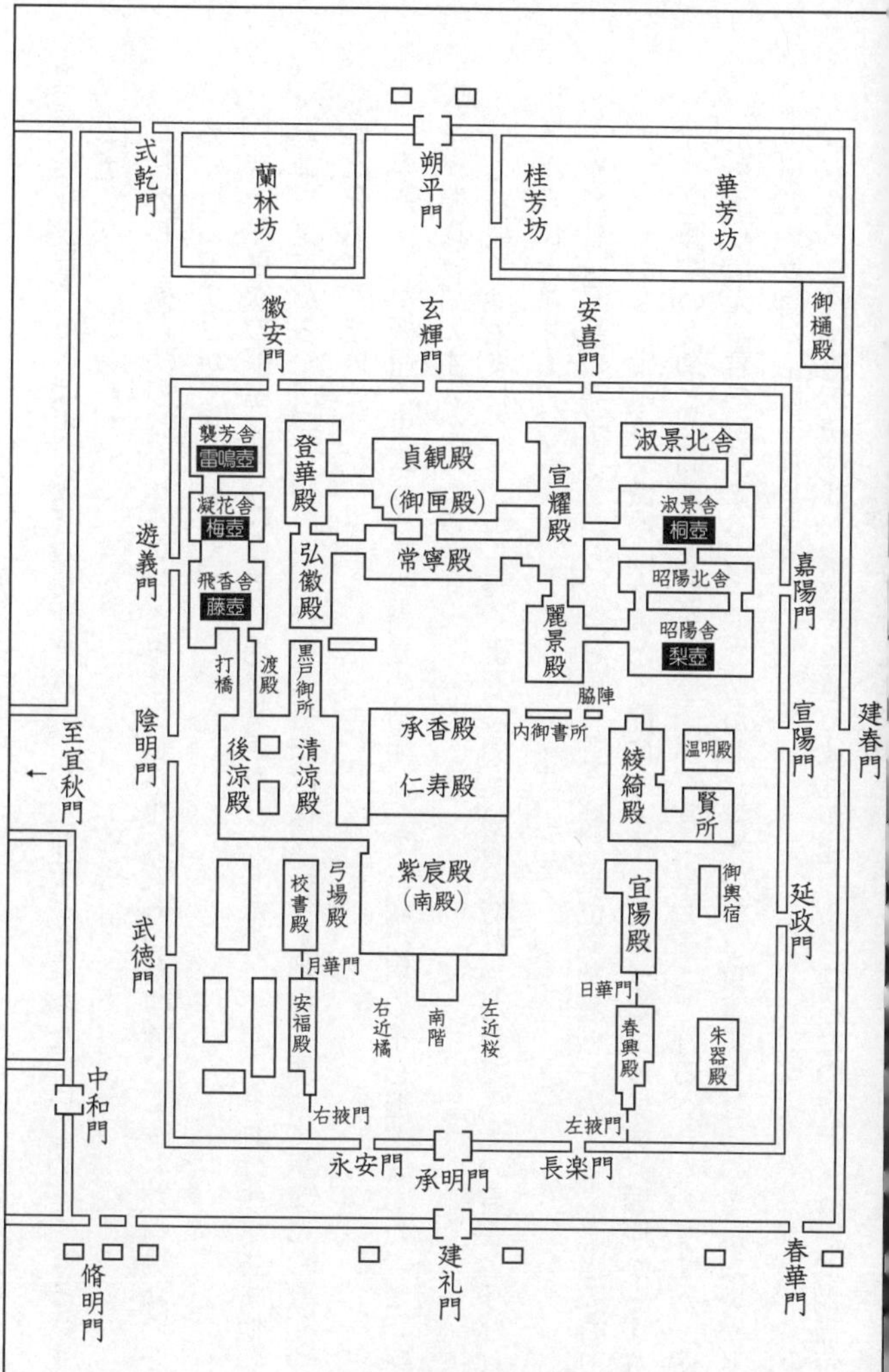
朔平門
式乾門
蘭林坊
桂芳坊
華芳坊
徽安門
玄輝門
安喜門
御樋殿
襲芳舎
雷鳴壺
登華殿
貞観殿
（御匣殿）
宣耀殿
淑景北舎
凝花舎
梅壺
淑景舎
桐壺
弘徽殿
常寧殿
遊義門
飛香舎
藤壺
昭陽北舎
嘉陽門
麗景殿
昭陽舎
梨壺
打橋
渡殿
黒戸御所
脇陣
承香殿
内御書所
至宜秋門
陰明門
後涼殿
清涼殿
仁寿殿
綾綺殿
温明殿
賢所
宣陽門
建春門
紫宸殿
（南殿）
校書殿
弓場殿
宜陽殿
御輿宿
武徳門
延政門
月華門
日華門
安福殿
右近橘
南階
左近桜
春興殿
朱器殿
中和門
右掖門
左掖門
永安門
承明門
長楽門
建礼門
春華門
脩明門

内裏の図

最も優雅であるはずの後宮の女性たちが、こんな子どもじみた「いじめ」をするさまには笑ってしまいます。

しかし、更衣はもともと内向的でおとなしい性格であったので、こうした執拗《しつよう》ないじめに耐えることができませんでした。

帝は、更衣の部屋を清涼殿に近い局に替えたりもしたのですが、それはますます他の女御や更衣たちの反発を招いただけで、更衣は徐々に体も神経も弱って病気になり、ついに死んでしまいます。

早死にした桐壺の更衣は、帝との愛の結晶として三歳の男の子を遺《のこ》しました。この皇子が源氏物語の主人公になります。

この皇子は生まれたときから輝くように美しい赤ん坊だったので「光《ひかる》の君《きみ》」と呼ばれるようになりました。

光の君は天皇の実子ですから、今日風《こんにちふう》に言えば、皇位継承者の一人ということになります。しかし、帝には弘徽殿の女御との間にもすでに男の子があります。順序からすれば、弘徽殿の女御との間にできた第一皇子が東宮《とうぐう》（皇太子）となるべきなのですが、帝があまりに光の君を寵愛するので、もしかしたら光の君を東宮にされるのではないかと、弘徽殿の女御は心配しています。

もし、この状態が続けば、後継者を巡《めぐ》る波乱が起きるところなのでしょうが、桐壺帝はここで英断を下《くだ》します。

桐壺帝は更衣を溺愛するあまりに政務をおろそかにしてしまうような、人情味の厚い人ですが、英明な君主でもあって皇位継承は第一皇子にして、第二皇子の光の君は臣下に位を下げて、「源氏」という姓を与え、皇位継承権がなくなるようにしたのです。

また、光の君にはこれといった後見者がないので、このままでは皇族としての体面を保つのにも苦労するだろうとも思ったのです。

こうして光の君は光源氏と呼ばれることになりました。

光源氏とは幼いころに「光の君」と呼ばれ、姓が源氏というところから付けられた、一種のニックネームです。

源氏物語の中の登場人物はほとんどすべてニックネームか朝廷の役職で呼ばれるのが普通で、本名が書かれていることはめったにないのです。

延喜年間　平安中期の醍醐《だいご》天皇（在位八九七―九三〇）、村上《むらかみ》天皇（在位九四六―九六七）の治世は「延喜・天暦《てんりゃく》の治《ち》」と呼ばれ、宮廷文化が最も華《はな》やかで平和な時代であったとされた。

入内　皇后や中宮、更衣になる女性が正式な儀式を経て、内裏《だいり》に入ること。

左大臣、右大臣　平安時代、朝廷の最高官職として置かれていたのが太政大臣《だいじょうだいじん》、左大臣、右大臣の三つであったが、このうち、太政大臣はいわば名誉職であり、政治の実権は左大臣、右大臣の二人にあった。

桐壺の帖の「予言」

源氏物語巻頭に置かれた「桐壺」の帖は、学者によれば源氏物語が相当書き進められた後で追加して書かれたものだという説もあります。あるいは「桐壺」の巻はなくてもいいのでは、と言う研究家もいます。

しかし私は、この巻は物語の導入部分としてひじょうに大切なものだと思います。まず、ここには主人公光源氏の親たち、桐壺帝と桐壺の更衣の熱烈な恋愛が書かれています。物語の最終は、源氏亡きあとの子や孫の恋愛が「宇治十帖《うじじっちょう》」に書かれるのですから、四代に及ぶ大恋愛小説の予感を漂《ただよ》わす堂々とした書き出しであるわけです。

源氏の母桐壺の死は、愛の勝利者がかならずしも幸福ではないこと、愛には喜びよりも苦を伴《ともな》うことを、少なくとも作者はそういう考えに立って物語を書きはじめたことを表わしています。これがこの物語の主題といってもいいように思います。

またここには母を失った源氏が続いて祖母にも死なれ、帝が不憫《ふびん》がって宮中に引き取り、手許《てもと》で育てるという設定が書かれています。

現実の史実ではそんなことはあり得ないのですが、小説だからそういう設定も許されます。

宮中で育ったため、光の君は早くから後宮の妃たちをも見馴《みな》れているわけですし、女房たちから、亡き母の噂《うわさ》もいろいろ聞かされています。十歳のとき、入内してきた十五歳の藤壺《ふじつぼ》が亡き母にそっくりの容貌《ようぼう》だということも教えられています。

このことは、のちに起こる源氏と藤壺との不義の恋の重要な伏線となっています。

また帝は光の君の将来をいろいろな占い師に占わせていて、高麗《こま》（古代朝鮮にあった王朝）から来た名人の占い師にも光の君の身分を隠して占わせますが、占い師は皇子とは知らずに、

「この人は将来、国の親として、天子の最高の位に昇るべき人相《にんそう》を備えているが、帝となれば天下が乱れる。かといって臣下としては収まりきらない」

と占うのです。この占いの予言が、長い物語の中では着々と現実のものとなるのです。源氏物語は、この占いの予言を完成させるためにあるようにさえ思わせます。

つまり「桐壺」の帖は単なる序章ではなく、物語の総体を見据えた布石がちりばめられている予言の巻と言ってもいいでしょう。

これから起こるさまざまな出来事は、たどっていけばすべて、この「桐壺」の帖に根を見出すことができるのです。

出家する女君たち

私が出家したのは昭和四十八年（一九七三）十一月十四日、今から三十年以上前のこ

とです。

自分が出家をしてから源氏物語を読み直してみて、何よりも驚かされたのは源氏物語に登場するヒロインたちの多くが出家をしていたという事実でした。

藤壺、空蟬《うつせみ》、六条《ろくじょう》の御息所《みやすどころ》、朝顔《あさがお》、朧月夜《おぼろづきよ》、そして女三《おんなさん》の宮《みや》……また源氏死後の物語となる「宇治十帖」では、ヒロイン浮舟《うきふね》も出家しています。

源氏物語の出家者の数はあまりにも多すぎます。

現代でも出家をすることは徒《あだ》やおろそかに行なえることではありません。戒律が厳しかった平安時代においては、なおさらです。出家をするとは、恋人を捨て、家族を捨てることであり、「生きながらにして死ぬ」ことに他ならないのです。

しかも、この時代、女性の美しさは長い黒髪にあるとされていました。

今とは違って、当時の尼《あま》は頭を丸坊主にはせず、肩口《かたぐち》で切りそろえる程度だったのです。それを「肩そぎ」、「尼そぎ」と言いました。それでも女の美しさは黒髪で計られた時代に自慢の黒髪を剪《き》り落とすことは女にとっては決心のいることでした。それなのに、なぜ女たちは次々と出家していったのでしょう。

平安朝の恋愛作法

源氏物語のヒロインたちが出家した理由を考えるうえで、まず知ってもらいたいのは当時の恋愛や結婚がどのような形で行なわれていたかということです。

平安時代の女性たちにとって恋愛も結婚も、それは男性主導で行なわれるものでした。

この時代の貴族社会では、女性はみだりに人に顔や姿を見せてはならないことになっていました。たとえそれが兄弟であっても、例外ではありません。幼いころには男女の別なく遊んでいても十歳を過ぎるころになると、女性は几帳《きちょう》*や襖《ふすま》を隔《へだ》てて話すのが常識とされていたのです。

深窓《しんそう》の令嬢《れいじょう》という言葉のとおり、貴族の姫君の周《まわ》りはつねに乳母《めのと》をはじめ、世話係の女房たちが取り囲んでいます。蟻《あり》の這《は》い出る隙間《すきま》もないくらい防禦《ぼうぎょ》は厳しいのです。

このような姫君たちにとっては恋も結婚も自分の意志で選びとることはできないのです。

では、こうした環境の中、どのようにして恋愛が生まれるのでしょう。

それにはまず男性からの一方的なアプローチを待つしかないのです。

といっても貴公子にしても姫君たちの顔も姿も分かりません。頼りになるのは姫君付きの女房たちが流す噂だけです。

女房たちは自分が仕えている姫君の評判をなんとか高めようと、口コミでいろいろな噂を流します。一種のＰＲ係と言ってもいいでしょう。やれ、うちのお姫様は器量が抜群だとか、音楽や和歌の才能に秀《ひい》でているといったぐあいです。

もちろん、それはかなりの身びいきも含まれてはいるのですが、それを聞いて男性たちはまだ見ぬ姫君に興味を持ち、彼女に恋文を送ります。まだ会ったことも話したこともない姫にラブレターを送るというのも、現代の感覚からすれば奇妙なことに思われるかもしれません。

その恋文も現代のラブレターとは大きく違って、和歌に自分の気持ちを託《たく》して書くのです。

つまりラブレターは和歌でした。

『古今集《こきんしゅう》』などの和歌を覚えていることはもちろんのこと、自分でも巧《たく》みに和歌を作れなくてはなりません。しかも、単に上手に和歌を作るだけではだめで、文字のうまさや、手紙に使う紙にどのようなものを選ぶかもセンスのうちとされました。

男性たちはそれぞれに知恵を絞り、しゃれた内容の和歌に自分の恋情を託すのですが、それをチェックするのもまた女房の役目です。

姫君が見るより先に恋文を開き、「なんとも垢抜《あかぬ》けない歌ね」とか「字が下手《へた》なこと」とか決めつけるのですが、それだけではありません。男性からの求婚に対して、やんわりと拒絶の和歌を作って返すのも女房の役割なのです。

姫君の気持ちも聞かずに断わりの手紙を出すなんて、なんてひどい女房たちだろうと思うかもしれませんが、これも恋の作法の一つで、約束事《やくそくごと》のようなもの。すぐにいい返事などを出すのは、はしたないとされていました。ですから、そうした手紙をもらっても男性はけっして諦《あきら》めたりはしません。

こうして何度か手紙のやりとりが続くと、ようやく姫君自身が直筆《じきひつ》の返事を書くのですが、これも本人の意志ではありません。その男性の家柄や評判を調査した女房たちが「この人なら、まあ大丈夫だから返事をお書きなさい」と書かせるのです。

几帳　室内を仕切るために用いた道具。高さは三～四尺（一メートル前後）で、上に横木をわたして「帷子《かたびら》」と呼ばれる布を垂らす。

女たちの悲劇

さて、こうした手順を踏《ふ》んで、うまく姫君から直筆の手紙をもらえるようになったからといって、本人と気安く話せるわけではないし、ましてや現代の恋人のように手をつないだりできるわけでもありません。

そこで気の利《き》いた男ならば、まず女房を手なずけようと考えます。姫君を守るのは女房の役割なのですから、彼女たちを味方にしてしまえば、姫君の寝所《しんじょ》、つまりベッドルームに忍び込むのも簡単なことなのです。将《しょう》を射《い》んとせばまず馬を射よ、というわけです。

その場合、最も効《き》き目があるのは賄賂《わいろ》です。才覚のある男なら、その女房にまず手を付《つ》けて自分の女にしてしまいます。こうなると惚《ほ》れた弱みで、男の言いなりに姫君の寝室まで男の手引きをしてしまうのです。

ある晩、気がつくと姫君は自分のベッドに見知らぬ男がいることを発見して愕然《がくぜん》とするというわけです。

今、ベッドと書きましたが、当時の言葉では「御帳台《みちょうだい》」と言いました。

当時の住居は床が板張りになっていて、今日の和室のように畳を敷き詰めていたわけではありません。そこで貴族の家では、天蓋付《てんがいつ》きベッドのような形をした御帳台で寝ることになっていました。

今まで、男性に顔を見せることさえなかった生活をしていた姫君にとって、突然の男の出現はショックに他なりません。

しかし、いくら泣いてもわめいても、誰《だれ》も助けに来てくれはしません。手引きをした女房が、姫君の寝室からほかの女房たちを遠ざけてしまっているからです。

当時の貴婦人たちは走ることはおろか、歩くことも下品なこととされ、膝《ひざ》を使ってにじり歩くのが普通でしたし、また衣服も＊十二単《じゅうにひとえ》のように動きにくいものでしたから、自分で逃げることもできません。

この時代の恋愛はすべてレイプの形で始まったと言っても大げさではないのです。

十二単　公家女子の正装で、朝廷に仕える女性で部屋を与えられた者の礼服でもあったので「女房装束」とも言われた。日常着の袿《うちき》（189ページ）に裳《も》と唐衣《からぎぬ》を加える服装のこと。ただし、十二単は後世の呼び名である。

待ちつづける辛《つら》さ

現代の私たちからすれば、女性の寝室に忍び込んで男性が思いを遂《と》げるということは犯罪に他なりません。しかし、当時の社会では恋愛とはこうした形で始まるものというのが常識であったのです。ですから、いったん既成事実ができてしまえば、男の罪を問う人などはありません。

ただ、この場合、一つの条件がありました。

すなわち、初夜の晩から三日間はどんなことがあっても毎晩、女性の許《もと》に通わねばならないのです。どんな理由があろうと、この義務だけは果たさなくてはいけないというのが平安時代の恋のルールでした。

もし、これを男性が守らない場合、その女性が気に入らなかったということになり、女性にとっては大変な屈辱《くつじょく》ですし、また男性の側も「不実《ふじつ》な男」というレッテルを貼《は》られることになります。

こうして三日間、連続して女性の許に男性が通いつづけてくれれば、この二人の仲はいわば公認ということになります。こうなっては親も反対できず、二人のために宴席を設《もう》けます。現代で言えば、披露宴《ひろうえん》ということになるでしょうか。これを「所顕《ところあらわし》」と言います。

貴族の親たちは、みんな娘を後宮に入れたいと思っているので、それまで虫の付かないように女房たちに万全の注意で見張らせているつもりなのに、女房たちの裏切りで思いもかけない男に娘を取られてしまうことも多いのでした。

しかし、こうやっていちおうは契《ちぎ》りを結んだからといっても、けっして女性の側は安心できません。

この時代の結婚は一夫多妻《いっぷたさい》で、しかも夫婦が同居するのではなく、夫が自分の家から妻の家に通うという「通い婚《かよいこん》」でした。

したがって、所顕を済ませて夫婦になったと言っても、男性が通ってきてくれなければ、形だけの夫婦ということになってしまうのです。ですから、不実な男と結婚した女性は毎晩、「今夜こそは来てくれるのだろうか」と不安に怯《おび》えながら暮らすことになります。

当時の上流貴族は、妻の許に通う場合でも一人では外出しません。かならず、お供《とも》を連れて牛車《ぎっしゃ》*に乗って外出するのですが、その際に「前駆《ぜんく》」と言って、「何々様のお通り」と言わせます。

そこで妻たちは、牛車の車輪の音が外でするたびに「あれは自分の夫の乗る牛車ではないか」と思い、前駆の声に耳を澄ませます。

これだけでも女は充分辛《つら》い思いをするというのに、もし、その前駆の声が自分の邸《やしき》の前を通り過ぎていったとしたら……これはもう屈辱を通り越して、死ぬほどの辛さと言っていいでしょう。

しかし、だからと言って、女性のほうから男性の許に押しかけていくことなどできません。平安時代は、優美であるということが何よりも重要とされた時代です。したがって、せいぜい恨《うら》む気持ちを和歌にして、それを相手に伝えることくらいが関の山であったのです。

牛車　この時代、貴族たちは大内裏《だいだいり》（85ページ）などの特別の場所、寺社参詣《さんけい》、あるいは身分をことに隠したい場所などを除いて、自分の足で歩くことはめったになかった。移動手段として最もポピュラーだったのが牛車で、このほか、特に身分が高い人の場合、人が引っ張る輦車《れんしゃ》や輿《こし》を使った。

「口《くち》べっぴん」の光源氏

源氏物語に登場するヒロインたちの心情を理解するには、こうした当時の恋愛習慣を抜きにして考えるわけにはいきません。

いや、相手は光源氏という稀代《きたい》のドンファンなのですから、その苦しみは普通の女性の数倍、数十倍も深いと言えます。源氏ほどの男になれば、彼が今、どこの誰のところに通っているかは狭い都の中ですぐ噂となって、嫌《いや》というほど伝わってくるというものです。

関西では口先の上手な人のことを「口《くち》べっぴん」と言ったりしますが、源氏は天才的な口べっぴんです。

女性たちが源氏に対して恨み言をいくら言っても、それを上手にかわしてしまうばかりか、巧みな愛の言葉で彼女たちの心を溶《と》かしてしまう。

といっても、光源氏はその場しのぎの嘘《うそ》を言っているわけではありません。源氏はたしかにどうしようもない浮気男ではあるのですが、彼の取《と》り柄《え》は目の前の女性を口説《くど》くときには、その女性に全身全霊で立ち向かっている点です。浮気性ではあっても、けっして不誠実ではないのです。

だからこそ、女性たちはそんな源氏を憎《にく》くも思うのですが、やはり彼の魅力から逃《のが》れることができない。そこで彼女たちはさらに深く悩み、苦しむのです。

そう考えてみると源氏物語はけっして、単なる恋愛物語でないことが分かってきます。光源氏という、超一流の男に愛されても女はけっして幸福になれるわけではありません。むしろ、光源氏の魅力が大きければ大きいほど、女性たちの苦悩は深まっていくのです。

そのことを本当は紫式部は描きたかったのではないかと思えてきたのです。

しかし、彼女たちヒロインはけっして源氏に翻弄《ほんろう》され、苦しむだけでは終わりません。苦しみ抜いたあげくの活路《かつろ》として、彼女たちは「出家」を選び取るのです。

鮮《あざ》やかな変身

源氏との恋愛の果てに出家を選択した一人が朧月夜《おぼろづきよ》です。

源氏が朧月夜と最初に出会ったのは、源氏が二十歳のころでした。以来、源氏と朧月夜との間にはさまざまな出来事が起きることになるのですが、二人の仲はずっと続いていきます。

その朧月夜が突然、出家をしたのは源氏が四十七歳のときでした。

このころの光源氏は身辺にさまざまな事件が起きていて、そのせいで朧月夜とはやや疎遠《そえん》になっていました。しかし、源氏にしてみれば、やはり朧月夜は自分にとって扱いやすい女であり、いつでも声をかければすぐになびいてくるものと思っていたのです。その朧月夜が出家をすでに済ませてしまったという報《ほう》は、源氏にとって寝耳に水でした。

源氏は「なぜ自分に何の相談もしてくれなかったのか」と恨みがましく嘆《なげ》くのですが、それに対する朧月夜の態度は今までとは打って変わったものでした。

源氏が「私もかねてから出家をしようと思っていたのですが、先を越されてしまいました。せめて朝晩の回向《えこう》（仏事を営《いとな》んで死者の冥福《めいふく》を祈ること）には自分のことを第一に祈ってくださるものと思っております」と甘えた手紙を出すと、朧月夜はそれをぴしゃりとはね返してしまうのです。

「『私のために回向を』とおっしゃいますが、回向とはそもそも一切衆生《いっさいしゅじょう》（生きとし生けるもの）のためにするもの。その中の一人として、あなたのことも祈らせてもらいます」

二十七年もの間、朧月夜は源氏と離れることができませんでした。それは一種の腐《くさ》れ縁《えん》といってもいいほどです。

その長年にわたる妄執《もうしゅう》を断ち切り、源氏を冷たく突き放す朧月夜の姿には、源氏物語の読者なら誰もが驚いてしまいます。朧月夜は出家によって、今までとは違った女性に鮮《あざ》やかに生まれ変わっているのです。

こうした朧月夜に対して、源氏の態度はなんとも情けない感じを与えます。

源氏は朧月夜からの手紙をわざわざ一緒に暮らす紫の上に見せ、

「これは何ともこっぴどくやりこめられたものです」

などと強がりを言い、朧月夜のために法衣《ほうい》や袈裟《けさ》をあつらえてやることで余裕を見せようとするのですが、あの朧月夜の冷静な姿の前には見劣りしてしまうのです。

心《こころ》の丈《たけ》が伸びる

それにしても出家前と出家後では、朧月夜はまるで別人になったかのようです。心《こころ》の丈《たけ》が急に伸びて、まるで見下ろすような態度で朧月夜は源氏に接します。源氏と朧月夜の精神的関係は完全に逆転してしまっているのです。

これは朧月夜にかぎったことではありません。

他のヒロインたちもみな、出家を契機にして大きな変貌《へんぼう》を遂げ、源氏から離れていきます。そして紫式部はあとに取り残された光源氏の見苦しいまでの取り乱しかたを「これでもか」と言わんばかりに執拗《しつよう》に描写していくのです。

源氏はふだんから口癖《くちぐせ》のように「私も早く出家をして、憂《う》き世《よ》のしがらみから逃れたいものです」などと言うのですが、すぐにその後に「でも、私には面倒を見なくてはいけない女性たちがいるし、朝廷の仕事もあるから」と言い訳をかならずします。源氏が真剣に出家を考えてはいないことが読者には分かってしまいます。

その彼がようやく出家をするのは、最愛の妻紫の上が死んでからのこと。

しかも、このときも「今日こそは、今日こそは」と言いながらも、すぐには出家には踏み切れず、紫の上の一周忌が過ぎてようやく出家を行なうというありさまです。

愛する源氏には一言も告《つ》げることなく、一人でさっさと出家をしてしまった朧月夜たちの思い切りのよさとはまったく対照的ではありませんか。

男女間の苦しみは「渇愛《かつあい》」から生まれる

「出家」という言葉をキーワードにして読んでいくと、そこには新しい源氏物語の姿が浮かび上がってきます。

すなわち、この大長編ロマンの主人公は光源氏ではなく、むしろ彼と恋に落ちる女性たちではないかということです。プレイボーイでドンファンの光源氏は一種の狂言回《きようげんまわ》しであって、紫式部が本当に書きたかったのは、恋に落ちた女性たちの苦悩と、そこから出家という形で脱出する姿ではなかったのかと私には思えてきたのです。

仏教では愛を渇愛《かつあい》と慈悲《じひ》の二つに分けて考えます。

渇愛とは、私たち凡人《ぼんじん》の愛情のことです。これに対して、仏が人間に与える愛のことを慈悲と呼びます。

渇愛とは「渇《かわ》く愛」のこと。砂漠《さばく》に迷い込んだ旅人が水を欲しがって止《や》まないように、人間もまた相手からの愛情を求めて止みません。自分だけをずっと見つめていてほしい、自分のことだけを大切にしてほしい……そうやって際限なく愛を求めるのが私たち人間です。

しかし、そんな渇愛の「渇き」はけっして満たされることはありません。相手もまた人間である以上、無限の愛を与えることなどできません。人の心は移ろいやすいものだし、また相手だって、あなたのことだけを考えているわけにはいかないのです。

でも、人間はそれでは我慢できません。

自分はこれだけ相手のことを愛しているのだから、同じだけの愛情を返してほしいと思う。いや、それだけならまだしも、自分が十の愛情を与えていたら、相手からは利子を付けて二十の愛情を返してもらいたいと考えてしまう。しかし、これはもちろん叶《かな》えられるはずのない願いです。

結局のところ、渇愛、つまり私たち凡人の愛というのはすべて自己愛なのです。

自分自身が他人から大切にされたいから、他人を愛する。恋人から優しくされたいから、恋人を愛する……このような形の愛が、もちろん満たされるはずはありません。愛すれば愛するほど、苦しみも深まっていく。これが渇愛の本質であり、人間の愛とはすべて渇愛だというのが仏教の教えるところです。

出家とは「生きながらにして死ぬこと」

仏教の創始者釈迦《しゃか》は「この世の苦しみは、すべて自分自身の中にある煩悩《ぼんのう》が引き起こすものである」ということを発見した方でした。

この世に生きていくかぎり、私たちは苦しみから逃れることはできません。しかし、その苦しみは誰が与えたものでもない。自分の中にある煩悩が原因となって起こったものなのだ、というわけです。

　恋の苦しみもまさしく同じです。私たちはつい「こんなに苦しいのは恋人がつれないからだ」とか「あの人さえ浮気しなければ、私は幸福なのに」と相手に原因を求めてしまいます。しかし、本当はそうではありません。すべては自分の心にある渇愛、つまり求める愛が産《う》み出した苦悩であるというのが、仏教の考え方です。

　そこで釈迦は、人生の苦しみから逃れるためには煩悩を消していくしかないと説《と》きました。悪い結果を産み出すのは、悪い原因があるからだというわけで、仏教はひじょうに合理的な宗教なのです。

　しかし、一口に「煩悩を消す」と言っても、それは容易なことではありません。煩悩とは人間が人間であるかぎり、心の中で燃えつづけている炎でもあるのですから、それこそ死なないかぎり、煩悩の炎を消すことはできません。

　そこで釈迦は教えを説くと同時に、煩悩から脱却するための修行の方法を示しました。

　ここではその修行の中身を説明する暇《ひま》は残念ながらありませんが、それが要するに出家ということなのです。

　仏教にとっての出家とは、辛いことばかりの俗世《ぞくせ》から離れ、親兄弟や恋人と縁を切るというだけのものではありません。煩悩の火を鎮《しず》め、渇愛ではなく仏の慈悲の心を持つように修行をしていくためにこそ出家はあるのです。

古来、出家とは「生きながらにして死ぬこと」とも言われてきました。出家して髪を剪《き》るというのは単なる形式ではありません。煩悩の炎に焼かれてきた、それまでの苦に満ちた人生にピリオドを打ち、新しい人間となって生まれ変わる。荘厳《しょうごん》なる得度式《とくどしき》は、古い自分を弔《とむら》うための葬式であるとも言えるのです。

はたして紫の上は幸福だったのか

こうして出家の意味が分かってくると、なぜ源氏物語の女性たちが出家とともに心の丈がすっくと伸び、源氏を高みから見下ろすようになるのかも理解されてくるのではないでしょうか。

これは私の想像でしかありませんが、源氏物語の作者紫式部はひじょうに理知的な人ですから、こうした仏教の教えの意味を理解していたのだと思います。

そして、男性上位の社会で女性が嫌というほど味わう苦悩や不条理から救われるのは出家しかないのだと、彼女は自分自身の経験からも骨身《ほねみ》に染《し》みて感じていたのではないでしょうか。

紫式部の生涯については次章で書くつもりですが、あれだけの天才作家であっても、やはり紫式部もまた平安朝の女性でした。彼女もまた、源氏物語のヒロインたちと同じような恋愛や結婚の辛さ、苦しみを味わってきたのです。それだけに、女性が人生の苦しみから逃れるには出家という最終手段を選択するしかないのだという結論を持ち、それを物語として綴《つづ》ったのではないかと思うのです。

そして、そう考えてみると源氏物語の主要なヒロインでありながら、なぜ紫の上だけが出家を果たせなかったかという意味もよく分かってきます。

第一章でも触れましたが、紫の上は光源氏がみずから育て、手塩にかけて磨き上げた女性です。

当代一の趣味人にして教養人とされる主人公源氏は少女若紫に自分のすべてを注ぎ込み、彼女を自分好みの理想の女に仕立てます。そして、紫の上はその期待に応《こた》え、成人すると絶世の美女になり、教養も積み、源氏の事実上の本妻としての地位を獲得するのです。

途中、源氏が須磨《すま》に隠棲《いんせい》するときには一人、都に残って悲哀を味わうという時期もありましたが、源氏が政界に復帰すると彼女自身の幸せも最高潮に達します。源氏が作った広大なハーレム「六条院《ろくじょういん》」の女主人となり、源氏の他の恋人たちからも尊敬される立場になります。数多くの恋愛経験を経てきた光源氏も紫の上を最も愛し、彼女が死んでしまうとまるで抜《ぬ》け殻《がら》のようになってしまい、そしてとうとう出家を果たします。

こうして見ていけば、たしかに紫の上は源氏物語の中でも並びなき幸運を得た女性であるかのように映ります。

が、はたして彼女の人生は幸福であったのでしょうか。源氏から最も愛された彼女こそ、最も苦しみも味わった女性ではなかったのか……私にはそう思えてならないのです。

叶えられなかった出家の願い

源氏から「嫉妬とは、ほどよく焼くのがいいのだよ」と子どものころから教え込まれてきた紫の上は、源氏が他の女性たちの許《もと》に通っていることを知りつつも、けっしてその悩みを彼にぶつけようとはしません。

源氏はそれを見て、「さすがに紫の上は他の女性たちとは違う」などというお世辞《せじ》を使ったりもするのですが、もちろん彼女の本心は違います。どんなに心を広く持とうとしても、やはり彼女の中にも煩悩の炎が燃えていたのです。

しかし、それでも彼女はその苦悩を表に出さずに何とか暮らしていけたし、また源氏が中年にさしかかってくると夫婦の間にも穏《おだ》やかな生活が続くようになります。

ところが、そこに大きな事件が起きます。

源氏の異母兄《いぼけい》にあたる朱雀院《＊すざくいん》が、自分の娘である女三《おんなさん》の宮《みや》の行《ゆ》く末《すえ》を案じて、その面倒を源氏に見てもらおうと考えたのでした。朱雀院は、あの弘徽殿の女御が産んだ桐壺帝の第一皇子で、のちに即位して朱雀帝となり、今では譲位して上皇《じょうこう》となっています。

源氏は突然の申し出に驚くのですが、断わり切れず、ついに女三の宮を自分の正妻として迎えることに同意します。

この報《しら》せを聞いて以来、紫の上の心は大きく動揺します。

源氏と紫の上との仲はすでに二十年以上になっていて、世間からも紫の上は本妻として扱われてきました。

しかし、彼女は源氏によってさらわれてきて、幼いころから源氏の手許で育ってきたために、他の夫婦のように正式な所顕《ところあらわし》を行なっていません。つまり、現代の言葉で言うならば、内縁の妻というわけです。

これに対して、女三の宮は女性としての魅力では紫の上にはとうていかないませんが、なにしろ相手は天皇の娘、つまり皇女です。源氏の許に女三の宮が嫁《とつ》ぐということは、すなわち妻の座を明け渡すことに他なりません。紫の上は表面こそ平静を装《よそお》っていますが、もちろん心の中では違います。

源氏はそんな紫の上に同情し、「私の気持ちは絶対に変わらない」と言います。これは嘘ではなく、源氏の本心ではあるのですが、そんな言葉を聞いても紫の上の悩みや苦しみが解消できるわけではありません。

この女三の宮の降嫁《こうか》＊以来、紫の上は病《やまい》の床に伏《ふ》せることが多くなっていきます。精神の苦悩が彼女の肉体をも弱らせてしまったのです。

源氏はそんな彼女を見かねて親身に看病をするのですが、もはや紫の上の、源氏に対する気持ちはけっして元どおりにはなりません。

彼女は源氏への愛執《あいしゅう》に縛《しば》られてきた自分に気づき、渇愛の苦しみから逃れたいと考えるようになります。

そこで彼女はことあるたびに源氏に「出家をしたい」と訴えるのですが、けっして源氏はそれを許そうとはしません。紫の上も、それ以上は源氏に強くは言えず、とうとう彼女は念願の出家を果たさないままに死んでしまうのです。

朱雀院　天皇が譲位して上皇になると「院」号を付けて呼ばれる。朱雀帝も譲位したので、物語中で「朱雀院」と呼ばれることになったのである。なお、現実の歴史にも朱雀帝という天皇がいるが、もちろん物語の朱雀帝は虚構の人物である。

降嫁　皇女などが結婚して、皇族の籍を抜けること。

なぜ源氏は現代でも読み継《つ》がれるのか

このような紫の上の晩年を見ていくと、「はたして紫の上は幸福だったのだろうか」と思わないではいられません。

彼女は最も源氏の愛に包まれた女性であったのは事実ですが、それは同時に、終生、その愛情の網から逃《のが》れることができなかったということでもあります。彼女自身はそんな自分の姿をよく知っていたからこそ、出家をしたいと願ったのですが、その夢は叶《かな》えられることはありませんでした。

最も幸福に見える人が、実は最も不幸なのだ……紫式部は、紫の上の生涯を描くことで、そんなメッセージを私たちに伝えようとしたのではないでしょうか。

考えてみれば、源氏物語がもし単純なラブストーリーであったとしたら、千年もの間、読み継《つ》がれることはなかったはずです。優美な平安貴族のドンファンぶりを描いただけのドラマであれば、時代を超え、国境を越えて読者に感動を起こすわけはありません。

源氏物語が現在でも読み継がれているのは、いつの時代であっても変わらない恋愛の苦悩、人生の苦悩を真正面から描いているからだと思うのです。

第三章 こうして源氏物語は誕生した——紫式部の生涯

紫式部の本名は?

源氏物語の作者紫式部は、その生年月日も本当の名前もよく分かりません。

当時の女性は皇后、皇女、あるいは最高級貴族の娘でもないかぎり、名前など残されていないのです。

宮仕《みやづか》えする女性の場合、実生活でも本名で呼ばれることはなく、父や夫、あるいは兄の官名にちなんだ呼び名が使われていました。清少納言《せいしょうなごん》や和泉式部《いずみしきぶ》もその一例ですが、だから女性の本名はなおさら分からないのです。

父が式部丞《＊しきぶのじょう》だったのと、宮仕えしてからは源氏物語が評判になったので、作中のヒロイン「紫の上」の紫を、式部の頭にくっつけて、紫式部という呼び名が使われるようになったのでしょう。実名については、歴史学者角田文衛《つのだぶんえい》氏の「香子《こうし》」説があります。

紫式部は天延元年《てんえんがん》（九七三）前後に生まれたと推定されています。父は藤原為時《ふじわらのためとき》、母は藤原為信《ふじわらのためのぶ》の娘で、兄（弟という説もある）と姉が一人ずついたようです。二十七、八歳のときに紫式部は藤原宣孝《ふじわらののぶたか》という父親ほどの年齢の男と結婚します。夫との間に女の子を一人産《う》み、夫とはわずか三年足らずの結婚生活のあと、死別します。

その後、時の権力者藤原道長《ふじわらのみちなが》にスカウトされ、道長の娘で、一条《いちじょう》天皇の妃《きさき》であった中宮彰子《ちゅうぐうしょうし》の女房として宮仕えをし、源氏物語を書きます。没年は長和《ちょうわ》三年（一〇一四）ごろと推定されていますから、四十二、三年の生涯だったということになります。

以上が紫式部について、分かっていることのすべてです。

四十二、三歳で亡《な》くなったというのは現代の感覚からすれば、短命のようですが、この時代は人の命は短くて、源氏物語の中に登場してくる女君《おんなぎみ》たちも、ほとんどが三十代、四十代で死んでいます。物語の中で源氏は四十の賀《しじゅうのが》、つまり四十歳になった記念の祝宴を行なっていますが、これは今なら還暦《かんれき》祝いの感覚でしょう。平安朝時代の年齢感覚は現代とは十年から二十年くらいの違いがあると見て、間違いではありません。

式部丞　国家の儀礼や役人の人事を扱う役所のことを式部省といい、式部丞とはその役所のトップから三番目に位置する官名のこと。

文学者一族に生まれて

紫式部の家系は、父も母も*摂政太政大臣《せっしょうだいじょうだいじん》を務《つと》めた藤原良房《ふじわらのよしふさ》の兄弟を先祖にしている名門です。しかし、この一族も次第に零落《れいらく》し、紫式部の父母の代には受領《ずりょう》階級になっています。

受領とは地方を治《おさ》めるために中央から派遣された役人のことで、今の県知事のようなものでした。受領は赴任《ふにん》先の地方では尊敬もされますが、京の貴族の感覚からすればやはり「都落ち」で、一流貴族からは外《はず》れることになります。階級としては中の上、といったところでしょうか。

しかし、その代わり受領になれば、土地の人々が賄賂《わいろ》を持ってくるので裕福になることができ、それが豊かな大国であれば、受領をしばらく務めれば、あとは遊んで暮らせるほどの財産を築《きず》くことも可能だったのです。

紫式部の家系は父母双方とも、代々、歌人として認められた先祖を出しています。いわば文学者一族ということになるでしょう。

式部の父の為時は、和歌よりも漢詩文に秀《ひい》でた文人で、学者肌で世渡《よわた》りはけっしてうまくなかったようです。

*花山《かざん》天皇のときには、式部丞、大丞《たいじょう》を歴任しますが、花山天皇が藤原兼家《ふじわらのかねいえ》一門の圧力で出家退位すると同時に彼も職を追われ、以来、十年も官職とは無縁の時代を過ごします。ちょうどこの時代が、紫式部の二十代に当たっているので、彼女の結婚が遅れたのはそのせいだとも考えられます。

摂政　天皇が幼少のとき、代わって政治を行なう役のこと。もともとは臨時の役職だが、平安時代、藤原氏の台頭にともない、天皇が幼少の間は摂政を、成人の後は関白《かんぱく》を置くのが通例となった。

花山天皇　九六八―一〇〇八年（在位九八四―九八六）。和歌・絵画・造園・建築・工芸など多方面に才能を持っていたが、寛和《かんな》二年（九八六）、突然に出家。その背後には、孫の懐《やす》仁《ひと》親王（一条天皇）の即位を急いだ藤原兼家一門の策謀があったとされる。

漢詩で摑《つか》んだ出世

為時の文才が生涯で一度だけ役に立ったことがありました。

十年ほどの浪人生活の末、為時にもようやく春がめぐってきて、受領の任命が下りました。ところが任国は淡路《あわじ》だったのです。受領の赴任する国には、大国、上国、中国、下《げ》国の等級があって、淡路はその最下等の下国なので、為時としては心外でした。ふだんは大人しい為時も悲憤《ひふん》のあまり漢詩を作って、一条天皇に奏上します。

その詩は、

苦学《くがく》の寒夜《かんや》、
紅涙襟《こうるいえり》を霑《うるほ》し、
除目《じもく》の後朝《こうちょう》、
蒼天《そうてん》に眼《まなこ》あり

というものです。

「自分は凍《こご》えるような夜も眠らないで一心に勉強をしてまいりましたのに、除目《じもく》で見ると、こんな下国にやられるとは。私の努力や才能が何一つ認められなかったので、今朝はそれを見て悲観して泣いております」

「除目」とは、平安時代、官吏《かんり》の任命先を発表するときに行なわれる儀式のことです。地方官を任命する県召《あがためし》の除目は例年、新年に行なわれます。

なんとも女々《めめ》しい詩ですが、若い一条天皇はそれをご覧になって、ご自分がこんな立派な詩を作る学才ある男を認めてやれなかった不明を恥じるお気持ちになり、食事さえ召し上がりません。

それを見て一計を案じたのは、ちょうどそのころ、ライバルだった兄の藤原道隆《ふじわらのみちたか》一家を陥《おとしい》れ、政治の実権を握ったばかりの藤原道長でした。

道長は＊乳兄弟《ちきょうだい》の源 国盛《みなもとのくにもり》が上国の越前《えちぜん》の守《かみ》に任じられたのに言い含めて、為時と任国を交換させたのです。それは除目の日からわずか三日目という早業《はやわざ》だったと言います。

これで天皇はご機嫌を直され、道長の株がさらに上がったのは言うまでもないのですが、為時も思わぬ幸運を摑《つか》んだものです。

そのころ、越前の＊国府《こくふ》は武生《たけふ》にありました。今の福井《ふくい》県越前市です。この当時、すでに二十五、六歳になっていた紫式部は父に従って、越前に行くことになったのでした。

乳兄弟　乳母《めのと》によって育てられた子と、乳母自身の子との間柄。
国府　王朝時代、地方行政の拠点として各地に置かれた役所のこと。

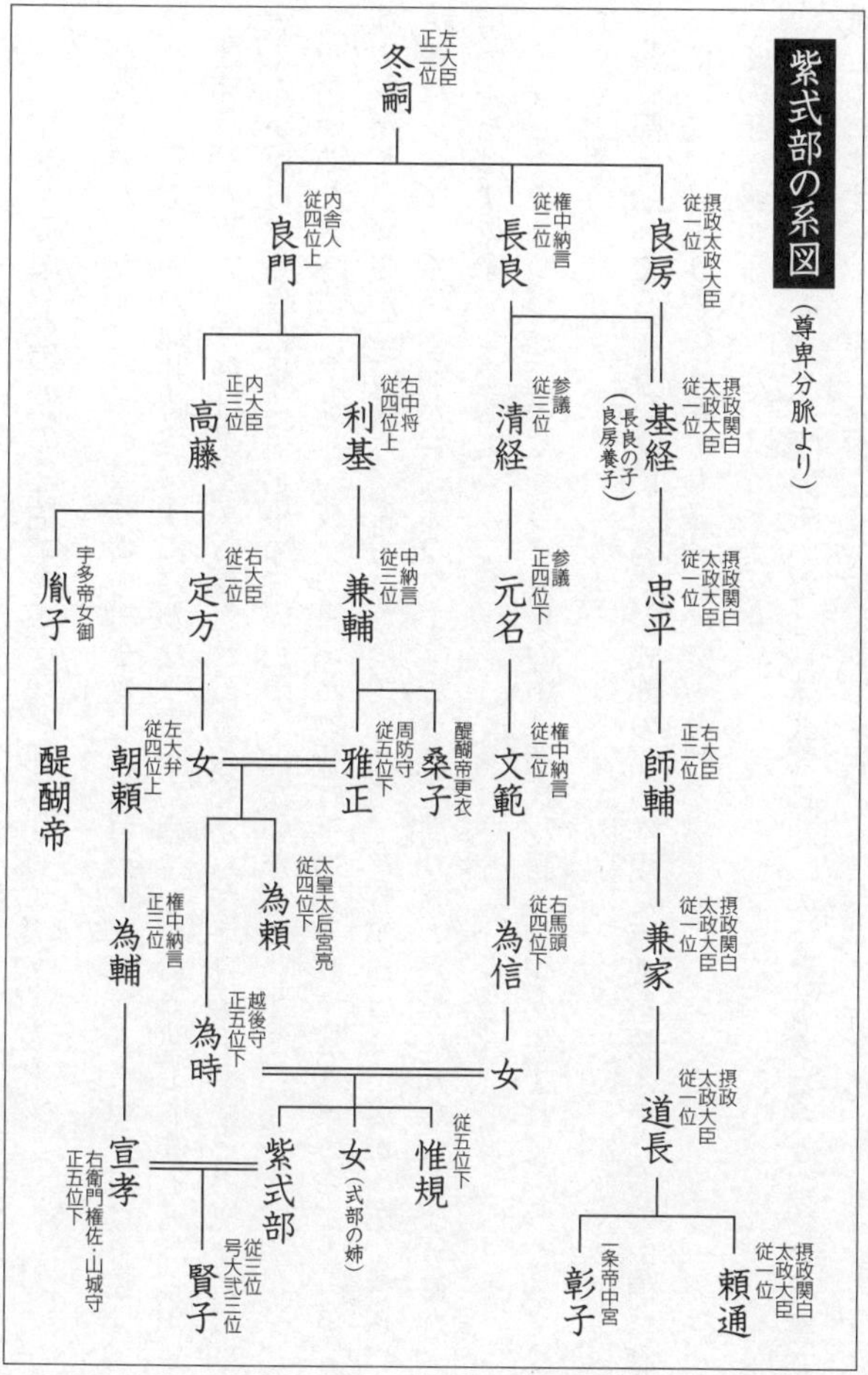
紫式部の系図
（尊卑分脈より）
冬嗣 左大臣 正二位
良房 摂政太政大臣 従一位
長良 権中納言 従二位
良門 内舎人 従四位上
基経 摂政関白 太政大臣 従一位 （長良の子 良房養子）
清経 参議 従三位
利基 右中将 従四位上
高藤 内大臣 正三位
忠平 摂政関白 太政大臣 従一位
元名 参議 正四位下
兼輔 中納言 従三位
定方 右大臣 従二位
胤子 宇多帝女御
師輔 右大臣 正二位
文範 権中納言 従二位
桑子 醍醐帝更衣
雅正 周防守 従五位下
女
朝頼 左大弁 従四位上
醍醐帝
兼家 摂政関白 太政大臣 従一位
為信 右馬頭 従四位下
為頼 太皇太后宮亮 従四位下
為輔 権中納言 正三位
道長 摂政 太政大臣 従一位
女
為時 越後守 正五位下
惟規 従五位下
女（式部の姉）
紫式部
宣孝 右衛門権佐・山城守 正五位下
頼通 摂政関白 太政大臣 従一位
彰子 一条帝中宮
賢子 従三位 号大弐三位

才能と努力と境遇の三拍子

源氏物語がはたしていつのころから書きはじめられたのかは定かではありませんが、ひょっとして、この福井時代にすでにかなり書きためていたのかもしれません。

式部ほどの天才の才能は早くから現われるものだからです。もしかすると、十三、四歳くらいから、もう物語に手を染めていたのではないかと思います。

印刷術のない時代ですから、彼女の書いた物語は手で写されて広まったのでしょう。姉や友だちが面白がって写し、読者となってくれて、それが口コミで広がって、さらに読者が多くなっていく……紫式部の文才はこうして周《まわ》りの人たちに知られるようになっていったはずです。

そうして書きつづけていくうちに彼女の中に源氏物語の構想が生まれていったのではないかと思うのです。

紫式部は幼いころから聡明《そうめい》で、為時が式部の兄の惟規《のぶのり》に漢文を教えているのを横で聴いていて、兄より先に覚えてしまったので、為時が、

「この子が男の子だったらよかったのに」

と、いつも口癖《くちぐせ》のように嘆《なげ》いていたと『紫式部日記』の中に彼女自身が自慢げに書き残しています。

当時の学者というのは、漢籍を自国語のように読みこなせることが条件で、漢詩を作るのが男子の教養とされていたのです。

彼女の生家には、父親の蔵書の漢籍が豊富にあったはずで、きっと早熟な紫式部は片《かた》っ端《ぱし》からそれらを乱読していたことでしょう。また、為時の兄、つまり紫式部の伯父《おじ》にあたる為頼《ためより》も歌人だったから、歌集や物語の類《たぐ》いも不自由することなく、ずいぶんと読みふけっていたのではないでしょうか。

こうした素質に加えて、紫式部は同時に努力家で勤勉な少女でもあったでしょう。でなければ、とうていあのような大長編を書き上げることができるはずはありません。小説を書くのには、何よりも忍耐力と勤勉さが必要なのです。

才能と努力と境遇の三拍子が紫式部に揃《そろ》っていたからこそ、源氏物語という大傑作が生まれたと言えるでしょう。

ライバルどうしだった清少納言

紫式部は父と一緒に一年ほど武生に過ごすのですが、そのときしきりにラブレターを送ってきていたのが、後に夫になる藤原宣孝でした。

宣孝は式部の父の為時とほぼ同年で、同じ家系の流れなのですが、宣孝の一族は文学的というよりも実務的な才があって、世渡りもうまかったようです。宣孝自身も右衛門《うえもん》の権佐《ごんのすけ》兼山城《やましろ》の守《かみ》で、受領といっても羽振《はぶ》りはよかったし、また為時とは正反対に自己顕示欲の強い、派手な性格の持ち主でした。

また、相当な色好みで女性には不自由していなかったと思われます。妻も三人ほどいて、それぞれの妻との間に子どももいました。

清少納言は『枕草子』百十四段に、宣孝が清浄簡素な装束《しょうぞく》で参詣《さんけい》するのが通常の御《み》嶽《たけ》参りに、

「世間並みの浄衣《じょうえ》参詣をしたって面白くないし、何の大した御利益があるものか。まさか御嶽の権現《ごんげん》さまが『かならず粗末な身なりで参詣せよ』などとはおっしゃるまい」

と言って、わざと紫の指貫《さしぬき》、白の狩衣《かりぎぬ》、山吹《やまぶき》色のひどく派手な衣《ころも》などを着て、参詣者を驚かせたことを嘲笑《ちょうしょう》まじりに書いています。

宣孝も花山帝の失脚によって、為時と同じように官職を失っていましたから、自己宣伝で存在をアピールしたかったのでしょう。しかし、このPR作戦は功を奏して、たちまち筑前《ちくぜん》の守《かみ》に任ぜられているのですから、為時の控《ひか》え目な抗議と比べれば、宣孝がしたたかで派手な性格の持ち主であったことが窺《うかが》えます。

ところで、清少納言がこの段を書いた時にはすでに宣孝は死んでいます。なのに、そんなことをわざわざ書き残したのは、やはり紫式部を意識していたからでしょう。

少なくとも、紫式部はそう受け取ったに違いありません。紫式部は『紫式部日記』の

中で、清少納言のことを「偉そうに漢文など口にするけれども、大した勉強はしていないから口にする漢文も間違いだらけだ。行《ゆ》く末《すえ》はつまらない運命をたどるだろう」などと、ずいぶん意地悪なことを書いているのです。

紫式部と清少納言は、一条天皇の後宮でいわばライバルどうしになります。平安時代の二大女流作家が同じ時代の、同じ場所にいたというのはすごい話なのですが、この二人は終生仲が悪かったようです。

なぜ紫式部は晩婚だったのか

紫式部は一年ほど父の為時と一緒に武生にいた後、なぜか単身、京に戻って宣孝と結婚します。ひょっとすると、紫式部が武生に行ったのは、宣孝からの執拗《しつよう》な求婚に悩んでいて、ふんぎりのつかない心をもてあまして、男のいる都を離れてみたかったのかもしれません。

親戚《しんせき》関係があったせいで、宣孝は早くから紫式部のことを知っていました。

『紫式部日記』の中に、式部の少女時代、宣孝と思《おぼ》しき男が方違《*かたたが》えで泊まりに来て、明け方ごろ姉妹の寝ているところに忍んできたということが書かれてあります。このとき、はたして宣孝が姉妹のどちらに興味があったのかは分かりません。

しかし、そのとき式部が宣孝に「あなたの顔を見てしまいましたよ、とぼけていたって」という意味の和歌を送っていますから、やはり紫式部の身に起こったことと考えていいでしょう。

男勝《おとこまさ》りで頭がよく、勝ち気で自尊心も強く、漢文も国文も読む一風変わった文学少女だった式部に、並の女には飽《あ》きている宣孝が惹《ひ》かれたとしても不思議はありません。以来、宣孝は紫式部にしきりに手紙を送っていたのではないでしょうか。また、式部のほうも宣孝に対して、まんざらではない気持ちを持っていたのでしょう。

自分の父親と同世代の男を恋の対象にするのは、おかしなことかもしれませんが、頭のよすぎる式部はたぶん言い寄ってくる若い男たちが頼りなく、物足りない感じがしていたのではなかったでしょうか。

いや、そもそも、いつの時代も頭のよすぎる、インテリの女を男たちは敬遠するものです。馬鹿《ばか》にされるのが業腹《ごうはら》なので、敬遠して恋文も出しづらいということもあるでしょう。

また、当時は結婚すると婿《むこ》の経済的援助を妻の実家がする習慣だったので、父の為時が官職に就《つ》いていなかったということが、式部が婚期を逃《のが》した理由の一つであったのかもしれません。

しかし、かといって、すでに三人も妻がいて、しかも自分と同年くらいの子どもがいる宣孝との結婚はやはり自尊心が許さないところもあったのでしょう。それに宣孝は式部に言い寄る一方で、他の女に興味を示すくらいは平気でやってのける男でもありました。

そんな宣孝に対して、式部は自分の気持ちを整理するために都を離れたいと思ったのではないかと私は思うのです。

方違え　陰陽道《おんみょうどう》（110ページ）で、忌《い》む方角を避《さ》けるための風習。外出する際、その方角が不吉とされる場合、前日に他の方角へ赴《おもむ》いて泊まり、そこから目的の地に行くもの。

三年の結婚生活が残したもの

ともあれ、式部は京に戻って、宣孝と結婚して娘を産みます。娘の名は賢子《けんし》と言います。

なぜ、式部の実名は分からないのに、娘の名前は分かっているかといえば、賢子は成人してから宮仕えをすることになり、越後《えちご》の弁《べん》、弁《べん》の局《つぼね》と呼ばれて従三位《*じゅさんみ》まで与えられているからです。

賢子は歌集を遺《のこ》していますが、その文才はとうてい母親の足許《あしもと》にも及ばなかったようです。

式部の結婚生活は三年足らずで終わってしまいました。

夫の宣孝が娘の誕生から間もなく病死してしまったからです。それから四、五年、紫式部は未亡人として家に引きこもっていました。その間、誘惑がなかったわけでもなさそうですが、誰《だれ》も寄せ付けていません。おそらく、その間、夫を失ったさびしさと心の空虚さを満たすためにも彼女は物語を書きつづけていたのではないでしょうか。

また短かったとはいえ、宣孝との結婚生活と、またそこに至るまでの恋愛経験は、紫式部に男と女の愛の機微《きび》と、喜怒哀楽のすべてを味わわせたのではないかと思います。

紫式部が遺した日記や歌集を見ても、彼女の恋愛遍歴は窺い知ることはできません。同時代の清少納言や和泉式部に比べたら、およそ堅物《かたぶつ》だったと言いたいくらいです。けれども源氏物語の中には実におびただしい恋がちりばめられていて、主人公光源氏と、彼を取り巻く女君たちとの妖艶《ようえん》な恋のディテールが、それは詳《くわ》しく、しかも的確に描かれているのです。

結局のところ、たくさんの恋をしたからといって、恋の本質が分かるわけでもなく、また恋の醍醐味《だいごみ》を存分に堪能《たんのう》できるというわけでもありません。生涯にたった一つの恋をしても、真剣に一途《いちず》に相手を愛せば、そして相手がよければ、恋のすべてに通暁《つうぎょう》することがないとも言えません。

紫式部の場合はまさにそうで、恋多き男だった宣孝との日々が源氏物語にいっそうの膨《ふく》らみとリアリティを与えたのではないかと私は思うのです。

従三位　七〇一年に定められた大宝律令《たいほうりつりょう》では、朝廷における位を一位から八位、そして初位に分けた。この九つの位は、さらに正・従、上・下などと細分化されて全部で三十の位があった。上級貴族は三位以上とされていた。

道長のスカウト

さて、こうして一人で源氏物語を書いていた紫式部の才能に目を付けたのが、すでに朝廷で大きな権力を握っていた藤原道長でした。

道長は政敵である兄の道隆《みちたか》一家を長徳元年《ちょうとくがん》（九九五）に失脚させ、内覧《*ないらん》になって天皇の補佐役の地位に昇ってからというもの、政治権力者として最高の立場に君臨していました。

しかし、道長には一つだけ気がかりがありました。それは一条天皇の中宮として入内《じゅだい》させた娘彰子のことです。

というのも、中宮彰子はあまりにも若いうえに、一条天皇の後宮には、すでに入内して帝の寵愛《ちょうあい》を獲得している姪《めい》の皇后定子がいたのです。その定子の周りには才女として名高い清少納言らが女房として仕えていて、文化的な趣味を持つ一条天皇の気持ちを惹きつけています。

その定子のサロンに対抗するため、道長はより魅力的な彰子のサロンを作る必要があったのです。

そこで道長が白羽《しらは》の矢《や》を立てたのが紫式部でした。

道長の耳にも達するほど、式部の書く物語は人々の間で評判になっていたのでしょう。その物語とは言うまでもなく、源氏物語であったはずです。そのとき、どこまでストーリーが進んでいたかは分かりませんが、それを持参することを条件に紫式部の宮仕えが決まったのではないかと思われます。

道長にスカウトされた式部は同じ女房でも、特別の局《つぼね》、つまり部屋を与えられ、紙や筆、硯《すずり》なども充分に支給され、参考書が必要になれば、それも思いのままに揃えられたでしょう。当時、紙は貴重品で、書き損じてもそのまま捨てることなどせず、何度も再利用するのが当然とされていましたが、道長の権力を以《もっ》てすれば、物語を書くための紙もふんだんに与えられたに違いありません。

内覧　天皇が裁下する文書を内見する職のこと。朝廷本来の職制にはなかったが、平安中期から一般化して、摂政関白と並ぶ地位となった。

「最高の読者」を獲得した源氏物語

こうして、紫式部は藤原道長という最高のスポンサーでパトロンを獲得すると同時に、最高の読者も得ることになりました。

それは一条天皇と中宮彰子です。一条天皇は文学趣味が高く、物語の鑑賞眼も女房の比ではありませんでした。作者にとって、こんな晴れがましい光栄がまたとあるでしょうか。

最高の読者と最高のスポンサー兼パトロンを得て、紫式部の情熱はさらに高まったに違いありません。

そして、一条天皇は道長の狙《ねら》いどおり、源氏物語の続きが一刻も早く知りたくなり、彰子のサロンを足繁《あししげ》く訪れるようになります。そこではきっと声の美しい女房が物語を朗読したことでしょう。当時、物語は声に出して読むのを聴いて鑑賞するものとされていました。

天皇と中宮、そして中宮に仕える女房たちはあるときは胸を躍《おど》らせながら、またあるときは主人公と苦しみを分かち合いながら、源氏物語に聴き入っていたはずです。

そして、その部屋の片隅《かたすみ》に紫式部はできるだけ目立たぬように控えて、人々のそんな反応をじっと観察しては、作者としての最高の歓《よろこ》びに浸《ひた》っていたのではないかと私は想像します。

こうして源氏物語は寛弘《かんこう》三年（一〇〇六）か四年ごろから、後宮でもてはやされるようになっていきます。

今でこそ私たちは源氏物語五十四帖をまとまった形で読んでいますが、天皇や後宮の人々の反応や希望を参考にしながら、現代の週刊誌や月刊誌の連載小説のように、紫式部は物語を膨《ふく》らませたり、筋を作り直していったのだと私は想像しています。

しかし、その紫式部でも、時には執筆に苦しみ、筆が止まることがあったでしょう。そんなときに執筆を急《せ》かすのが道長の役ではなかったかと思うのです。

源氏物語は紫式部と藤原道長の二人三脚によって生まれた作品であると言うこともできるかもしれません。

光源氏のモデルは?

ところで、紫式部と大スポンサーである道長との間には、男女の関係があったのではないかという説があります。

『尊卑分脈《そんぴぶんみやく》』という系図の本の中には、紫式部を「道長妾」と書いてあります。また、『紫式部日記』の中に、ある夜、道長が式部のところを訪れて「ほとほとと戸を叩《たた》いて」きたという記述もあります。

このとき、道長がいくら戸を叩いても、とうとう開けなかったと式部は日記に書いていますが、作家の書く日記がけっして真実を写したものとはかぎらないことを私は知っています。

これまで私は何人かの作家や芸術家の伝記を書いていますから、いかに本人が書いた年譜や日記に嘘《うそ》が多いかを発見しています。紫式部ほどの天才ともなれば、その自己韜《じことう》晦《かい》ぶりも超一流と思ったほうが間違いないでしょう。

　藤原道長といえば、今では権力者、政治家というイメージで見られがちですが、彼は『枕草子』にも書かれているように、とても派手で*婆娑羅《ばさら》で、色事《いろごと》に関しても積極的な男でした。

　そんな道長のような男が一度や二度、戸を開けてもらえなかったからといって諦《あきら》めるとは思えません。おそらく、二日目か三日目かには紫式部は道長を部屋に入れたことでしょう。

　ここからはまったく作家の想像ですが、紫式部は道長本人から彼の経験談をうまく聞き出しては、それを上手に源氏物語の中に活《い》かしていったのではないでしょうか。

　そういえば、天皇の子として、誰恐れることなくラブハントに明け暮れる光源氏の姿は、朝廷の最高権力者となって、「この世をばわが世とぞ思ふ望月《もちづき》の　かけたることもなしと思へば」と歌った道長に一脈通じるものがありはしないでしょうか。

婆娑羅　元来はインド・サンスクリット語の金剛石（ダイヤモンド）のこと。それが転じて、日本では、派手で贅沢《ぜいたく》なさまを指す言葉になった。

平安京《へいあんきょう》と京都の大きな違い

ところで、ここで紫式部が暮らし、源氏物語の主要な舞台となった当時の京都、つまり平安京《へいあんきょう》のことを簡単に説明しておきましょう。

延暦《えんりやく》十三年（七九四）、桓武《かんむ》天皇はそれまで都だった＊長岡京《ながおかきょう》を捨て、平安京に遷都《せんと》を行ないました。以来、明治維新で東京に遷都が行なわれるまで、京都は日本の首都であり、天皇がおられたわけです。

いや、今でも京都では東京への遷都はあくまでも仮《かり》のもので、天皇は臨時に東京に行幸《ぎょうこう》なさったままなのだと考えていて、今でも京都こそが日本の中心、永遠の首都なのだと思っている人も多いのです。

その平安京は、当時の超先進国だった唐《とう》の首都長安《ちょうあん》にならって作られています。東西南北に碁盤目《ごばんめ》のように道路割りがされているのが特徴で、今でも京都の道路にそれが継承されているので、千二百年前の平安京がそのまま保たれているような錯覚を覚えがちですが、実はそうではありません。

室町《むろまち》時代末期の＊応仁《おうにん》・文明《ぶんめい》の乱（一四六七〜七七）によって京の町はほとんど焼き尽くされていますし、戦国時代には秀吉《ひでよし》が大胆な都市改造をしているので、平安京と現代の京都とではずいぶん姿も違っているのです。

たとえば、千二百年前の平安京の町は、南北に貫《つらぬ》く朱雀大路《すざくおおじ》を中心軸にして作られています。朱雀大路は今の千本通《せんぼんどおり》に当たりますが、現在の京都の地図（左ページ）で見ると、平安京は今の京都よりも西にずれた場所にあったことが分かります。

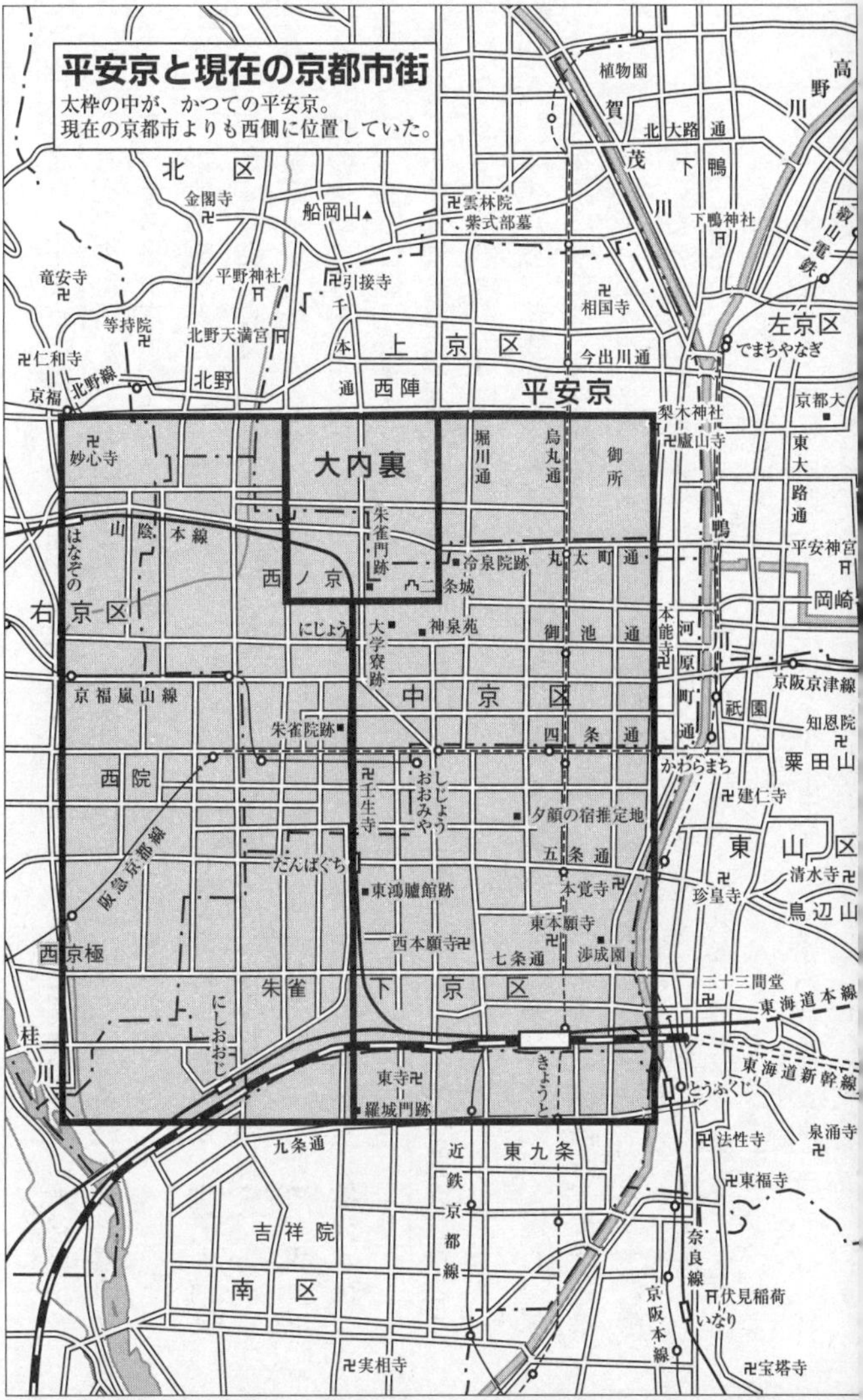

平安京と現在の京都市街

太枠の中が、かつての平安京。
現在の京都市よりも西側に位置していた。

また、平安京では、この朱雀大路をずっと北に上《のぼ》っていった突き当たりに大内裏《だいだいり》*、つまり天皇の御所《ごしょ》があったのですが、今の京都御所はそこにはなくて、それよりも東のほう、昔の平安京でいえば、北東の隅のあたりに作られているのです。

御所の場所がこんなに移ってしまったのも、千二百年の間に火事や台風、地震が何度も起こったせいです。今の御所は江戸時代末期の安政《あんせい》年間に作られたものです。

紫式部が宮仕えをしていた時代も、大内裏がその前に焼失してしまっていて、天皇は仮の御所に暮らしていました。その当時は消火方法がお粗末だったので、一度火が出ると、あとは燃え尽きるにまかせるしかなかったのです。

一条天皇という名前も、その在位中のほとんどを一条院という仮御所で過ごしたことから、その諡《おくりな》*が付けられたのでした。

ですから、紫式部もまた本当の内裏には一度も勤めたことがありません。しかし、源氏物語の中では、紫式部はすべて本当の内裏を舞台にしています。その当時、源氏物語を聴いていた人たちも、華やかで立派な内裏のようすを思い起こしては、懐《なつ》かしさに浸っていたのかもしれません。

長岡京　桓武天皇は七八四年、平城京から長岡京へと都を遷《うつ》したが、この新都は十年だけ使われたあと、平安京への再遷都が行なわれた。

応仁・文明の乱　室町時代末期（一四六七―七七年）、日本中の武士が東軍と西軍に分かれて、京都を中心に争った内乱のこと。この乱を境に日本は戦国時代に突入する。
大内裏　宮城《きゅうじょう》とも。大内裏の中には、天皇の私的生活の場所である内裏の他、政治の場としての朝堂院《ちょうどういん》や諸役所が置かれていた。
諡　諡号《しごう》とも。もともとは中国の習慣で、故人に対して生前の業績に基づいて贈られる名前。

なぜ「右京」が地図の左側にあるのか

往時の平安京と現代の京都とは、いろいろな点で違っていますが、それでも昔と変わらないのが京都を東西に横切る一条、二条、三条……という大路です。

平安京で特に重要な通りは二条大路で、この大路は幅が五十メートル近くもあり、都を南北に区分していました。

二条大路の北には、まず大内裏があって、その中には天皇の居所である内裏や、役所の建物があり、政治の中心になっていました。そして大内裏の両側には、さまざまな官《かん》衙《が》（役所）、それに内裏に仕える人々の宿舎、そして上級貴族の邸《やしき》が並んでいました。大内裏に近いこの地区は、平安京の中でも、昼間でも閑静な場所であったことでしょう。

これに対して、二条大路の南には一般の貴族の邸や町民の家が建ち並んでいました。

もちろん、貴族は内裏に近い二条や三条あたりに住み、南に行けば行くほど雑然とした雰囲気になっていたと思われます。

源氏物語の主人公たちも、ほとんどは二条か三条あたりに居を構えていて、例外は源氏の愛人の一人、六条の御息所くらいです。六条の御息所はその名のとおり、六条のあたりに邸を持っていて、その死後は源氏が六条院という大ハーレムを建てることになります。

また、平安京はその中央部を縦に貫く朱雀大路の東と西でも少し様相を異にしていました。

京都に来た観光客は地図を見て、なぜ右京区《うきようく》が地図の左側にあり、左京区《さきようく》が地図の右側にあるのだろうと首をひねるわけですが、これは大内裏から見ての右左で、当時の人々が朱雀大路の東側を左京、西側を右京と呼んだことの名残《なご》りなのです。

平安京の設計者は、中国の長安と同じようにシンメトリカル（左右対称）な町を作るつもりでいたのですが、建都のころから西側の右京は湿地が多く、人が住むには不適切な土地でした。そこで「西の京」とも呼ばれている右京は最初からあまり人々が好んで住む場所ではありませんでした。

そこで平安京は時が経《た》つにつれ、北と東に発展していくことになり、最初のシンメトリカルな都市計画は徐々に崩れていったのでした。

源氏物語の作者、紫式部の住んでいた家も、そうして発展した地域に位置していまし

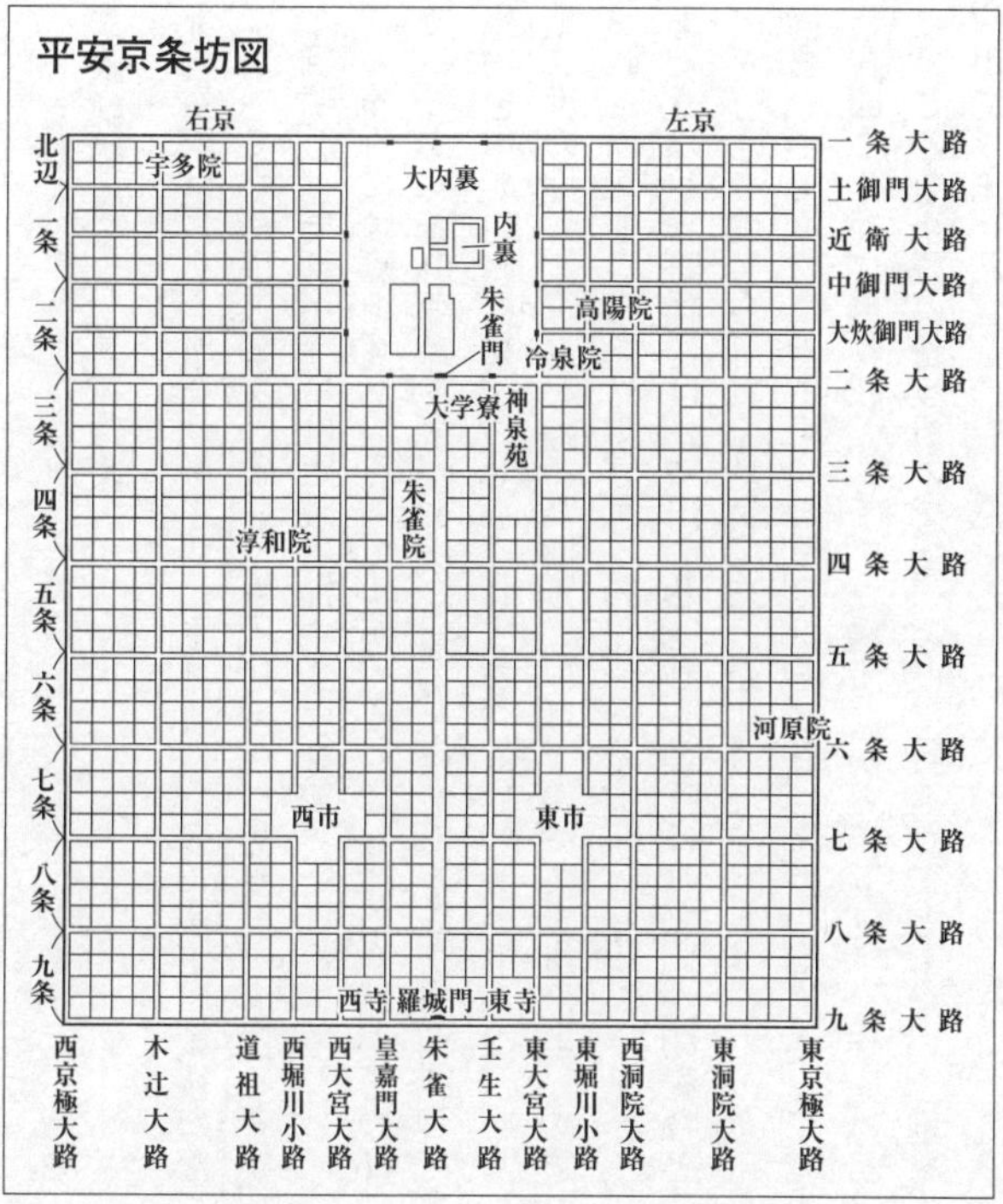
右京
左京
北辺
一条
二条
三条
四条
五条
六条
七条
八条
九条
宇多院
大内裏
内裏
朱雀門
高陽院
冷泉院
大学寮
神泉苑
朱雀院
淳和院
河原院
西市
東市
西寺
羅城門
東寺
一条大路
土御門大路
近衛大路
中御門大路
大炊御門大路
二条大路
三条大路
四条大路
五条大路
六条大路
七条大路
八条大路
九条大路
西京極大路
木辻大路
道祖大路
西堀川小路
西大宮大路
皇嘉門大路
朱雀大路
壬生大路
東大宮大路
東堀川小路
西洞院大路
東洞院大路
東京極大路
平安京条坊図

た。

紫式部の生まれ育った家

紫式部の生家は長らく所在地が不明とされていたのですが、戦後になって角田文衛《つのだぶんえい》氏の考証によって京都市上京区《かみぎょうく》寺町通《てらまちどおり》広小路《ひろこうじ》上《のぼ》ル、正確には上京区北之辺《きたのべ》町三九七番地であると判明し、それが今では定説になっています。

今、この場所には*廬山寺《ろざんじ》があるのですが、その広い境内《けいだい》全域がその邸であったろうと言われています。廬山寺の本堂の背後に建っている公家邸《くげやしき》風の建物がそれと言われていて、案内を申し込めば見学させてくれます。

その紫式部の邸の、通りを隔《へだ》てた向かいには、かつて土御門殿《つちみかどどの》、つまり道長の邸があったとされています。そこは中宮彰子の*里邸《さとやしき》でもあります。

このあたりは平安時代には「中川のわたり」と呼ばれていた閑静なところで、貴族の別邸などが好んで建てられた土地柄であったようです。

源氏物語の中でも、この中川のわたりはしばしば重要な舞台として登場してきますが、それは紫式部にとって慣れ親しんでいた場所だからでしょう。作家は自分の住んだ土地や旅したところを小説に使うものです。逆に、行ったこともない土地を作品の中に使う作家は信用できません。

紫式部は、この場所で生まれ、育ちました。

当時は結婚後も女性は生家に暮らし、そこに夫が通ってくるのが一般的で、式部の夫宣孝も中川のわたりにあった式部の家に通ったのです。式部はこの家で結婚生活を送り、夫の死後もここで一人娘を育てながら、源氏物語を執筆したのでしょう。もしかしたら、死もまたここで迎えたかもしれません。

紫式部が自分の邸について、記した一節があります。

「あやしう黒みすすける曹司《ざうし》に、箏《さう》の琴《こと》、和琴《わごん》しらべながら、心につけて『雨降る日琴《こと》柱《ぢ》倒せ』などもいひはべらぬままに、塵《ちり》つもりて、寄せたてたりし厨子《づし》と柱とのはざまに首さし入れつつ、琵琶《びは》も左右に立ててはべりぬ」

これによれば、式部の部屋は見苦しく黒ずみすすけていて、箏《そう》の琴《こと》（十三絃《げん》）や和琴《わごん》（六絃）が絃を張ったまま塵《ちり》を積もらせて戸棚に立てかけてある。その厨子《ずし》と柱との間には琵琶《びわ》も左右に立ててあるというもので、この時代の公家邸のようすがよく分かります。

また、この部屋には大きな厨子が一対あって、その棚いっぱいに古い歌の本や物語の類《たぐ》いが、紙魚《しみ》に食われたまま積んであり、一方の厨子には漢籍が大切に重ねられていると書いてあります。

廬山寺　正式には廬山天台講寺《てんだいこうじ》。平安時代の僧・元三大師良源《がんざんだいしりようげん》の創建。節分の日に「鬼の法楽《ほうらく》」と呼ばれる、鬼やらいの儀式が行なわれることでも有名。
里邸　現代の感覚で言えば「実家」ということだが、清浄を尊ぶ宮中においては、妃が病気になったり、出産をする場合、里邸に戻るのが決まりだった。

不思議な縁

人の縁とは不思議なもので、実は私はこの紫式部の邸があったすぐ近所に暮らしていた時期がありました。

私は昭和二十三年（一九四八）の二月に、家庭を捨て、夫と子どもの許《もと》から単身家出をして、京都で一人暮らしを始めました。昭和二十六年に東京に出るまでの三年間は、私の人生では最も苦しい時代だったのですが、その最後の一年間ほど、まったく偶然に廬山寺の近くに下宿をしていたのです。

廬山寺から数軒北に上がったしもた屋の、道に面した二階に私の部屋はありました。窓の外は道を隔てて梨木《なしのき》神社の森が広がって、夜などはさびしいほど静かな一画でした。

私はそこから毎日、京都大学医学部附属病院の小児科研究室に通って、実験用のマウスの世話をしたり、試験管を洗っていたのです。それまでは出版社で働いていたのですが、その会社が潰《つぶ》れたので、病院にもぐりこんだのでした。

当時の私はお先真っ暗な生活で、傍《はた》から見れば、ずいぶん惨《みじ》めに見えたかもしれません。しかし、本人は案外暢気《のんき》なもので、「今に見ていろ、かならず小説家になってみせるから」と思い込んでいたのでした。

小説家志望の私は、そのときすでに二十八歳で、女の子を一人、夫の許に置いたまま飛び出していたのですが、まさか自分の下宿の数軒そばに紫式部が住んでいたなどとは夢にも想像したことがありませんでした。角田氏が歴史文献を考証した結果、廬山寺が式部の旧宅であることを発表したのは、それから十年以上あとのことでした。

そのころの私にとっては、食べることが精一杯で源氏物語のことはおろか、山紫水明《さんしすいめい》の古都に住みながら、その風光を愛《め》でたり、名刹《めいさつ》や名所旧跡をめぐったりする余裕はなかったのです。ましてや、紫式部はあまりにも天才で偉大すぎて、いかに同じ女流作家とはいえ、式部をお手本やライバルにも考えようがありませんでした。

ところが、それから五十年あまりの歳月が経ち、私は望みどおりに小説家になれたばかりか、源氏物語の訳業に挑《いど》むことになったのですから、本当に人生とは不思議なものだと思わずにはいられません。

また、出家を機に私は京都に仕事場も住居も移すことになって、以来、三十年になります。不如意《ふにょい》のどん底だった二十代のころとは違い、再度の京住まいで私は積極的に貪《どん》欲《よく》に、源氏物語の舞台の地を暇《ひま》さえあれば訪ね歩くようになりました。

気がつけば、私は何の違和感もなく千年も前の源氏物語の世界にすべり込んでいけるようになっていました。それは私が出家をし、尼僧《にそう》となったことが大きく関係していることは言うまでもありません。

今まで読み解けていなかったあの巻、この巻の行間の謎《なぞ》が、ある日、はらりと幕を落としたようにはっきり見えてきて、作者の語る声が生々しく、息のあたたかさまで伴って聞こえてくるようになってきたのでした。

しかし、それにしても、廬山寺の近くに住んでいたころ、もし自分が紫式部の邸の目と鼻の先に住んでいることが分かっていたら、同じように女一人で小説を書きつづけた式部の姿に、どんなにか勇気づけられ、あてもない自分の将来に希望が抱けただろうにと、今でも思ってしまうのでした。

第四章

源氏はなぜ「危険な恋」を求めつづけたのか——藤壺の宮

十七歳のプレイボーイ

父桐壺帝《きりつぼてい》の計らいで「源氏《げんじ》」という姓を与えられて臣下になり、光源氏《ひかるげんじ》はいよいよ自由な行動ができる立場になるわけですが、数え年で十七歳のころにはもう立派なプレイボーイぶりを発揮します。

源氏物語では、十七歳のときには空蟬《うつせみ》、軒端《のきば》の荻《おぎ》、夕顔《ゆうがお》、六条《ろくじょう》の御息所《みやすどころ》、そして藤《ふじ》壺《つぼ》の女御《にょうご》、その翌年には末摘花《すえつむはな》、そして二十歳のときには朧月夜《おぼろづきよ》という女性たちと関係を持ったことが記されています。

このほかにも彼は宮中に仕《つか》える女房たちにも手を付けているようですから、実際の数はもっと多いはずです。

この上なく美しくて魅力的な光源氏に一度でいいから愛されたいと、女たちから憧《あこが》れられているのですから、源氏が女たちを誘惑しやすかったわけです。要するにプレイボーイになりやすい条件と環境に恵まれていたのです。

しかし、それにしてもなぜ光源氏は若いころからこんなに数多くの女性遍歴《へんれき》を重ねていったのでしょうか。その「謎《なぞ》」を探るためには、もう一度、彼の生い立ちを振り返ってみる必要がありそうです。

愛情過多の帝《みかど》

光源氏が数え年三歳のときに母桐壺の更衣《こうい》は、度重《たびかさ》なる心労のためにあっけなく死んでしまいます。

最愛の女を失った桐壺帝の嘆《なげ》きは深く、一種の鬱《うつ》状態になってしまったのか、政務も怠《おこた》りがちになってしまいます。

そんな桐壺帝にとって、ただ一つ心の慰《なぐさ》めになったのが更衣の忘《わす》れ形見《がたみ》となった「光の君」でした。

すでに述べたとおり、当時の結婚は夫が妻の家に通うというもので、子どもが生まれたら母方で育てるのが常識とされていました。これは天皇の御子《みこ》といえども同じで、幼い皇子も更衣の実家で祖母に育てられていたのです。

ところが、その祖母も皇子が六歳のときに亡《な》くなってしまいます。

桐壺帝は自分一人しか頼りになる者がいなくなったこの皇子が可愛《かわい》くてなりません。そこで、異例の措置として宮中に引き取って育てることにしたのです。これはあくまで小説のうえでのフィクションで、実際の歴史の中で、こういう例はありません。

帝は後宮《こうきゅう》に行くのでも、幼い皇子を一緒に連れて行き、弘徽殿《こきでん》の女御《にょうご》に対しては、「今となっては誰《だれ》も、この子を憎《にく》むことはできないでしょう。母の亡くなったということに免じて可愛がってやってください」

とまで言います。

実はこの弘徽殿の女御こそ、源氏の生母桐壺の更衣をいじめた張本人の一人です。

この女御は桐壺帝の後宮に誰より先に入内《じゅだい》した女御で、すでに皇子も産《う》んでいます。権勢ときめく右大臣の長女で、プライドも人一倍高いのでした。帝も特別な扱いをしていました。ところが後から入内した、しかも自分よりも身分の低い桐壺の更衣に帝の寵愛《ちょうあい》を横取りにされたのですから、弘徽殿の女御は、怒りがおさまらず、あらゆる機会に桐壺の更衣をいじめて、結果、更衣は死んでしまったのです。

そんな関係の弘徽殿の女御に対して「この子を可愛がってください」と言う桐壺帝は本当にお人好《ひとよ》しだと思います。

弘徽殿の女御も内心呆《あき》れたことでしょう。ところが幼い光の君の顔を見ると弘徽殿の女御でさえ思わず微笑《ほほえ》んでしまうほど可愛らしいので、冷淡に突き放すことができません。弘徽殿の女御でさえ、こうなのですから、光の君は後宮のどこに行っても女御や更衣たちから可愛がられることになります。

天皇の後宮といえば、言うまでもなく選《よ》りすぐりの女性ばかりが集められている場所です。そうした環境で光源氏が成長したことが、のちのプレイボーイぶりにつながる伏線になっているのです。

「禁断の恋」の始まり

光の君が十歳のとき、宮中に新しい女御がやってくることになりました。

それが藤壺の宮です。

藤壺の宮は亡き先帝の四女で、母后の許《もと》で大切に育てられた姫君でした。その姫君が故桐壺の更衣に生き写しだということを知って、帝みずから入内を望んだのでした。

姫君は後宮の中でも格の高い藤壺の局《つぼね》を与えられ、藤壺の宮と呼ばれるようになります。この点、身分が低かったために更衣にしかなれず、清涼殿《せいりょうでん》から遠い局しか与えられなかった桐壺の更衣とは大きな違いです。

亡き更衣の生まれ変わりではないかと思えるほど、更衣にそっくりの藤壺の宮に出会って、帝はすっかり元気を取り戻します。今度も他の女御や更衣をさしおいて、藤壺の宮の許に頻繁《ひんぱん》に通うのですが、藤壺は先帝の姫君なのですから、さすがに今度は弘徽殿の女御も他の妃《きさき》たちも文句が言えません。

藤壺の部屋を訪ねるときにも、帝は光の君を一緒に連れて行き、藤壺の宮に向かって、

「この子をどうか可愛がってやってください。この子の母はあなたにそっくりだし、この子もあなたとよく似ている。人が見たら、あなたとこの子は実の親子だと思うでしょうね」

などと、暢気《のんき》なことを言うのです。

すでに述べたように、この時代はたとえ兄弟であっても、女性が十歳くらいになれば男の兄弟にも顔を見せないのが決まりです。とにかく父親以外の男性には未婚の女は顔を見せないし、結婚しても父や夫以外の男に顔を見せないのです。

なのに、帝はいつまでも光の君を子どもだと思って、藤壺や他の妃の部屋に連れて行くのですから、どうしても何かの拍子に妃たちの顔を見てしまいます。

光の君はませた子どもですから、

「みんなおばさんばかりなのに、この藤壺の宮だけは何と若くて美しいのだろう」

と思います。また周囲の女房たちは、

「藤壺の宮さまは、亡き母君様とほんとうにそっくりでいらっしゃる」

と吹き込むものだから、ますます光の君は、顔も覚えていない母恋いの気持ちから自然に藤壺に心が惹《ひ》かれていきます。

入内したとき、藤壺の女御はまだ十五歳の初々《ういうい》しい少女です。光の君とはせいぜい五つしか年が違わなかったのです。

はじめは母恋いの気持ちで藤壺の宮に憧れていたのが、いつの間にか切《せつ》ない初恋になっていたのでした。自分の気持ちを知ってもらいたくて、子ども心にもきれいな紅葉《もみじ》や花を見ると藤壺の宮に差し上げたりするのでした。

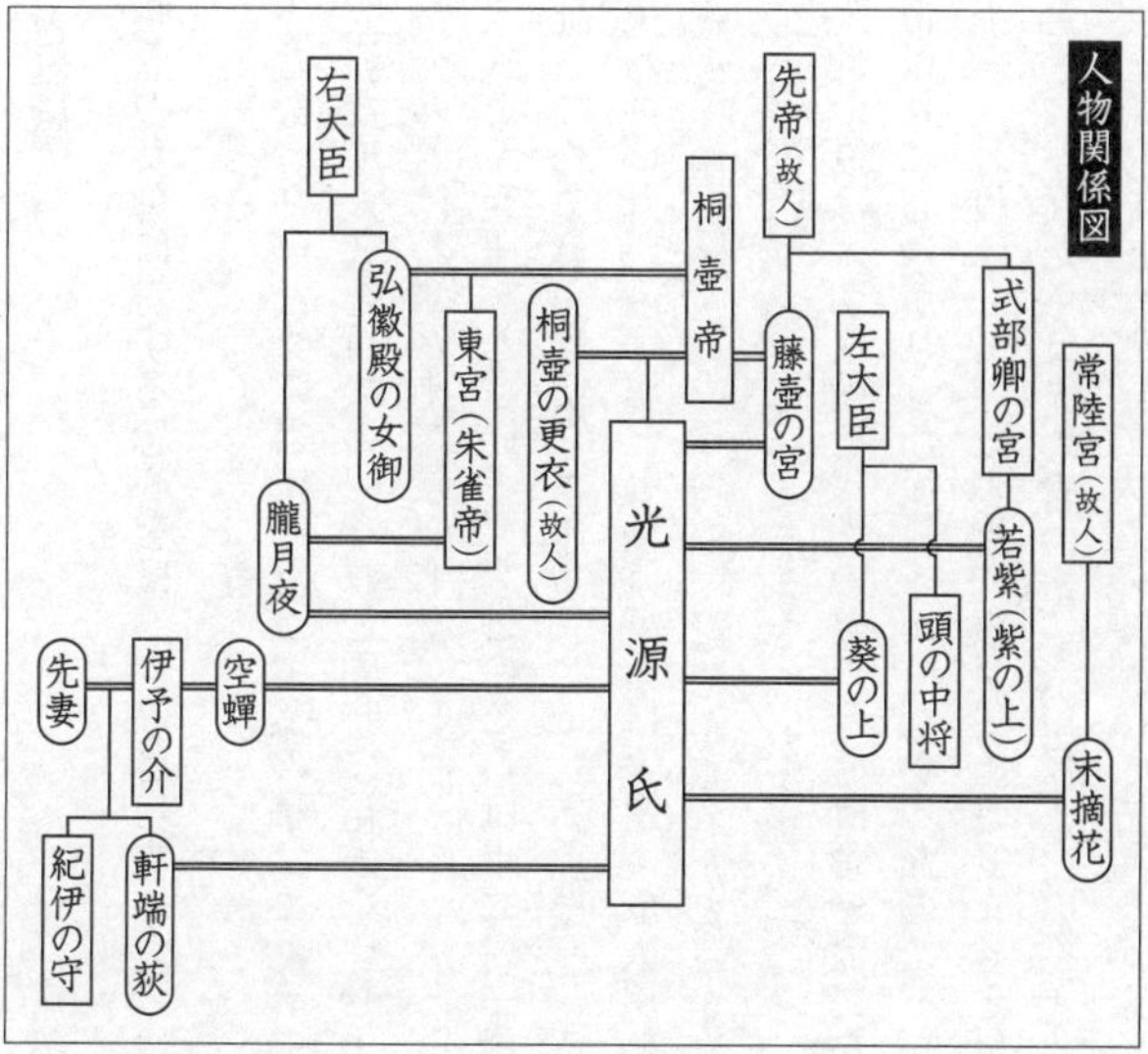
人物関係図
先帝(故人)
右大臣
桐壺帝
弘徽殿の女御
東宮(朱雀帝)
桐壺の更衣(故人)
藤壺の宮
式部卿の宮
常陸宮(故人)
左大臣
朧月夜
光源氏
若紫(紫の上)
頭の中将
葵の上
末摘花
先妻
伊予の介
空蟬
紀伊の守
軒端の荻

元服《げんぷく》と結婚

光の君が藤壺の女御に対する恋心をはっきりと自覚したのは、結婚したときからでした。

すでに臣下となっていた光の君でしたが、父の帝はまたもや光の君が可愛くて、東宮《とうぐう》と変わらぬ立派な成人式を行ない、それと同時に結婚をさせようと計画したのです。

このとき、光の君はわずか十二歳でした。

男子の成人式を「元服《げんぷく》」と言います。このころは十二、三歳で元服しました。元服式には成人の証《あか》しである冠《かんむり》を着用して成人したことを披露《ひろう》します。それまでは両耳のところで丸く束《たば》ねていた「みずら」という髪をほどき、成人風の髪型にして、冠をかぶります。元服式を「初冠《ういこうぶり》」というのも、冠をかぶるからです。この冠をかぶせる役を「引き入れ」というのは、冠の中に髪を引き入れるからです。

この引き入れの役は大切な役で、光の君のときは帝の命で左大臣《さだいじん》が務《つと》めていました。光の君には帝以外にしっかりした後見人がいなかったので、桐壺帝は、臣下で最高の位の左大臣を引き入れ役にして、その後の後見役もさせようと計ったのでした。

この式のときに、女たちは光の君の童形《どうぎょう》のみずらの髪型が可愛らしく、とても似合っていたので、みずらをほどいて大人の髪型にして冠をかぶると、器量が落ちるのではないかと心配しています。髪上げをして、みずらの時より器量が落ちるのを「あげ劣り」と言いました。

ところが髪を結い直して、冠姿になった源氏が現れたとき、前以上の凜々《りり》しいあまりの美しさに、みんなが思わず落涙してしまったと紫式部は書いています。

桐壺帝は元服式の夜、源氏を結婚させるよう左大臣に命じます。

源氏が成人式と同時に結婚したのはけっして異常なことではないのですが、それにしても、やはり十二歳の結婚というのは早すぎました。

しかし、父の桐壺帝は子可愛さのあまりに、それに気がつかなかったのです。これもまた、後の悲劇を招く、一つの遠因となりました。

桐壺帝が選んだ光の君の結婚相手は、左大臣の姫君葵《あおい》の上《うえ》でした。

この姫君は桐壺帝の妹宮と左大臣の間に生まれた方で、すでに十六歳となっていました。源氏よりも四歳年上の姉さん女房というわけです。十二歳の夫と十六歳の妻という組み合わせは現代の私たちにとっては不自然なものに見えますが、当時の帝や高級貴族の結婚は妻が年上のケースが多いのです。

というのも、たいてい婿《むこ》のほうは成人を済ませたばかりの十代前半の少年であり、結婚のことなど分かりもしないので、年上の妻がリードをすることが望まれたからです。

当時は政略結婚が多いのですから、妻が十歳以上も年上という例も珍しくありません。

といっても、花嫁も深窓《しんそう》の令嬢《れいじょう》なのですから、もちろん閨房《けいぼう》のことなど知るよしもない。おそらくは周《まわ》りに仕えている女房や乳母《めのと》が介添えしたのでしょう。

この姫君は、弘徽殿の女御の産んだ第一皇子（東宮《とうぐう》＝皇太子）からも求婚されていましたが、左大臣ははじめから、いつか光の君にと考えていたので、この縁談は断わっていました。

冷《ひ》え切った結婚生活

光源氏の元服の式は華やかに行なわれました。

この式に立ち会った帝の喜びは言うまでもありません。

一方、桐壺帝の秘蔵っ子である光源氏の元服を介添えしたうえに、自分の娘が源氏の君の結婚相手に選ばれたことで、左大臣の権勢はいっそう強まることになりました。

東宮の求婚を断わって、左大臣があえて臣下の身となった源氏の君を選んだのは、そうしたほうが桐壺帝の覚えがめでたくなることを見越したからでしょう。

紫式部は単なる男女の恋愛模様を描くだけでなく、こうした現実的側面もきちんと描写しているので、物語にリアリティがあるのです。

しかし、周りの人々から祝福された結婚ではあっても、当の光源氏はあまり嬉《うれ》しくなかったのです。

姫君葵の上は容貌《ようぼう》も美しく、上品で申し分ないのですが、身分が高いだけにプライドも高く、年下の光源氏にとってはよそよそしい感じがします。しかも、彼女自身、自分が花婿よりも年上だというコンプレックスもあって、源氏に心を開けません。結婚初夜から源氏は、この結婚生活に違和感を覚えるようになります。

しかし、たとえ親が取り決めた、意に添わぬ結婚であっても、夫婦として長い時間を一緒に過ごせば、自然と情が移ってくるものです。源氏が感じていた違和感も月日が解消してくれていたかもしれません。

なのに、ここでまたしても桐壺帝が気の利《き》かないことをしてしまいます。

新婚ほやほやの光の君をしきりに宮中に呼び寄せて、自分の傍《かたわ》らに引きつけておこうとしたのです。光源氏も長年暮らしてきた宮中のほうがずっと気が楽ですから、左大臣の姫君の許に通うよりも、宮中の自分の部屋で寝泊まりすることのほうが多くなってしまいます。

光源氏には、母桐壺の更衣が使っていた部屋が与えられていて、更衣に仕えていた女房がそのまま残って彼に仕えていたのです。

これでは源氏が葵の上に対して心を開かず、結婚生活が冷《ひ》えたものになっても仕方がないし、そもそもの原因は源氏の君というよりも、光の君に対して愛情過多の桐壺帝にあったと言うべきでしょう。

恋愛の結晶作用

このような生活を送る中、光源氏は藤壺の宮に対する自分の気持ちが恋愛感情だということをはっきり自覚します。

「もし妻にするのなら、あのようなお方とこそ結婚したい。あのお方に似ている女など、この世にはとてもいそうにない。左大臣の姫君（葵の上）は器量も申し分ないし、大切に育てられた、いかにも上品な深窓の人だけれど、どこか性《しょう》に合わないような気がする」

と思うようになり、藤壺の宮のことが頭から離れなくなってしまうのです。

でも、どれだけ恋しくても、元服してしまえばさすがに藤壺の宮の部屋を訪ねるわけにもいかないし、ましてや話をすることもできません。

ときおり宮中で開かれる管弦の遊びのときに、几帳《きちょう》を隔《へだ》てて藤壺の宮が琴を弾《ひ》くのに合わせて、笛《ふえ》を吹くことでかろうじて心を慰めるしかありません。そんなはかない結びつきであっても、やはり源氏にとっては宮中にいるほうが魅力的であったのです。

こうした源氏の気持ちが、単なる憧れで終わっていれば何の問題もありませんでした。年上の女性に想いを寄せることは、思春期の少年にはありがちなことです。

しかし、すぐそばにいながら、直接会ったり話をしたりすることができないという切ない状況に、彼の恋情はますます燃え上がっていったのです。

フランスの小説家スタンダールは、こうした心理を「恋愛の結晶作用」と呼んでいます。

あなたも経験があるでしょうが、恋愛のはじめの段階で人間はかならず相手のことを美化してしまうものです。本当に結ばれてしまえば、それが単なる幻想にすぎなかったことにやがて気づくのですが、それまでは相手の美点しか見えないし、しかもそれを誇張して考えるようになる。

光源氏の心にもこの結晶作用が起こり、それはやがて抜き差しならぬ義理の母と子の不倫関係をもたらすことになるのです。

雨夜《あまよ》の品定《しなさだ》めで、なぜ源氏は居眠りをしているのか

源氏物語は光源氏の生涯を中心に据《す》えた大河小説ですが、源氏の出生から葵の上との結婚までを描いた「桐壺」と、次の「帚木《ははきぎ》」の帖との間には数年間の空白があります。新婚生活に落胆した光源氏はまだ十二歳の少年でしたが、「帚木」ではいきなり十七歳になっているのです。

この間の源氏がどのように生き、暮らしていたかは源氏物語の中にまったく書かれていません。しかし、すでに十七歳のときには彼はいくつもの恋愛を経ていたばかりか、

初恋の人であった藤壺の女御とも結ばれていたと思われます。藤壺の女御と、いつ、どこで結ばれたのかはどこにも書かれていません。しかし「帚木」冒頭に出てくる有名な「雨夜《あまよ》の品定《しなさだ》め」の段で、どうやらそのようだと推測できるのです。

十七歳の源氏はすでに朝廷から近衛《このえ》の中将《ちゅうじょう》という官職を与えられています。妻の葵の上としっくりいかず、宮中に出仕《しゅっし》ばかりして、葵の上の暮らしている左大臣家へは相変わらず、ときたまにしか訪れていません。

ある梅雨《つゆ》の夜、源氏が*物忌《ものい》みのために宮中にとどまっていると、そこへ源氏にとって無二の親友で、あらゆる面でライバルでもある*頭《とう》の中将《ちゅうじょう》、それに左馬《さま》の頭《かみ》、藤式部丞《とうしきぶのじょう》が訪ねてきます。この三人はいずれも自分の女性経験の豊富さを誇るプレイボーイたちです。

若い男たちが四人集まって夜を過ごすとなると、話題が女性の話に落ち着いていくのはいつの時代でも変わりません。たちまち、話は自分の恋愛論、女性論、そして経験談へと展開していきます。

この「雨夜の品定め」で語られている女性論は女性の紫式部が書いたとは思えないほど、男性の視点で語られていて、実に生き生きとして面白い一節で昔から有名なのですが、実はこの座談会では源氏はほとんど発言していません。それどころか、左馬の頭たちが自分なりの女性観を披露しているときには居眠りしているほどです。

紫式部は、他の男たちが熱を込めて女性の話をしているときに退屈する源氏の姿を通じて、彼がすでに相当の色事師《いろごとし》になっていたことをさりげなく伝えているのです。

現代も昔も、本当のプレイボーイは自分の経験談や相手の女性のことについて、他人に話したり、自慢したりはしません。さも異性のことは知り尽くしていると自慢げにしている人のほうが、かえって大した経験がなかったりするものです。

得意げに女性談義をする左馬の頭たちに源氏も同じようなものを感じたのではないでしょうか。

しかし、かといって、せっかく自分を訪ねてきてくれた友人たちを馬鹿《ばか》にするわけにもいかない。だからこそ、眠っているふりをしていたのではないかと思うのです。

何しろ、このときすでに源氏は数々の女性と経験したばかりか、最高の女性、藤壺の女御を手に入れてしまっているのです。左馬の頭の「世の中には理想の女性なんているわけがないのだから、多少の欠点は目をつぶって、いちずに生真面目《きまじめ》で実直な女を生涯の伴侶《はんりょ》にするのが無難だ」という現実論も、彼にとっては興味のないものであったのでしょう。

物忌み　陰陽道《おんみょうどう》（110ページ）などで、一定の期間、食事や外出・面会などを慎み、心身を清めること。

頭の中将　左大臣の長男。若き光源氏の最も親しい友人であり、恋や技芸でしばしば張り合うライバルでもあった。後に源氏が須磨に流されたとき、世間の目を気にせず、わざわざ須磨に出向いたほど、その友情は深かった。須磨から復帰後、源氏にとって政治上の重要なパートナーとして活躍する。

徐々に明らかになる「真実」

左馬の頭たちの話が女性論から経験談に移ってくると、それまで眠っていた源氏は急に目を覚《さ》まして耳を傾けはじめます。

「女性とは」などという演説には興味がなくても、現実に存在する女性の話ならば興味があるというのですから、現金といえば現金なものです。

しかし、左馬の頭や頭の中将、そして式部丞が語る失敗談や思い出話を聞くにつけ、彼の心にはある女性の姿が浮かんできます。

源氏物語には「あの女性こそ、すべての面において過不足のまったくない稀有《けう》な女性だと思って胸が詰まってくる」という描写があります。

この「あの女性」が誰であるかは、この時点では紫式部は明らかにしません。物語が進んでくるにつれ、光源氏が心に思い浮かべていたのが藤壺の女御であることが読者にも分かってくるというしかけになっているのです。

藤壺の女御と源氏とが禁断の恋に落ちていることは、この雨夜の品定めがあった翌日、源氏が方違《かたたが》えで紀伊《き》の守の邸《かみやしき》に行く場面でも、さりげなく記されています。

方違えとは、この時代に信じられていた陰陽道*から来た習慣です。

陰陽道では、運命を司《つかさど》る中神《なかがみ》が地上に降りてきて、八方《はっぽう》を巡行すると考えていました。その中神が巡行している方向と同じ方角に出かける場合、災《わざわ》いが起きるのを避《さ》けるために前夜のうちに別のところに泊まるのが方違えです。今の私たちから見れば、不便《ふべん》極《きわ》まりない話なのですが、当時の人はこれを真剣に守っていました。

その方違えのために泊まった紀伊の守邸で、源氏は女房たちが自分の噂《うわさ》をしているのを聞いてしまいます。

「まだお若いのに、早々とご結婚なされてさぞやつまらないことでしょうね」

「でも、人目に付かないところでけっこう遊んでいらっしゃるそうよ」

このひそひそ話を聞いて、彼はどきりとしてしまいます。この程度の噂ならともかく、あの秘密を人々が話しているのを聞きつけたらどうしようかと源氏は真剣に怯《おび》えるのです。

この源氏のうろたえようから考えると、彼と藤壺の女御の関係は単に源氏の片想いではなく、すでに一線を越えているのではないかと推察されるのです。そうでなければ、源氏がこれほど怯える必要はありません。源氏は藤壺との恋の秘密が人々の口に上るのを何より恐れたのでしょう。

何しろ、相手は自分の義理の母、しかも父帝の愛妃《あいひ》なのです。いかに彼が高貴な血を受けているとはいえ、この関係が露見《ろけん》すればそれはただのスキャンダルでは収まりません。そのことを知っているからこそ、彼は女房たちの噂話を聞いて冷《ひ》や汗《あせ》をかいたのです。

源氏が藤壺への想いを成就《じょうじゅ》したのは、おそらく直前の十七歳の春、ひょっとしたら前年に起きたことではなかったでしょうか。

陰陽道　中国古代に発達・完成した占術の一種。天界の動きや方位を見て、国家社会や個人の吉凶を占う。六〇二年、百済《くだら》の僧・観勒《かんろく》によって日本にもたらされ、のちには国家機関として「陰陽寮」が作られ、陰陽道に基づく暦が編纂《へんさん》された。

人妻・空蟬《うつせみ》との恋

現代の満年齢に直せば、わずか十五歳か十六歳で人妻を、それも自分の父の妻を誘惑してしまったのですから、まさに源氏は平安時代の「アンファン・テリブル」(恐るべき子ども)というべきですが、彼はこのあとに続く物語で、次々と年上の女性たちを誘惑していきます。

その最初に現われるのが、空蟬《うつせみ》です。

先ほども述べたように、源氏は雨夜の品定めの翌日、方違えのために紀伊の守の邸に泊まります。そこにたまたま、紀伊の守の継母《ままはは》がやはり方違えに来ていることを知り、彼はその女性に会ってみたいと思います。

紀伊の守の継母とは、源氏の家来筋にあたる伊予《いよ》の介《すけ》が最近めとった若い後妻《ごさい》です。源氏は以前から、娘時代には気位《きぐらい》の高い女性だったという噂を聞いていたので、紀伊の守にあれこれと問いただします。

すると紀伊の守は源氏の魂胆《こんたん》も知らずに、彼女についていろいろな情報を話します。伊予の介の後妻は、亡くなった衛門《えもん》の督《かみ》の娘で、亡父は彼女を宮仕《みやづか》えさせようと思っていたのに、縁があって伊予の介の許に嫁《とつ》ぐことになったのでした。

そこで彼女はこの結婚を不満に思っていたのですが、老いた夫のほうが主君をあがめるように彼女を扱うので、先妻の子どもたちは父親のことを好色がましいと非難しているのです。

こういう話を聞くと、「そこまでして伊予の介が大切にするとは、どんな女性なのか」とますます源氏の好奇心は高まっていきます。彼は夜になると、紀伊の守の邸を一人でうろつき、ついに彼女の寝ている場所を突き止め、そこに忍び込みます。

寝ていた女はすぐに異変に気づくのですが、どうしようもありません。いつもなら身近にいる女房もそのときは離《はな》れで入浴していて、周りには誰もいなかったのです。

源氏は動転する女に対して、

「前々からお慕《した》いしていました。こんな機会が来るのをずっと待っていたのです」

などとかき口説《くど》きます。

こうした嘘やお世辞《せじ》を平気で言ってしまうのが源氏の口《くち》べっぴんなのですが、そのようすを原文は、

「鬼神《おにがみ》も荒だつまじきけはひなれば」

と書きます。

鬼でさえ源氏の優しい言葉の前には荒々しい振る舞いもできなくなるほどの優雅さだというのです。

「なよ竹《たけ》」のような女

源氏の突然の出現に、女は気が動転しているので何もできません。

「お人違いでしょう」

と、かろうじて返事はするのですが、源氏は彼女の抵抗を無視して、そのまま抱きかかえて自分の部屋に連れて行こうとします。

そこに入浴していた女房の中将《ちゅうじょう》の君《きみ》が現われます。あたりは真っ暗闇《やみ》なので源氏の顔は見えないのですが、源氏の放《はな》つ芳香を嗅《か》ぎ、一瞬にしてすべてを察します。

当時の貴人たちはみな、香りにこだわっていて、それぞれが自分で調香《ちょうこう》をしたお香を衣服などにたきこんでいました。これを「薫物《たきもの》」と言うのですが、源氏物語では光源氏の放つ芳香は「えも言われぬ」ほどであったと記しています。

しかし相手が源氏の君と分かっても、中将の君もどうしようもありません。いや、相手が天皇の御子《みこ》であると分かれば、なおさら何もできないというものです。上《うわ》の空《そら》で彼女は二人のあとを追いかけます。

源氏は悠々《ゆうゆう》と自分の寝所《しんじょ》に入り、そこで追ってきた中将を振り返って、

「明け方、迎えに来なさい」

と言い放って、襖《ふすま》を閉めてしまいます。このあたりの堂々としたようすは、これが十七歳の少年だろうかと思ってしまうほど小憎《こにく》らしい感じがします。自分は皇子であるというプライドがそこにあるのは言うまでもありません。

源氏の腕に抱かれた女は、中将の君に知られたこともあって死ぬほど辛《つら》い思いをして、全身に汗をかいているのですが、やすやすと源氏の思いどおりにはなりません。

この意外な抵抗は源氏にとって予想外のものであったでしょう。

彼はいつものように甘い言葉を囁《ささや》いて、女の気持ちを和《やわ》らげようとしますが、女はそんな言葉にもなびかず、

「こんなご無体《むたい》なことをなさるなんて、あんまりです。どうせあなたさまから見れば、

私は数にも入らぬ卑《いや》しい身なのでしょうが、身分の低い者にも低いなりのプライドというものがございます」

と言います。

このあたりの女の抵抗ぶりを紫式部は「なよ竹《たけ》はしなやかでいながら、なかなか折れないように」と表現しています。女は小柄で華奢《きゃしゃ》な体をしているし、性質も大人しそうなのに源氏の思うとおりにはならないのです。

すべては闇の中で……

しかし、そうした女の抵抗も若い源氏の前には結局、無力でした。

普通の男ならば、こんなに抵抗されれば「もう、二度とごめんだ」と思うのでしょうが、源氏はそうではありません。

紫式部はこうした源氏の性格を「帚木」の冒頭の部分でこう書いています。

「源氏の君は手軽な、すぐに手に入るような情事には興味がなく、苦労の種となりそうな恋にひたむきになってしまうという、あいにくな癖《くせ》がおありでした」

この紀伊の守邸の一夜は、まさしくその好例と言えるでしょう。

一夜をともにしても、けっして心を開こうとせず、冷淡なままでいる彼女に対して、源氏はかえって気持ちをかき立てられます。

この後も源氏は二度、彼女に言い寄るのですが、今度は相手も警戒しているのでなかなか想いを遂《と》げられません。

一度などは、継娘《ままむすめ》と寝ているところに忍びこんではみたのですが、女がいち早く察して上に着ていた小袿《こうちき》*を脱ぎ残して、下着一枚で寝所から逃げ出してしまいました。

ところが源氏は女が逃げ出したことが分かりません。後に残されていた継娘を前の女だと勘違いして事を進め、抱いてしまってから気がつきます。抱いてみると、小柄なあの女とは違い、娘のほうはグラマーだったからです。

この時代は夜にもなれば灯《あか》りも消し、真っ暗であることを忘れないでください。男が女性の寝所に忍び込むのも手探りだし、愛を交《か》わすのも手探りのまま。相手の姿はおろか、顔もよく見えない中での契《ちぎ》りです。だから、相手を取り違えてしまうことは現実にもしばしば起こっていたようです。

源氏が間違いに気づくことができたのは、昼の間に女と碁《ご》を打っていた継娘の姿を覗《のぞ》き見ていたからです。

この継娘のほうは源氏の好みではありませんでした。娘は若くて美しくても、ちょっとはしたない感じがしていたからです。しかし、今さら人違いだったと言うわけにもいかず、源氏はまた例の調子で継娘に優しい言葉をかけ、前からあなたが目的でこの家に来ていたなどと口説きます。

この伊予の介の後妻と継娘のことを「空蟬」と「軒端《のきば》の荻《おぎ》」と呼びます。といっても、この呼び名は本文の中に出てくるわけではありません。源氏物語の登場人物の名前の多くは、あとになって読者が付けたもので、この場合も作者自身は「女」とか「娘」といった言い方しかしていないのです。

「空蟬」とは、源氏が忍び込んだときに女が残していった小袿にちなんだ名前です。源氏はその小袿をひそかに持ち帰り、

空蟬の身をかへてける木《こ》の下《もと》に　なほ人がらのなつかしきかな

という歌を彼女に送ります。「蟬が抜《ぬ》け殻《がら》だけを残して飛び立つように、小袿だけを残して消えてしまったあなたのことを忘れられません」という意味ですが、この歌から「空蟬」という名前が生まれたのです。

小袿　女性の略礼装の一種。名前のとおり、通常の袿（189ページ）よりも丈《たけ》が短く、小さめに仕立ててある。

誇り高き女性たち

自分の汗が染《し》みた小袿が源氏の手に渡っていることを知った空蟬は恥ずかしく感じます。彼女は平静を装《よそお》ってはいるのですが、内心では「もし源氏の君と独身時代に会っていれば」と思っています。

しかし、彼女はそんな気持ちを自覚しながらも、とうとうこの後も源氏に肌を許すことはありませんでした。

空蟬はその後も源氏物語の中にしばしば現われてきます。

夫が地方官として赴任《ふにん》するのに付き従って、一時、空蟬は四国の伊予に下向《げこう》します。そして夫の任期が終わり、京の都に戻る途中で源氏と偶然の再会を果たすのですが、そのときにも源氏の誘いを拒絶しています。

やがて老夫が死ぬと、空蟬は義理の息子の紀伊の守に言い寄られます。

紫式部は空蟬の容貌を「華奢で頭も小さく、髪もあまり豊かではなく、まぶたがはれぼったく、鼻筋もすっきり通っていなくて」とずいぶん酷評していますが、それでも源氏や伊予の介親子を惹きつけるのですから、一種の雰囲気美人で、男心をそそる情緒を持っていた女性なのでしょう。

もちろん、この紀伊の守の誘いにも空蟬は頑《がん》として応じません。しつこくつきまとってくる継子《ままこ》から逃げるため、空蟬は出家してしまいます。

空蟬は葵の上のように高貴な階級の出身ではなく、むしろ中流階級の出なのですが、葵の上と変わらぬプライドの持ち主と言えるでしょう。

葵の上や空蟬にかぎらず、源氏物語にはプライドの高い女性たちが身分に関係なく登場しています。

私たちは平安時代の女性たちを、男性に頼りっぱなしの存在と思ってしまいがちですが、紫式部の創造した女性たちはそうではありません。今から千年も前に、自我を確立し、人としての誇りを持って生きた女性たちの姿を生き生きと描いただけでも紫式部の天才は素晴らしいと思います。

源氏物語のヒロインたちが次々と出家していくのも、そうした誇り高い自我を持っているからに他なりません。

たしかに平安朝は男性社会であり、女性は差別された存在です。

しかし、だからこそ彼女たちは自分の心の中に誰にも侵《おか》されない、自分だけの世界を持ちたかったのではないでしょうか。そして、その究極の選択として出家があったのだと私は思うようになったのです。

出家した空蟬を光源氏は引き取り、自分の二条院の東の院に住まわせます。源氏の立派なところは、一度関係を持った女性を最後まで面倒を見ることです。もちろん、彼にはそれができるだけの財力があったわけですが、単に経済的余裕があればできるというものではありません。こうした誠実さがあるから、読者はどれだけ光源氏が浮気男でも許してしまうのです。

もちろん、出家した空蟬と源氏との間に男女の関係はありません。ドンファンの源氏も出家した尼僧《にそう》にだけは手を出しませんでした。二条院で空蟬は静かな余生を送ったと源氏物語は伝えています。

二度目の逢瀬《おうせ》

光源氏はこの空蟬や軒端の荻をはじめ、夕顔、末摘花といった女性たちと次々と関係を持つわけですが、彼にとってやはり最高の女性は藤壺の女御でした。

おそらく最初に源氏が藤壺の女御に迫ったのは宮中だったのでしょう。宮中では物忌みのとき、天皇は女を断ち、清浄に暮らします。

しかし、藤壺の女御は天皇の妃として宮中に暮らす身です。源氏といえども、そうしばしば逢えるはずもありません。

源氏十八歳の四月、藤壺の女御が体調を崩して、宮中から里帰りすることになりました。宮中は天皇のおられる神聖な場所ですから、病気や出産の際には「穢《けが》れ」を避けて退出することになっていました。

そのことを聞きつけて、源氏はなんとかまた逢えないだろうかと考えます。

源氏は藤壺付きの女房の王命婦《おうみようぶ》に、逢瀬の手引きをしてくれと迫ります。それは前のときも手引きをしてもらったからです。

もちろん王命婦は困り果ててしまうのですが、とうとう源氏に押し切られてしまいます。ひょっとしたら、源氏は王命婦をすでに自分のものにしていたのかもしれません。

かくして源氏は人目を盗んで、藤壺の御帳台《みちょうだい》の中に入ってしまいます。ふたたび自分の前に現われた源氏を見て、藤壺は悩乱《のうらん》します。

前回の逢瀬以来、ひとときも藤壺の心は安まることはありませんでした。悪夢のような逢瀬《おうせ》を思い出すだけでも心がさいなまれ、もう二度とあんなことをするまいと、繰《く》り返《かえ》し心に誓っていたのです。

しかし、こうして源氏の美しい姿や優しい言葉を聞いてしまうと、藤壺はその魅力に抵抗できずに身を任《まか》せてしまうのです。

ついに恐れていたことが

この再会後、源氏は何度も藤壺に手紙を書くのですが、藤壺はその手紙を手に取ろうともしません。激しい後悔にその後、体調を崩したほどの藤壺は「今度こそ源氏とは手を切ろう」と思っていたのでしょう。

しかし、皮肉なことに藤壺の体には妊娠《にんしん》の兆候《ちょうこう》が現われてきます。

体調を崩し、長く後宮を離れていたのですから、帝の子を宿《やど》しているのではないことは藤壺にも分かります。しかし、長く隠せるわけもなく、藤壺は懐妊の報《しら》せを宮中に届けざるをえませんでした。

愛する妃の妊娠を知り、帝はますます藤壺が愛《いと》しく思えて見舞いの勅使《ちょくし》を何度も派遣します。手放しで喜ぶ帝のようすに藤壺はますます悩みを深めていきます。

一方の源氏は藤壺が妊娠したことなど知りません。源氏のほうから手紙を出しても、ほとんど返事がない状態なのですから当然です。

しかし、不思議な夢を何度も見るので夢占いをさせたところ、占い師が「あなたが帝王の父におなりになるというお告《つ》げです」と言うので、源氏は「もしや」と思いはじめます。

果たせるかな、しばらくすると宮中で藤壺懐妊の噂が広がり、源氏は恐れていた事態が現実になったことを知るのです。

なぜ藤壺は「強い女」になったのか

藤壺を妊娠させたことを知って、源氏はもちろん平静ではいられません。

何しろ、藤壺は父帝の愛妃《あいひ》であり、自分にとっては義理の母とも言うべき存在です。帝みずからが源氏の幼いころ、藤壺の宮に向かって、「あなたはこの子の母親に似ている。どうか親代わりになってあげてください」と頼んだのです。

なのに、その義母と密通をしたばかりか、不倫の子が生まれることになったのですから「このことが露見《ろけん》すれば」と不安に駆《か》られるのは当然のことです。

藤壺の女御は七月になってようやく宮中に戻ります。

久しぶりに藤壺と会った帝は自分がコキュ（フランス語で「妻を寝取られた女」のこと）になったことなど露知らず、源氏をしょっちゅう召し出しては、琴や笛を演奏させます。また十月には清涼殿の前庭で、源氏と頭の中将に*舞楽《ぶがく》の青海波《せいがいは》を舞わせます。

これらはいずれも藤壺の宮に対する帝の愛情の表われなのですが、藤壺は源氏の美しく舞う姿に心乱れる自分を恥じ、また帝に対しても申し訳ないと感じてますます悩みを深めていくのでした。

こうした中、いよいよ藤壺の出産が近づいてきます。

宮中では穢れを忌むために、藤壺は里帰りするのですが、いっこうに出産の兆《きざ》しは現われないので、世間は驚きます。

みなは十二月には生まれるだろうと思っていたのに、十二月は過ぎ、一月も過ぎてしまいます。世間では、物《もの》の怪《け》のせいではないかという不吉な噂が流れます。当時の人たちは病気や体の異変は、物の怪のせいだと考えていました。

しかし、藤壺自身はなぜ一月になっても生まれないかの理由をよく知っています。本当の懐妊は源氏と密会をした前年の四月なのですが、宮中を下がったのが二月のことだったので、二ヶ月くらいの違いならごまかせると思い、懐妊を二月のことととして届けたのです。

しかし、実際に十二月が過ぎ、世間が不思議なことと噂をするようになると、藤壺は自責の念にますます駆られるようになって、このままお産で死んでしまいたいとか、あるいは嘘《うそ》がばれてしまうのではないかと思い詰めるほどになりました。

藤壺は二月に入って男児を無事出産します。

生まれた子どもが呆れるほどに源氏に瓜二《うりふた》つなのを見て、藤壺の心はまた大きく乱れます。この子の顔を見れば、誰もが怪しむに違いない。自分と源氏とのスキャンダルは露見するのではないかと情けなく思えてしまいます。

その一方で、出産を経験した藤壺はこうも考えます。

「これまでは出産で死んでしまえばいいと思っていたけれど、ここで死んだら弘徽殿の女御が私を笑い者にするだろう」

弘徽殿の女御は帝との間にすでに東宮を産んでいて、自分の地位を固めてはいますが、帝の愛情を独り占めしている藤壺に対して何かと敵愾心《てきがいしん》を抱《いだ》いています。

出産するまでの藤壺は源氏の情熱に翻弄《ほんろう》されるばかりでしたが、皇子誕生以後の彼女は見違えるほどに強くなるのです。

亡くなった桐壺の更衣と藤壺は容貌こそ似ていても、その性格はかなり違います。

紫式部は亡くなった桐壺の更衣を、ただ気の優しく大人しいだけであったと描写していますが、藤壺はそうではありません。

自分の身に降《ふ》りかかってきた不幸を嘆いてはいても、彼女にはそれと戦うだけのプライドも聡明《そうめい》さもあるのです。源氏物語が名作とされるのは、登場人物の性格がきちんと書き分けられているところにもあります。

彼女は生まれた我が子を見て、過ぎたことを嘆くのを止《や》め、出生の秘密を守り抜こうと決意します。それは何も自分を守るためではありません。我が子や愛する源氏を守るための選択なのです。

そんな彼女の決意も知らず、源氏は一刻も早く我が子の顔が見たいと思い、さまざまに手を尽くすのですが、その願いは藤壺に頑《がん》としてはねつけられます。

藤壺はけっして源氏から心が離れたわけではありません。

しかし、もし皇子の顔を見せれば、若い源氏のことです。喜びのあまり、何をしでかすか分かりません。そんなことで秘密が露見してしまっては、源氏自身の破滅にもつながります。また、いくら実の父とはいえ、帝よりも先に皇子を抱かせては何重にも帝を侮辱《ぶじょく》することになります。

藤壺が源氏の願いを斥《しりぞ》けた理由は源氏物語の中に明確には書かれていませんが、藤壺の性格から考えると、こうした配慮があったと想像できるのです。

ところが、こんな藤壺の配慮や決意を光源氏はまったく気がつきません。藤壺から断わられてもしきりに藤壺の里邸《さとやしき》である三条の宮を訪れては、皇子に会いたがります。

これにはさすがに藤壺も苛立《いらだ》ち、取り次ぎ役の王命婦に対してもよそよそしくなっていきます。

舞楽　日本に渡来した諸外国の音楽に起源を持つ、雅楽の一ジャンル。楽器の演奏に合わせて、公家や楽人がおたがいに舞を披露して楽しむ目的から生まれた。源氏は舞楽の名人で、その舞は観る者の心を奪った。

無責任な源氏

四月になって、ようやく藤壺は皇子を内裏《だいり》に連れて行きます。

何も知らない、お人好しの帝は源氏と瓜二つの皇子の顔を見て、疑いもしません。

さっそく帝は源氏を招いて、皇子を披露します。

「そなたを幼いころから手許に置いて育てたからだろうか、この子は実にそなたに似ていると思う。ごく小さい子どもというのは、みな似たようなものだろうか」

と無邪気《むじゃき》に言う帝の言葉に源氏は恐れおののくのですが、それと同時に我が子を見た感動に涙をこぼしそうになったとあります。

そして、「この子がこんなに私と似ているのなら、自分をますます大切にしなければならない」と思い上がったことまで考えます。

紫式部はこうした源氏の姿を描写することで、若い源氏の思慮のなさを示したかったのではないでしょうか。

すべての秘密は自分が引き受けるのだと覚悟を決めた藤壺と比べれば、源氏の感想は何とも無責任な感じがします。

そもそも桐壺帝は源氏にとって自分の父です。そして藤壺が産んだ皇子は、彼にとっての弟にあたるのです。その弟の父が、本当は息子の自分だというのですから、これは途方もない乱倫であるし、真相が明らかになってしまえば、身の置きどころもなくなるほどのスキャンダルなのです。

それは彼自身の行動にも表われていて、藤壺が三条の宮で一人悩んでいる間、彼はいつもと変わらぬラブハントに精を出しているのですから、いくら年がまだ若いとはいえ、暢気《のんき》なものだとつい苦笑をしてしまいます。

プライド高き姫君

たとえば藤壺と密会をした前後、源氏は末摘花という女性に興味を持ちます。

この人は故常陸宮《ひたちのみや》の姫君で身分こそきわめて高いのですが、父宮が亡くなった後、零落《れいらく》して貧しい生活を送っています。女房たちも一人減り、二人減って、気の利《き》いた女房などはいなくなってしまっているのです。私たちは貴族といえば、みんな富裕で贅沢《ぜいたく》な生活をしていると思いますが、当時の都にもこうした貧乏貴族は多かったのでしょう。

源氏はこの姫君の話を聞きつけて、なんとか一度逢ってみたいものだと思うようになりました。というのも、その姫が琴の名手らしいと思ったからです。亡くなった常陸宮は琴の名手として知られていたので、その娘ならばきっと上手だろうと勝手な想像をめぐらしたのです。

源氏はさっそくこの娘の寝所に忍び込み、目的を達します。考えたらすぐに実行しないではいられないのが、やはりドンファンです。

ところが、この姫君はまるで木偶《でく》のようで、さっぱり手応《てごた》えがありません。受け答えもろくにできないし、女らしさや面白さを感じません。

それでも彼は「深窓の令嬢だから」と思い込んで、もう一度、彼女のところに通います。前回は暗闇の中で、相手の顔も見ていなかったので今度は見てみたいと思ったのです。これもまたスタンダールの「結晶作用」です。

一夜明けて、源氏はさりげなく姫を窓際に誘います。すると、この姫君は育ちがよすぎて人を疑うことを知らないものですから、素直に出てくるのでした。

ようやく昇りだした朝日に照らされた姫君の顔はぎょっとするようなものでした。むやみに顔が長いばかりか、鼻がまた異様に長くて、先が象《ぞう》のように垂れ下がっています。しかも、その鼻の先が紅《べに》でも付けたのではないかと思うほど赤いのです。

寝所でまさぐった黒髪の手触りがよかったので、絶世の美女を想像していた源氏はがっかりしますが、姫君は世間知らずですから自分の顔に少しもコンプレックスがなく、源氏が何を考えているのか想像もしていないのです。

何とも残酷なシーンですが、この後も源氏はこの姫君のことを何度も笑い者にします。赤い鼻をからかって彼女に「末摘花」というニックネームを付けたばかりか、幼い若紫と遊んでいるときには自分の鼻に紅を付けてみせ、

「私がこんな顔になったら、どうする」

などと言ったりもするのです。

紫式部はこの末摘花の物語を、いわば気分転換の滑稽譚《こっけいたん》として書いたのかもしれませんが、私にとっては末摘花が哀《あわ》れで、この話が好きではありません。

末摘花が他人の目を気にしないのは鈍感だからではなく、生まれながらの貴族としてのプライドゆえと思うからです。本当に誇りを持って生きている人は、自分が貧しかったり、醜かったりしてもそれを気にしたりしないものではないでしょうか。

これに対して、末摘花を笑い物にする源氏の姿は、それが藤壺との密会前後に起こったということもあって、私にはあまり好感が持てないのです。

若紫との出会い

藤壺の懐妊が分かってからも、源氏の行動はいっこうに修《おさ》まりません。藤壺の妊娠を知った当初こそさすがに沈み込んでいましたが、秋の終わり近くになるとラブハントを

再開するのです。

源氏が最初に若紫を北山で見かけたのは、藤壺と再会する直前の三月のことでした。瘧《おこり》（マラリア）を患《わずら》った源氏は、北山の老修験者《＊しゅげんじゃ》のところに加持祈禱《＊かじきとう》を受けに行きます。

平安時代の人々は、病気のほとんどは悪霊《あくりょう》のしわざと考えていたので、熱病も風邪《かぜ》も、ノイローゼも心臓病もすべて祈禱によって治せると考えていたのです。今から考えれば、非科学的な話ですが当時は病気になったら、僧侶《そうりょ》に加持祈禱してもらうというのが常識とされていました。

その北山で彼は美しい少女を発見します。

少女はまだ十歳くらいの幼さなのですが、源氏はそのあどけない顔に「限りなく心を尽くしきこゆる人」の面影を見ます。「限りなく切なく恋い慕《した》っている人」とはもちろん、藤壺の女御のことです。

この少女が藤壺と似ているのには理由がありました。少女は藤壺の女御の兄式部卿《＊しきぶきょう》の宮の娘で、つまり藤壺と少女は叔母《おば》と姪《めい》の関係だったのです。

少女は母が早く死んでしまったので、祖母に引き取られて北山に来ていたのでした。

この当時、子どもは母方で育てるのが常識でした。

源氏は、藤壺の代わりとして少女を手許に置いて育ててみたいと考えます。そして、さっそくこの少女の世話をしている祖母の老尼《ろうに》に面会して、彼女を引き取りたいと掛け合います。

もちろん、老尼は、少女が小さすぎるといって相手にしてくれません。

修験者 日本古来の山岳信仰と仏教とが混交して生まれた「修験道」は古くから信仰を集めてきた。修験者はその修行者の呼び名で、加持祈禱をしばしば行なった。

加持祈禱 単に加持という場合も。神仏に願をかけるために行なう儀式、作法の一つ。

式部卿の宮 源氏物語の登場人物はしばしば官職名で呼ばれるので、その人物が昇進や異動をすると名前が変わってしまう。紫の上の父・式部卿の宮もその一人で、源氏が北山で若紫を発見したときは兵部卿《ひょうぶきょう》であった。したがって、本来なら兵部卿の宮と書くべきだが、混乱を避けるためにあえて本書では式部卿の宮で統一している。

冷え切った夫婦仲

それから半年が経《た》った十月、少女の面倒を見ていた老尼が死んだことを知って、源氏は行動に出ます。

老尼の死に人々が嘆《なげ》き悲しんでいるとき、彼は少女を自分の邸に有無を言わさず連れてきてしまうのです。まるで誘拐のような行動でした。乳母《めのと》が慌ててついてきました。

源氏は、面倒を見る人がいなくなった少女を父の式部卿の宮が引き取ることになったと聞き、その前に少女を連れ出したのでした。

少女はまだ小さいので、最初のうちこそ乳母と寝たいと泣いたりもしたのですが、すぐに源氏になついてしまいます。源氏もまた、この少女が可愛くて宮中にも出仕せずに、一緒に絵を見たり、書道の手ほどきをしたり人形遊びをしたりして、ひたすら機嫌を取り結ぶのでした。少女を自分の理想の女性に仕立てるための教育が始まったというわけです。

この少女の名前を若紫と呼ぶのは『*伊勢物語《いせものがたり》』にちなんでいます。『伊勢物語』初段の「春日野《かすがの》の若紫の摺衣《すりごろも》　しのぶの乱れ限り知られず」という歌から取ったものです。紫の上の幼少時の話なので、昔の人たちは『伊勢物語』の歌を思い出して「若紫」と名付けたのでしょう。「紫の上」とか「紫の君」という名は源氏物語の原文にも使われていますが、「若紫」は原文には出てきませんから、これも読者が付けたニックネームということになります。

それにしても、源氏が公務までもさぼって幼い若紫と一日遊んでいる時期は、藤壺が里邸《さとやしき》の三条の宮で一人、罪の呵責《かしやく》に耐えていた時期なのです。源氏と若紫の間には、まだ性的交渉がないとはいえ、これでは藤壺が哀れというものでしょう。

気の毒なのは藤壺ばかりではありません。

源氏の君が自邸に女性を迎えたという噂は、正妻葵の上の耳にも入ります。

どうして噂が広がるかといえば、女房たちの口コミです。中には二つの邸を掛け持ちで働いている女房もいるし、また女房どうしが親戚《しんせき》という例もあります。そうして広がった噂なので、もちろん正確さはありません。葵の上の耳に入ったのも「源氏の君は女君《おんなぎみ》をお迎えになったそうです」という漠然《ばくぜん》とした話でしかありません。それがまさか十歳そこそこの若紫であることなど知るよしもないのですが、最近ますます源氏の足が遠のいていることを考えれば、その噂は正しいのだろうと彼女は思います。こういうときに、もし葵の上が源氏に恨《うら》み言《ごと》の一つでも言えるタイプであればいいのですが、葵の上はプライドも高いので源氏に会っても知らないふりをしています。それがまた源氏には面白くなくて、ますます葵の上から気持ちが離れていきます。結局、葵の上と源氏の夫婦仲の悪さはどちらのせいとも言えません。世の中の夫婦がみなそうであるように、どちらにも責任があるのです。

伊勢物語　現存する最古の歌物語。作者は、物語の主人公である在原業平《ありわらのなりひら》本人とも、紀貫之《きのつらゆき》とも言われるが定かではない。在原業平とおぼしき人物の一代記で、さまざまな恋愛や旅の物語を中心に展開されている。

藤壺、中宮《ちゅうぐう》になる

最愛の藤壺との間に子どもが生まれたことで桐壺帝は譲位を考えます。

本当は藤壺の産んだ皇子を自分の跡取りにしたいのですが、次代の天皇はすでに弘徽殿の女御が産んだ皇子、つまり源氏の腹違いの兄になる東宮が即位することが決まっています。そこで、東宮に譲位することで、新しい東宮を藤壺の産んだ皇子に据えようと考えたのです。

しかし、それをするには一つだけ問題があります。

というのも、幼い皇子を東宮にすれば、どうしても後見人が必要です。藤壺は皇族の出身ですから、もちろん親族もみな親王ばかり。日本では昔から皇族は政治に関わらないのがルールとされてきましたから、後見人になれる男性が藤壺の親族には誰もいないということになります。

そこで帝は藤壺を中宮《ちゅうぐう》、つまり帝の正妃とすることで幼い皇子を守ろうと考えます。

藤壺が中宮になると聞けば、もちろん東宮の母である弘徽殿の女御は「自分や東宮の立場が脅かされるのでは」と心穏《こころおだ》やかではいられません。また世間でも、東宮の実母である女御を差しおいての中宮昇格には反対の声も多く起こりました。しかし、帝はその声を押し切って、藤壺を中宮に立たせます。

このときの藤壺の気持ちは源氏物語には書かれていませんが、さすがに複雑であったでしょう。

本当はすでに帝を裏切っているというのに、帝はそれをちっとも疑わないばかりか、今度は中宮という女性最高の地位に据えるというのです。しかし、藤壺は帝に申し訳ないと思いつつも、その思《おぼ》し召《め》しを受けないわけにはいきません。自分が中宮になることが、幼い我が子を守る最大の盾《たて》になるのです。

藤壺が中宮として入内する夜、源氏はそのお供を務めることになりました。藤壺の乗った御輿《みこし》を見つめて、源氏は「ますます藤壺の宮は私から遠い人になってしまった」とため息を漏《も》らします。相変わらず源氏の心の中は藤壺に対する思慕の想いでいっぱいで、当の藤壺がどれだけ思い悩んでいるかは少しも想像がつかないのです。

源氏十九歳、七月のことでした。

第五章

奔放な愛、知的な愛

——夕顔と六条の御息所

光源氏の困った性格

光源氏にはつねに仰《あお》ぎ見るような、自分より優《すぐ》れた女性が必要だったというのは、源氏物語の現代語訳を遺《のこ》された円地文子さんの説でした。

天皇の子として生まれ、しかも容貌《ようぼう》にも才能にも恵まれた光源氏に口説《くど》かれたいと思う女性はたくさんいます。

しかし、彼はそうした容易な恋愛には少しも興味がなく、障害の多い、実現困難な恋に惹《ひ》かれてしまうという困った性格を持っています。正妻の葵の上は、桐壺帝や左大臣がお膳立《ぜんだ》てして、あてがわれた結婚だったので情熱が湧《わ》かなかったのです。

そうした女性の代表格が六条《ろくじょう》の御息所《みやすどころ》でしょう。

六条の御息所は前の東宮の妃《きさき》でしたが、東宮が早世してしまい、今では東宮との間に生まれた幼い姫君と自分の里邸《さとやしき》で暮らしています。その邸が都の六条にあったので、物語の中では六条の御息所と呼ばれています。

御息所とは、皇子や皇女を産《う》んだ女御・更衣に対する敬称です。

御息所は源氏よりも七つ年上です。源氏と出会ったころには二十四歳か二十五歳くらいということになります。未亡人となってからは自分の邸をこの上なく趣味よく住みな

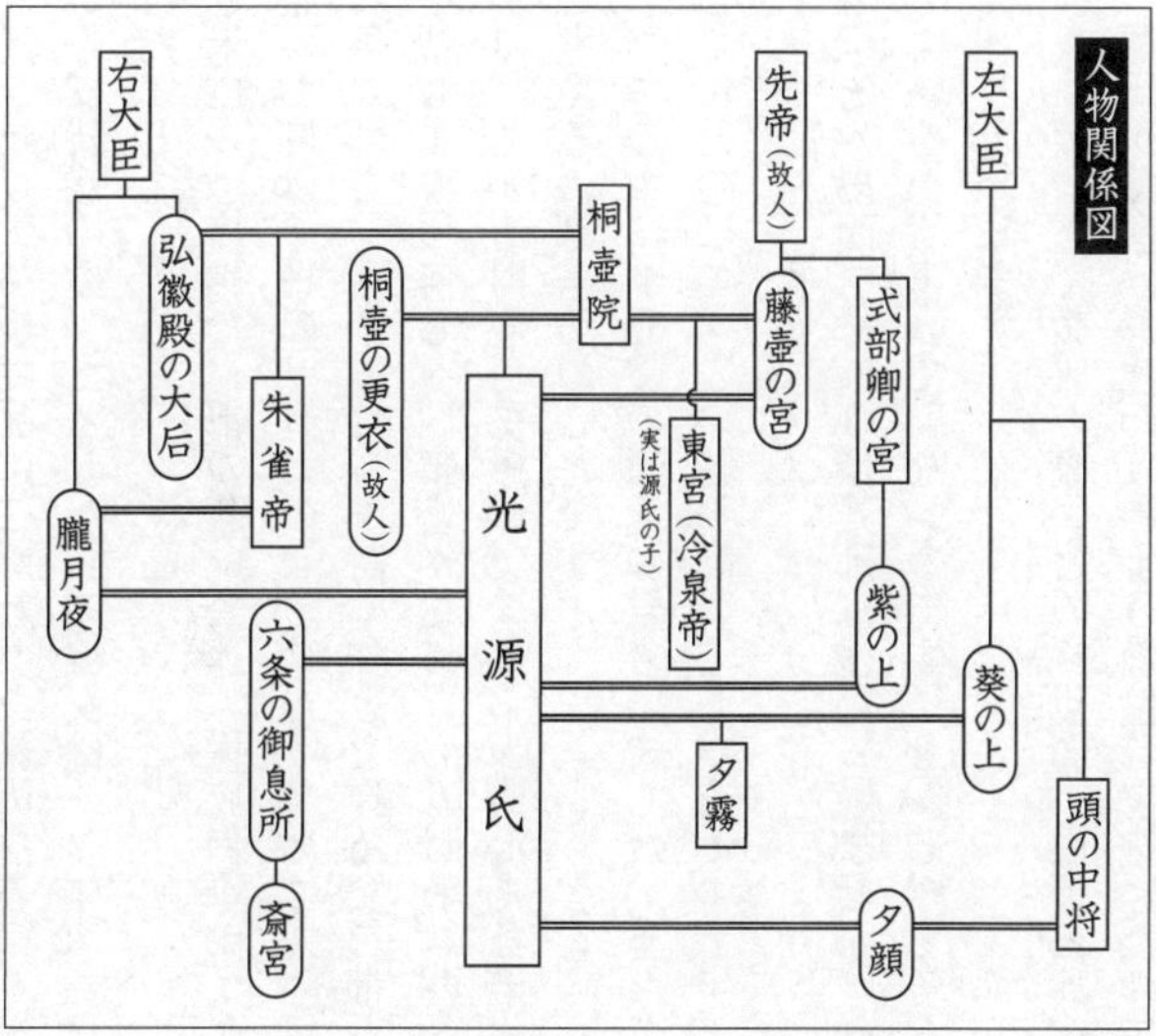
人物関係図
左大臣
先帝（故人）
式部卿の宮
藤壺の宮
桐壺院
桐壺の更衣（故人）
右大臣
弘徽殿の大后
朱雀帝
朧月夜
東宮（冷泉帝）
（実は源氏の子）
光源氏
紫の上
葵の上
頭の中将
夕霧
六条の御息所
斎宮
夕顔

して、つまりインテリアや調度品にこだわった贅沢《ぜいたく》な暮らしをしていました。もし現代のマスコミが平安時代にあったとしたら、彼女は「ファッションリーダー」「カリスマ」などと騒がれたことでしょう。

この美しき未亡人に憧《あこが》れて、都の若い公達《きんだち》（貴族の子弟）がしょっちゅう集まってくるので、六条のお邸は一種のサロンのようになっています。

御息所は六条の邸で、音楽の会や漢詩や和歌を作る会を催《もよお》しました。都の公達は競ってこの会に出席します。何しろ、東宮が亡《な》くならなければ皇后の位に就《つ》いた人です。美しく教養もあり、しかも財産もあるのですから、野心ある若者が何とか六条の御息所の心を得たいと考えるのは当然のことです。

その貴公子たちの中に十七歳の源氏の君もいました。そして、いつの間にか彼は他のライバルたちを押しのけて、この誇り高い、しかも七つも年上の高貴な未亡人の心と体を我がものにしてしまったのでした。

といっても、その場面をやはり紫式部は書いていません。それどころか、いつ源氏が彼女を誘惑しているかも書いていないのです。しかし、おそらく源氏が藤壺と最初の密会をした前後だと思われます。

私は高貴でエレガントで教養が高いという点で、藤壺と比べることのできる唯一のこの貴婦人に、源氏が藤壺の身代わりのような憧れを抱《いだ》いたのではないかと思います。ハードルの高い恋にしか心が惹かれない源氏にとっては、御息所への恋もかりそめではなかったのです。そして、御息所を得た自信で源氏は藤壺に一気に迫ることができたのでしょう。

「思い詰める性格」が仇《あだ》に

誰もが憧れる六条の御息所を得た源氏でしたが、彼の心は急速に離れていきました。最初のうちはしげしげと通っていましたが、だんだんに足が遠のいて、六条の御息所は「夜離《よが》れ」の日々を送ることになります。恋人が通って来てくれないために、一人で夜を過ごすことを当時は夜離れと言っていました。

源氏は当初、めったに逢えない藤壺の身代わりとして彼女を求めていたのですが、いざ恋が成就《じょうじゅ》してしまうと、何かと気が張る女性であることに気がついたのでした。

何しろ、年齢は藤壺や葵の上よりも上なのですから、まだ十代の源氏としてみれば、御息所から馬鹿《ばか》にされたくないという思いが先だってしまいます。

御息所の性格にも原因がありました。

紫式部は御息所の性格をこう記しています。

「女は、いとものをあまりなるまで思《おぼ》しめしたる御心ざまにて」

つまり、彼女は何事であっても極端なほどに深刻に考え詰めてしまう性格だというのです。

もともと彼女は七歳も年下の恋人に対して年齢的なコンプレックスを感じているし、年上で経験豊富な自分がなぜやすやすと若い浮気男につけこまれてしまったか、という屈辱《くつじょく》感も持っています。さらに、若い恋人を持ったことで世間が自分を嘲笑《ちょうしょう》しはしないかという恐れもあります。

御息所はまだ二十代半《なか》ばなのだから、年齢のことを気に病《や》むのはおかしいと思われるかもしれません。

しかし、この時代は葵の上が十六歳で結婚したことからも分かるように、現代とは十歳くらい年齢の感覚が違います。

源氏との恋でただでさえ御息所は不安やコンプレックスを抱いているうえに、そのことを思い詰めてしまうという性格なのですから、若い源氏にとっては彼女の愛が重苦しくなってきて当然です。理知的な女性が相手に「しつこい」という印象を与えてしまうのは今も昔も変わりません。

紫式部は源氏物語の中で、さまざまな女性を巧《たく》みに書き分けています。プライドの高い女、優しい女、可愛《かわい》い女、色好みな女、嫉妬《しっと》深い女、家庭的な女など、実にさまざまな性格の登場人物が出てくるのですが、なかでも御息所の「何事も思い詰めてしまう」性格については、徹底的に書き込んでいます。

御息所はもともと頭もよければ、教養もあり、センスもいい。東宮の未亡人として身分も高い。周《まわ》りから見れば、こんなに幸福で恵まれた女性はいないのに、この性格が仇《あだ》になって源氏との恋愛ではどんどん自分を追い込み、傷つけてしまうのでした。

性格の悲劇

十九世紀フランスの作家コンスタンが書いた小説『アドルフ』は私の愛読書です。年下の男に誘惑され捨てられる女性エレノールの不幸な物語を描いたもので、御息所と源氏の話にも通じるものがありますが、この中で作者コンスタンは人間の悲劇について「境遇などというものはまことに取るに足らぬもので、性格がすべてです」と書いています。

御息所の苦悩はまさに、この「性格の悲劇」だと私は思います。フランス人コンスタンよりも八百年も前に、紫式部はそのことを看破《かんぱ》して作品化していたのです。

もし、御息所がもっと楽天的で陽性の性格であったとしたら、もっと源氏に対して余裕を持って接することもでき、源氏との愛が彼女にとって苦しみになりはしなかったでしょう。

しかし現実の彼女は、若い源氏に誘惑されたことへの引け目や屈辱を感じてしまう性格だし、頭がいいものだから、こうした自分の重苦しさを嫌って源氏の足が遠のいていることもよく分かっているのです。いっそのこと源氏を憎《にく》んでしまえば楽なのに、「悪いのは自分のほうだ」とますます思い詰めてしまうのです。

源氏物語は、そうした彼女の姿を、

「こうして源氏の君がまれにしかいらっしゃらなくなった、寂しい独《ひと》り寝《ね》の眠れない夜《よ》毎《ごと》には、さまざまな悲しい思いが胸にせめぎあい、しおれきっていらっしゃるのでした」

と描いています。

こうしたインテリ女性の恋の苦しみは、紫式部自身の心の中にあるものだったのでしょう。式部の夫の宣孝《のぶたか》も、またパトロンであった道長《みちなが》も多情で、しかも女性に不自由しない男たちだったので、紫式部もまた眠れない夜を幾度《いくど》となく過ごしてきたはずです。

乳母《めのと》と乳母子《めのとご》

六条の御息所のところに通いなれたころ、源氏は六条の御息所とまったく対極的な女性と出会います。それが夕顔《ゆうがお》です。

源氏十七歳の夏、彼は大弐《だいに》の乳母《めのと》が重い病気になっていると聞いて見舞いに立ち寄ります。

平安時代の子育てでは、貴族の子どもは産みの母の乳で育てられることはほとんどありませんでした。母親が健康であっても、乳母が雇われます。皇族や身分の高い貴族ともなると、乳母が複数になることもありました。

源氏も乳母が複数あったので、「大弐の乳母」という呼び名なのでしょう。大弐とは乳母の夫の官職で、*大宰府《だざいふ》の次官にあたる職ですから、源氏の乳母に選ばれるにはふさわしい家柄だということも、これで分かります。

乳母はもちろん健康で母乳が出る女性でなければなりませんが、誰《だれ》でもいいというわけではなく、素性《すじょう》がよくなければなりません。というのも乳母の子どもは「乳母子《めのとご》」といって、たいてい主人から引き立てられ、従者や女房になるからです。

乳母子は子ども時代からの付き合いとなるのですから、他の従者よりも格別に信用され、つねに主人のそば近くで仕《つか》えることになります。主人にとって乳母子は実の兄弟よりも信頼できる存在であり、おたがいに秘密を共有する関係にもなるのです。

大弐の息子惟光《これみつ》はまさにその典型で、乳母子の惟光は、源氏の情事のほとんどすべてに立ち会っていて、藤壺の女御との密会以外はすべて知っています。ちなみに惟光は源氏物語の中で、実名で登場する数少ない人物の一人です。

大弐の乳母の家は五条のあたりにあり、源氏は宮中から六条の御息所邸に向かう途中に立ち寄ったのです。

当時の五条のあたりは、どちらかといえば下町的な感じで小さな邸が並んでいます。

源氏はそんな風景が珍しいものですから、乳母の家の門が開くまで車の中から外を眺《なが》めていると、乳母の家の隣に、新しい檜垣《ひがき》を巡《めぐ》らせたこざっぱりした家があることに気がつきます。見ると、その家の簾《すだれ》の向こうから女たちの顔がたくさんこっちを窺《うかが》っているのが透《す》けているではありませんか。

源氏は覗《のぞ》くつもりが覗かれていたのです。女たちは、この界隈《かいわい》では見馴《みな》れない車が止まっているので興味津々《きょうみしんしん》なのでしょう。源氏のほうも好奇心を覚え、いったいどんな女がここに暮らしているのだろうと考えます。

大宰府　現在の福岡《ふくおか》県太宰府市にあった、朝廷の機関。九州一円の内政を管轄するほか、外交や国家防衛を担当した。

女蕩《おんなた》らしの条件とは

その家は門らしいものもなく、建物も見るからに手狭な感じです。板囲いのところどころに、青々とした蔓草《つるくさ》が生えのびていて、白い花がひっそりと咲いています。

「あれは何という花かな」

とつぶやくと、供《とも》の一人が夕顔です、と答えます。

「一房《ひとふさ》折ってまいれ」

と源氏から命じられた家来が中に入って、その夕顔の花を蔓《つる》のところで折ります。

すると、家の中から可愛らしい女童《めわらわ》（少女の召使い）が出てきて、白い扇に濃く香《こう》をたきしめたものを差し出し、

「この上に載《の》せて差し上げてください。蔓も頼りなく扱いにくい花ですから」

と言います。ちょうどそのとき、惟光が源氏を迎えに出てきたので、惟光がこれを受け取り、源氏に取り次ぎました。

扇のことは気になるのですが、源氏はまず乳母を見舞います。病床の乳母は出家して尼になっています。当時の人たちは、出家すれば仏《ほとけ》の功徳《くどく》で病気が治ることが多いと信じていたのです。

もはや危篤《きとく》状態になっている乳母に、源氏は若者とは思えないような、優しい情の深い言葉を数々かけてやります。源氏の口《くち》べっぴんは何も恋愛のときだけではないことが、このシーンでも分かります。

「私は幼いころに母や祖母に次々と死なれて、いろんな人に育てられたけれども、親のようにして懐《なつ》いたのは、あなたより他にはいませんよ」

こんな優しい言葉を美しい貴人から言われたら、乳母はもう極楽にいる気分になっていたことでしょう。

こうした口のうまさを源氏の不誠実さととるか、相手をいたわる優しさと思うかは読者の自由です。しかし、源氏の場合、単に口先だけのお世辞《せじ》ではなく、その場にいると

きは本気になって話しているところだけは注目すべきでしょう。そのときの彼は純粋な気持ちから、話しているのです。だからこそ、六条の御息所や空蟬《うつせみ》といった年上の女性でさえ、彼についなびいてしまうのです。

日本人は男のおしゃべりをあまり好みません。しかし、女蕩《おんなた》らしの第一条件は今も昔も口がうまいということで、平安時代の男たちは源氏にかぎらず、女性に対しては筆まめだったし、口まめでした。それが変わってきたのは武士が台頭してからのことだと思われます。

謎《なぞ》めいた女・夕顔

優しい言葉で乳母を泣かせ、自分も涙を流した源氏でしたが、その見舞いが終わるや、惟光と一緒に源氏はさっきの扇を子細《しさい》に点検します。

扇には、持ち主のものと思われる移り香《うつりが》が深く染《し》みついていて心が惹かれます。扇を開くと、そこには風流な筆跡で歌が書いてありました。

心あてにそれかとぞ見る白露《しらつゆ》の　光そへたる夕顔の花

内容は「白露の光を添えた夕顔の花のようなお姿は、もしかしたら光源氏の君ではないでしょうか」という歌で、なかなかのできばえです。

この歌の詠《よ》み手が、夕顔です。夕顔という名前は、この歌から付けられたものであることは言うまでもありません。

源氏はその日は六条の御息所の邸に通ったのですが、五条に住む謎《なぞ》めいた女性のことが忘れられません。そこで惟光に命じて、隣家のようすを探らせ、女の身元を調べるように言います。

惟光は主人が夕顔の君に目を付けているのを察して、いろいろ調べるのですが、なかなか女の身元は分かりません。

そのうち、源氏は「ひょっとしたら、あの女性は頭《とう》の中将《ちゅうじょう》が言っていた女性ではないか」と思い当たります。

雨夜《あまよ》の品定《しなさだ》めのとき、中将が「かつて自分が密《ひそ》かに通って、女の子まで産ませた女がいるのだが、あるとき私の妻に脅迫がましいことを言われ、私に何も言わずにそのまま消えてしまった」と嘆《なげ》いていたことを思い出したのです。

頭の中将がそれほど執着する女だと思えば、源氏はますます興味が湧いてきました。

そこで惟光に命じて、女の家に忍び込む手伝いをせよと命じるのです。

惟光がどうやってそれを実現したかは、源氏物語では「あれこれ策を弄《ろう》して、強引に段取りを付けたのですが、このあたりの話は省《はぶ》かせていただきましょう」とあって、はっきりとは書いていません。惟光がまずその家の女房を自分のものにして、その女房に手配をさせたのでしょう。

源氏と惟光とは主従というよりも、むしろ幼いころからの遊び仲間で、気の置けない友だちといった関係であったようです。この場合も、惟光は源氏の命令だから忠実にやっているというよりも、むしろこの仕事を楽しみながらしている感じがあります。

対照的な二人――夕顔と六条の御息所

どこの誰とも分からぬ夕顔との情事は源氏を惑溺《わくでき》させました。

十七歳の源氏は恋愛のエキスパートと自負していたのですが、今度ばかりは朝別れて夕暮れに訪れるまでの、昼間のわずかの時間さえ惜しいと思ってしまうほど、彼女の魅力の虜《とりこ》になってしまったのです。これではいけないと、源氏自身も冷静になろうと努力してみるのですが、やはりどうにもなりません。

紫式部は、そんな夕顔の魅力を「言いようもなく素直で、もの柔らかにおっとりしていて、考え深いとかしっかりしているところはあまり感じられません。ひたすら稚《おさな》じみた初々《ういうい》しさと無邪気さなのです」と書いています。

何事においても自分の意志で決断し、行動しようと考える御息所に対して、夕顔は正反対です。身分の違いがあまりに大きいので、源氏は夕顔の許《もと》に覆面《ふくめん》をして通って、自分の素性さえ明らかにしないのですが、そんな男に対しても夕顔は身を許してしまうと全身を任《まか》せきり、心までも頼り切って従います。

かといって、夕顔はけっして世間知らずの少女などではありません。文中には書かれていませんが、性愛の面でも源氏を惹きつけて放《はな》さないものがあったのでしょう。

また、源氏が覆面を付けて通う五条のあたりの雰囲気も、彼には目新しいことばかりでそれもまた物珍しい感じがします。

朝になると二人で寝ている枕元《まくらもと》には、近所の人々の声が聞こえてきます。

「おお、寒《さ》ぶ、寒ぶ、何とまあ寒いことだわい」

「今年はさっぱり商売が上がったりで、田舎《いなか》のほうの行商もろくなことはあるまいと思うと、ほんとうに心細くてならないねえ。おいおい北のお隣さんや、聞いているかい」

また広い邸宅では聞こえない、庭のコオロギの声も枕元の壁際《かべぎわ》から聞こえてきます。

こうしたことは御息所の六条邸ではもちろん考えられないことです。

源氏はついつい心の中で夕顔と六条の御息所を引き比べて、「あの方も、少しは窮屈な雰囲気を取り除いてくださったらいいのに」と思ってしまいます。

夕顔にどんどんのめりこんでいった源氏は「いっそ自分の邸に連れて行きたい」とさえ考えるようになりました。

秘められた娼婦性《しょうふせい》

旧暦八月十五日、つまり中秋《ちゅうしゅう》の名月の夜を夕顔と一緒に過ごした源氏は、翌朝、いきなり彼女を外に連れ出します。今はほとんど使われていない某《なにがし》の邸で彼女と水入らずの時間を過ごそうと考えたのです。

ここで源氏は初めて覆面を取り、自分の顔を見せて「どうだ、私はなかなかいい男だろう」といった意味の歌を詠みます。それにしても、これまで本当に源氏は覆面をしていたのでしょうか。閨《ねや》の中でも、覆面を付けていたとしたら何だか少し滑稽《こっけい》な気もします。

この源氏の問いかけに対する夕顔の返歌は、それまでの従順でたおやかな女というイメージを裏切るもので読者は驚かされます。

「この前、素敵に見えたのは夕暮れのせいだったのかしら。近くで見ると大したことないわね」

と彼女はつぶやくように歌ったとあります。

このしゃれた返事に源氏は、なかなか味《あじ》な答えができるものだなと惚《ほ》れ直します。しかし、考えてみれば、彼女はすでに頭の中将との間に一子《いっし》をなしているわけですから、純情無垢《じゅんじょうむく》のはずはないのです。

円地文子さんは「夕顔には娼婦性《しょうふせい》がある」とおっしゃっていましたが、この夕顔の仮住まいしている宿も女性ばかりで、何だか娼婦の家という気もします。見も知らない男に歌を書いた扇を渡すこと自体、女性のほうから誘いをかけたとも読めます。「誰にでもなびく、扱いやすい女」という夕顔の印象は表面的なものであったのです。

住む人のいない邸の中で源氏と夕顔は終日、愛を交《か》わします。その十六日の夜、二人でとろとろと寝ていると、枕元にぞっとするほど美しい女が座っていることに源氏は気づきました。

その女は、

「私がこんなに夢中になってお慕《した》いしていますのに、こんな平凡なつまらない女を御《ご》寵愛《ちょうあい》なさるとはあんまりです。口惜しくて悲しゅうございます」

と言いながら、夕顔に手をかけて引き起こそうとするのです。

そこで源氏は夢から覚《さ》めるのですが、その瞬間ふっと灯《あか》りも消えてしまいます。源氏は不吉に思い、夕顔の女房右近《うこん》を呼びます。しかし右近も怖がっていて役に立ちません。そこで仕方なく源氏が自分で灯りを取りに行き、戻ってくると夕顔はすでに冷たくなっているではありませんか。

捨て身の魅力

夕顔の突然の死に、源氏は呆然《ぼうぜん》として何もできません。右近も源氏にすがって泣くばかりで何の役にも立ちません。二人はそのまま、夕顔の遺体と一緒に朝まで過ごします。

このとき、源氏はまだ十七歳の青年です。母や祖母を亡くしているとはいえ、それは物心もつかないころですから、目の前で人が死ぬことなど経験したことがありません。夕顔の急死に動転し、うろたえて泣き悲しむ源氏の姿は、源氏物語全編の中で最も好感が持てます。このとき、彼は「これも藤壺との禁断の恋の報《むく》いではないか」と怯《おび》えたりもするのですが、これも若者らしい素直さです。

朝になって某邸に戻ってきた惟光は事態を知るや、沈着に善後策を講じます。惟光は自分の知り合いが尼になって東山《ひがしやま》に庵《いおり》を持っているのを思い出し、そこに夕顔の遺体を車で運ぶことにします。源氏も夕顔に付き添いたいと言うのですが、そんなところを誰かに見られては大変です。

惟光は彼を二条院に帰し、自分と右近の二人だけで運ぶことにします。惟光は「もし、このことが露見《ろけん》して咎《とが》めを受けることになってもかまわない」と覚悟を決めていました。いったんは惟光の説得に応じて二条院に帰った源氏でしたが、やはり焼かれてしまう前にもう一度、夕顔の顔を見たいと思います。惟光はそれを必死で止めるのですが、東山に出向いて亡骸《なきがら》と対面します。

源氏は亡骸の手を取り、

「私にもう一度、せめて声だけでも聞かせてくれ。あんなに心の限りを尽《つ》くして愛し合ったのに、そんな私を捨てて逝《い》ってしまうなんて、あまりにもひどい」

と言って、あたりを憚《はばか》らず泣きます。東山からの帰り道には、あまりの悲しみのために気を失いかけ、落馬してしまったほどでした。

　こうした純情さもまた源氏の一面です。若い源氏が年上の女性たちの心を惹きつけるのは、彼の行動が打算から出たものではなく、いわば捨て身で相手に向かっているからです。涙を止めどなく流し、悲しみに気を失うことができるのは青春の特権ではないかと思います。

誰が夕顔を殺したのか?

　夕顔を失った源氏は悲しみのあげく病気になり、二十日間近くも起きあがることさえできませんでした。ようやく体調が戻ったのは、九月も二十日になった頃でした。

　主《あるじ》を失った右近は、源氏が引き取って二条院の女房として面倒を見ています。元気になった源氏は夕顔の思い出を右近と語りあいます。

「女は頼りなさそうに見えるのが、可愛いのだ。しっかり者で気が強く、人のいうことを聞かない女は、どうも私は好きになれないね。私自身がはきはきせず頼りない性質だからか、女はただ優しく素直で、うっかりすると男にだまされそうに見えるのが、さすがに慎みぶかく、夫の心に頼りきって従うというような女が可愛くて、そういう女を自分の思うように躾《しつ》け直して暮らしたら、むつまじく過ごせると思うのだけれど」

　この「そういう女を自分の思うように躾け直して」というくだりは、後に登場する紫の上の伏線にもなるのですが、「女は頼りなさそうに見えるのが可愛いのだ」という源氏の述懐が六条の御息所を念頭に置いたものであるのは間違いなさそうです。

夕顔をとり殺した物《もの》の怪《け》の正体は、この段階ではまだ明らかになっていません。源氏自身もまだ心当たりがありません。

しかし、この後に起きてくるさまざまな事件から、夕顔を死なせたのが六条の御息所の生き霊《いりょう》であったことがやがて源氏にも読者にも分かってくるのです。

「二重構造の小説」の面白さ

夕顔の死後も、源氏と六条の御息所の関係は続きます。

この間、源氏は藤壺を妊娠させ、また若紫を引き取って育てはじめたりもします。

むろん、六条の御息所は藤壺の女御と源氏の禁断の恋を知らないわけですが、源氏が二条院に若い女性を引き取っていることなどは耳に入ったでしょうし、また、彼が朧月夜《おぼろづきよ》やさまざまな女性と浮き名を流していることも耳にしているはずです。それでもなお六条の御息所は源氏のことを思い切ることはできなかったのです。

しかし、その六条の御息所も、源氏の態度が相変わらず冷たいことを苦にして、いよいよ彼から離れる決断をします。一人娘の姫君が伊勢《いせ》の斎宮《さいぐう》に選ばれたのを機会に、京を離れて姫君と一緒に伊勢に下《くだ》ってしまおうと考えたのです。

伊勢の斎宮とは、天照大神《あまてらすおおみかみ》を祀《まつ》る伊勢神宮に天皇の名代《みようだい》（代理）として奉仕する女性のことで、未婚の内親王《*ないしんのう》か女王《じよおう》が選ばれます。伊勢の斎宮は天皇の御代《みよ》替わりのたびに新しく選ばれるのですが、桐壺帝が藤壺の女御が出産したのを機に退位したので、御息所の姫君に白羽《しらは》の矢《や》が立ったのです。

このとき、御息所は源氏と出会って五年の歳月を送っています。年も二十九歳になっています。源氏と御息所との仲はすでに都中に知れわたっていて、御息所が伊勢に下向《げこう》するという話も格好の噂《うわさ》となって、源氏の父桐壺院の耳にも届きます。

桐壺院は源氏を呼びつけて叱《しか》りつけます。

御息所は前の東宮が寵愛なさった方、並の女性のように軽々しく扱ってはならないと言ったうえで、

「相手の女に恥をかかせるようなことはせず、どの女にも公平にやさしくして、女性から怨《うら》みをかうようなことをしてはならない」

と、諭《さと》します。

桐壺院はしごくまっとうなことを言っているのですが、それを言っている当人が息子に妻を寝取られている父親なのですから、読者には院が哀れにも滑稽にも思えてきます。

紫式部は、こうした「二重構造の小説」作りの面白さをよく知っていて、それを源氏物語の中でしばしば使っています。

内親王か女王　皇室では天皇の兄弟および男子を親王と称し、また女子は内親王と称す。親王、内親王になるには正式の宣下《せんげ》を必要とし、宣下を受けていない女子のことを女王と呼ぶ。

車争い

桐壺院が源氏の君を叱責《しっせき》したという話は、やがて御息所の耳にも噂として伝わり、ますます彼女は恥ずかしい思いをし、また光源氏を恨《うら》めしく思うようになります。

そこにさらに追い打ちをかけたのが、葵の上懐妊の話でした。

源氏と葵の上が結婚したのが、源氏十二歳のとき。それから十年も、この夫婦の間には子どもがなかったことになります。

六条の御息所は、かねてから源氏と葵の上の夫婦仲が冷え切っていることを知っていたので、葵の上に対して嫉妬の感情をさほどは持っていなかったのですが、懐妊が分かり、源氏が葵の上に対して急に優しくなったと聞いて御息所の悩みはさらに深くなっていきます。

天皇の御代替わりに当たって、*賀茂《かも》の斎院《さいいん》も交代することになりました。その新斎院が賀茂川の河原で禊《みそ》ぎを行なう「御禊《ごけい》」の日の行列は、普通でも多くの見物客が集まるのですが、今年はそれに源氏の君がお供をするというので、例年にない前評判を呼びます。

六条の御息所は当日、行列が通る一条大路《いちじょうおおじ》に車を出して見物をすることにします。つれなくされても、やはり恋しい源氏の晴れ姿を伊勢に下る前に一目でも陰《かげ》ながら見ておきたいと思ったのです。

一方、葵の上は産み月も近くなっているので気分がすぐれないのですが、女房たちがさかんにせがむので重い腰を上げて行列を観に行くことになりました。

葵の上は今をときめく源氏の正妻であり、しかも左大臣の娘なのですから、それに付き従う家来たちも自然と気が強くなります。葵の上たちが来たときには、すでに行列見物の車でごった返していたのですが、そこに無理矢理に車を割り込ませようとします。そこにいたのが、御息所一行だったのですから、騒ぎが大きくなりました。

御息所の家来たちが、

「この車の中にどなたがいらっしゃると思うのか」

と言い張るのですが、相手が御息所と分かれば、葵の上の家来たちも引くわけにはいきません。争いは次第にエスカレートしていき、御息所の車は榻《しじ》も折れ、御簾《みす》も引き破られ、狼藉《ろうぜき》を尽くされたあげく、隅《すみ》に追いやられてしまいます。

衆人環視《しゅうじんかんし》の中、こういう虐待に遭《あ》って六条の御息所のプライドはずたずたに引き裂かれます。「もう、このまま帰ろう」と思うのですが、やはりそれでも源氏の姿を見たいと思い、御息所は壊された車の中から行列を見物します。
しかし、源氏の君はそんな彼女に気づくこともなく、他の女たちに艶《つや》っぽい流し目を送りながら通り過ぎていきました。御息所の心はますます傷つくのでした。

賀茂の斎院　平安時代、賀茂神社に奉仕した未婚の内親王、または女王。斎王とも言う。旧暦四月に行なわれた賀茂祭（葵祭）では、斎院御禊などで重要な役割を果たした。
榻　牛車の牛を外したとき、車の轅《ながえ》を載せる台。乗り降りの際の踏《ふ》み台ともなる。

御息所の不安

この御禊の日以来、葵の上は物の怪に取《と》り憑《つ》かれ、病気になってしまいます。さすがにこれには源氏も心配し、僧を呼んでは加持祈禱《かじきとう》を行なわせます。なんと言っても、葵の上は源氏の正妻であり、しかも子どもを宿しているのです。

平安時代は悪霊《あくりょう》や怨霊《おんりょう》、生き霊の類《たぐ》いを物の怪と呼びました。物の怪を仏教の加持祈禱で責め立てると、物の怪は苦しがって「憑坐《よりまし》」に取り憑きます。憑坐になるのは子どもが多いのですが、この憑坐に霊が乗り移るとさまざまなことを口走ります。そこをお経の功徳《くどく》や高僧の呪力《じゅりょく》で調伏《ちょうぶく》すると病人は治るというわけです。

葵の上の場合は、さまざまな物の怪が現われてくるのですが、その中に憑坐にどうしても乗り移らない、しつこい怨霊がいて、優れた験者《げんじゃ》でも調伏することができません。

左大臣家の人々の中には、この怨霊の正体が六条の御息所の生き霊か、その亡き父大臣の死霊ではないかと噂する人もいます。それを聞きつけて、御息所は例の、何事にも突き詰めて考えてしまう性格が出て、あれこれ悩んでしまいます。

これまで自分には自分の不幸を嘆く気持ちはあったけれども、他人を呪《のろ》うような浅ましい心はないはずだ。しかし、人はあまり悩みつづけると自分で知らないうちに魂《たましい》が体から抜け出してさまようことがあると言う。ひょっとしたら、自分にもそういうことがあって、自分では気づかず、葵の上に取り憑いていたのかもしれない。

そういえば、少しでもうたた寝をすると、葵の上と思われる人のところに自分が出かけていき、その人の髪を摑《つか》んで引きずり回したり、打ち叩いたりする夢を何度と見た気がする。もしかしたら、世間の噂どおり、自分の生き霊が葵の上に取り憑いているのではないか……。

こうして御息所の不安はますます強まっていき、彼女もまた病気になってしまうのでした。

ついに物の怪の正体が

葵の上が突然に産気《さんけ》づいたので、左大臣家では以前にもまして安産を祈願して祈禱のかぎりを尽くします。しかし、やはり例のしつこい物の怪がどうしても離れようとしません。

それでも何とか調伏すると、物の怪が、

「ああ、苦しい。少し祈禱をゆるめてください。源氏の君に申し上げたいことがありま
す」

と訴えます。

そこで源氏が几帳《きちょう》の中に入っていくと、葵の上が泣いています。それを見た源氏はさすがに葵の上が愛《いと》しくなって、彼女の手を取って慰《なぐさ》めていると、

「いいえ、違うのです。調伏があまりにも苦しいので楽にしていただきたかったのです。ものを思い詰めると人の魂は、こうやって体から離れるというのは本当なのですね」

と言う、その声はまったく別人のものでした。

怪しく思った源氏が葵の上の姿をふたたび見てみると、それは御息所のそのままではありませんか。源氏は「人々が噂をしていたのは本当だったのだ」と浅ましく思ってしまいます。

このあたりの紫式部の筆は冴《さ》えに冴えているとしか言いようがありません。

このとき、ひょっとして作者にも、何者か分かりませんが物の怪が取り憑いていたのではないかとさえ思ってしまいます。本当の芸術作品には人知《じんち》を超えた霊力のようなものを感じるものですが、出産に苦しむ葵の上が突如として六条の御息所に変化《へんげ》してしま

う、このシーンにもそれを感じます。

現代の文学者たちは、現実と非現実の世界をともに作品の中に取り込もうと苦心しています。ところが、それよりも千年も前に紫式部は、それをやすやすと達成しているのですから驚くほかありません。

後世、この場面は能や芝居や舞、絵や音楽の題材として、さまざまに作品化されていますが、このシーンがあるだけでも源氏物語は不朽《ふきゅう》の価値があると思います。

芥子《けし》の匂《にお》い

源氏に恨みつらみをぶっつけた物の怪が去り、葵の上は無事、男の子を出産しました。左大臣家の人々は大喜びし、祝宴が盛大に行なわれます。

そのことを伝え聞いた御息所の心境を、紫式部は冷酷にこう書きます。

「あの六条の御息所は、こういう左大臣家のご様子をお聞きになるにつけても、お心がおだやかではありません。前にはお命も危ないような噂だったのに、よくまあご安産だとは、と、複雑なお気持ちです」

六条の御息所は葵の上に嫉妬《しっと》したりしてはいけないと理性では思っていても、偽《いつわ》らない本音の感情では葵の上に対して、死んでしまえばいいとさえ思っていたのです。

さらにそれに追い打ちをかけるように、御息所は自分の衣服に芥子《けし》の匂《にお》いが染み付いていることに気づきます。

芥子は護摩《ごま》をたくとき、火の中に投げ入れるもの。

芥子には麻薬の作用があって、その実を燃え上がる炎の中に投げ込むと、ある種の匂いが漂《ただよ》います。その煙をいっぱい吸い込めば、麻薬を服用したときと同じような状態になっても不思議はありません。

現代でも護摩をたくときには*五穀《ごこく》や樒《しきみ》とともに、芥子の実を投げ入れます。もちろん、今では麻薬性の芥子を使ったりはしないし、芥子の量も雀《すずめ》の涙ほどしかありません。しかし、平安時代にはきっと本物の芥子が護摩で使われていて、当時の人々は、そうした恍惚《こうこつ》状態の中で仏や菩薩《ぼさつ》を見たり、あるいは物の怪と会話をしたのでしょう。

その芥子の独特の匂いが衣服に染み付いているということは、やはり自分の魂が体から抜け出し、祈禱を受けている葵の上に取り憑いていたとしか考えられない。夢だと思っていたのは現実のことであったのかと御息所は愕然《がくぜん》とするのです。

慌《あわ》てて髪の毛を洗ったり、衣服を着替えてみたりもするのですが、匂いは消えません。こんなことが世間に知られたなら、どれほど軽蔑《けいべつ》されることだろうと、御息所はますます絶望的になります。

この御息所の嘆きは実に悲痛です。

いつも理性的に、優雅に振る舞っている彼女が、取り乱したように髪を洗ったり、衣服を下着までも慌ただしく取り替えたりしている姿は想像するだに哀《あわ》れと感じてしまいます。

五穀や樒　五穀とは人が常食とする五種の穀物のこと。米・麦・粟《あわ》・豆・黍《きび》（または稗《ひえ》）など諸説がある。樒とはモクレン目の常緑低木で、仏前に供えるのに用いる。

葵の上との死別

無事に男児を出産した葵の上でしたが、その後、容態が急変して彼女は死んでしまいます。

十年にわたった結婚生活の間、源氏と葵の上は気の合わない夫婦でしたが、懐妊のころからようやく心が打ち解けあい、源氏は葵の上を愛しいと思いはじめていたのです。

その葵の上が六条の御息所の生き霊に苦しめられていることを知ってから、ますます源氏は葵の上に同情し、彼女をいたわるようになっていきます。出産後にはみずから病床の葵の上に薬湯《やくとう》を飲ませてやるほど、源氏の愛情は深くなっていきます。

葵の上は死ぬ間際《まぎわ》になって、ようやく源氏の愛を得たことになるわけですが、それはあまりにも短く、はかない幸せでした。

葵の上の死後、六条の御息所は勇気をふるって源氏に弔問《ちょうもん》の手紙を出すのですが、その返事に、

「お恨《うら》みがございましては、どうかつとめてそれをお捨てになってください」

とあるのを読んで、やはり自分が生き霊になって葵の上をとり殺したと源氏が思っているのだと分かり、ますます嘆きを深めていきます。

一方の源氏は、葵の上が亡くなって四十九日《しじゅうくにち》の法要が終わるまで左大臣家に籠《こ》もって、亡き葵の上の想い出に浸《ひた》っていたのですが、自邸の二条院に帰ってみると若紫が長い留守の間に見違えるほど大人びて、藤壺の中宮にますます似てきたのを見て大いに喜ぶのですから、薄情なものです。

喪中《もちゅう》を理由にして、ほとんど外出もせず、源氏は若紫を相手に碁《ご》を打ったり、文字遊びをしたりします。若紫の成長ぶりを横目で観察して、もう夫婦の契《ちぎ》りを結んでもいい頃合いだなどと考えるのですから呆《あき》れてしまいます。

若紫は幼いころからの習慣で、源氏と御帳台《みちょうだい》の中で一緒に寝ているのですが、源氏がそのような思いを持っているとは、まだ気持ちが稚《おさな》くて気がつきません。源氏はレイプ同然にして、若紫と性的関係を持ってしまいます。

それが前にも記した「男君が早くお起きになりまして、女君が一向にお起きにならない朝がございました」というシーンにつながってくるのです。

正妻の死から数ヶ月と経たないうちに、若紫と契ってしまう源氏の態度に読者は不謹慎とも不誠実とも思うでしょうが、源氏にはそんな遠慮はどこにもないのです。

「野《の》の宮《みや》の別れ」

葵の上が亡くなって、世間は「源氏の君は六条の御息所を後妻《ごさい》として迎えられるのではないか」と噂をしています。御息所の女房たちの中にも期待に胸をときめかせている者が少なくありません。

しかし、当人の御息所は例の生き霊の一件があるのだから、そんなことはまったくありえないことを知っています。実際、葵の上が死んでからは、一度も源氏は通ってきてはくれません。

そこでいよいよ六条の御息所は、娘の斎宮と一緒に伊勢に下ってしまおうと決意を固めます。

伊勢の斎宮は伊勢に入る前に一年間、嵯峨野《さがの》の「野《の》の宮《みや》」と呼ばれる仮の宮で、精進潔斎《しょうじんけっさい》（肉食を絶つなどして身を清めること）をする決まりになっています。御息所も斎宮の付き添いとして、六条の邸を出て野の宮に移ります。

伊勢下向は九月の予定ですが、その日が近づくにしたがって御息所はさすがに源氏と離れるのが寂しく、悲しくなっていきます。

出発の日も間近に迫った九月七日ごろの一夜、さすがに名残《なご》り惜しさを感じた源氏は野の宮を訪ねます。「賢木《さかき》」の帖に描かれた、この野の宮の場面は源氏物語の中でも屈指の美しい名場面で、作者の気の入れ方が伝わってきます。

「遙《はる》けき野辺《のべ》を分け入りたまふより、いとものあはれなり」

で始まる、嵯峨野の描写は原文をそのまま読んでも分かるし、また声に出して読めばいっそう美しく調子のいい文章です。

旧暦の九月は現在の十月半ばにあたります。現在では京都市内から嵯峨野までは車に乗れば三十分で着いてしまいますが、歩けば三時間はかかります。当時の嵯峨野は住む人もめったにない、寂しい場所であったのでしょう。

お忍びでやってきた源氏が広い嵯峨野に足を踏み入れると、弱々しい虫《むし》の音《ね》に松風が寂しい音を立てて吹き抜けていきます。そして、その風の音にまじって、遠くから琴の音色《ねいろ》が聞こえてきます。野の宮は仮普請《かりぶしん》の質素な作りで、いかにも神々《こうごう》しい雰囲気を漂わせてもの寂しく建っているのでした。


断ち切ったはずの未練が……


源氏の来訪に御息所の心は乱れました。

取り次ぎの女房に、もはや逢うことはできませんと伝えさせるのですが、こうなると源氏は例の本領を発揮して、簡単に引き下がろうとはしません。強引に縁側に上がってしまいます。

月の光の中に浮かび上がる、美しくも優雅な源氏の姿を見て、御息所の胸には万感《ばんかん》の想いが迫ってきます。なんとか平静でいなくては、と思うのですが心の乱れは隠せません。

源氏の心はすでに御息所から離れてはいるものの、やはり御息所が都を去っていくことが寂しくてならないので、言葉を尽くして伊勢行きを思いとどまらせようとします。御息所とて、その言葉が口先だけのものとは身に染みて分かってはいるのですが、断ち切ったはずの未練に気がそぞろになってしまいます。

結局、この夜、源氏は御息所と一夜をともにしてしまいます。

原文では、そのことは曖昧《あいまい》に書いてあって、

「お互いに恋のあらゆる物思いを味わい尽くされたおふたりの間で、その夜、語り合わされたさまざまなことは、とうていお伝えするすべもありません」

とだけ、あります。紫式部は夕顔や空蝉といった、比較的階級の低い女性とのベッドシーンには具体的描写をしても、御息所のような上流女性と源氏とのことについては筆をできるかぎり抑《おさ》えています。このときもまた例外ではありません。

源氏は翌朝、まだ空も明るくならないうちに嵯峨野を立ち去っていきます。

残された御息所は名残り惜しさに我を忘れ、悲しみのために放心状態となっていました。

現代にも通じる御息所の悲劇

六条の御息所はこの後、娘の斎宮とともに京を離れ、伊勢へと移り住みます。そしてその六年後、御息所は斎宮と京に戻ってはくるのですが、帰京後、間もなく死んでしまうのでした。

野の宮の別れ以来、六条の御息所は源氏物語の舞台から去ったかのように見えますが、しかし、彼女の情念は死後も怨霊となって、この世を離れることはありませんでした。あるときは紫の上に取り憑いて、自分の罪障《ざいしよう》を軽くするためにどうか供養をしてくれと源氏に泣いて頼んだり、また源氏の正妻として降嫁した女三《おんなさん》の宮《みや》が出家することになったのも、この六条の御息所の恨みからであったと書かれています。

六条の御息所はしばしば「怖い女」の代表みたいに扱われ、特に男性読者には「あんな嫉妬深い女なんて」と評判が悪いのですが、私は源氏物語の中に登場する女君たちの中で最も好きなのが彼女なのです。六条の御息所がいなければ、源氏物語はただの甘いラブストーリーに終わっていたと思います。

知性も教養もあり、しかもプライドの高い御息所の苦悩は、現代にそのまま持ってきてもまったく違和感がありません。嫉妬心は恥ずかしいことと思いつつも、それでもなお嫉妬心が胸の奥から吹き上がって止まない彼女の哀れさは、現代のインテリ女性たちにとってけっして他人事ではないはずです。

また、御息所の嫉妬は生き霊となって、さまざまな女性に取り憑いていきますが、これとて彼女の罪であったかどうか。

というのも、御息所の生き霊が現われてくるときの描写をつくづく読み返してみると、かならずその前に源氏が御息所のことを考えているのです。

たとえば夕顔が急死してしまう直前にも、このところ夕顔に溺《おぼ》れきっていて、御息所のところから足が遠のいていることを源氏はすまなく思い、恨まれても当然だと思っています。そのうえ、源氏は心の中で夕顔と六条の御息所を比較して、御息所に夕顔のようなのどかさがあったらいいのにとさえ考えてしまう。源氏の夢枕に、謎の女が現われるのはそのすぐ後のことなのです。

葵の上に御息所の生き霊が取り憑くときも同じです。このとき、源氏は斎院の行列で起きた車争いの事件で御息所に屈辱を与えたことを申し訳なく思い、このところ妊娠中の葵の上に付きっきりで、六条への夜離《よが》れが続いていて悪いことをしたと考えます。

物の怪とは、こうした自責の念が呼ぶ幻影なのかもしれません。怨霊のたたりと言われるものも、たたられる側に罪の意識があるからこそ「たたり」になるのではないでしょうか。

第六章

失意と復活の逆転劇

――須磨流謫

桐壺院の遺言

若い源氏が怖いもの知らずでどんどん新しい恋に飛び込んで行けたのは、桐壺院という絶大な後見《こうけん》があったからでした。

身分は臣下ではあっても、亡き桐壺の更衣《こうい》の忘れ形見《わすれがたみ》として、桐壺院はほかの子どもたちよりも源氏を可愛《かわい》がり、愛しました。だからこそ、人々は源氏のことをおろそかにできないし、また多少の無理は目をつぶってきたのでした。

これまで源氏は挫折《ざせつ》という言葉を知らない人生を送ってきました。

幼いころに生母桐壺の更衣と死別していますが、これは物心《ものごころ》つく前のことですし、正妻の葵の上が出産後死んだのは予期せぬ不幸ではあっても、その後、すぐ若紫と契《ちぎ》っているくらいで、源氏にとって決定的な不幸とまでは言えません。

ところが、この光源氏にもいよいよ運命のかげりが生まれてきます。

葵の上が死んだ翌年の冬、桐壺院が崩御《ほうぎょ》したことで源氏を取り巻く状況は少しずつ変わっていくことになるのです。

生前の桐壺院は最愛の藤壺を、これまた最愛の源氏に盗まれ、二人の間にできた子どもを自分の子どもと信じて疑いませんでした。

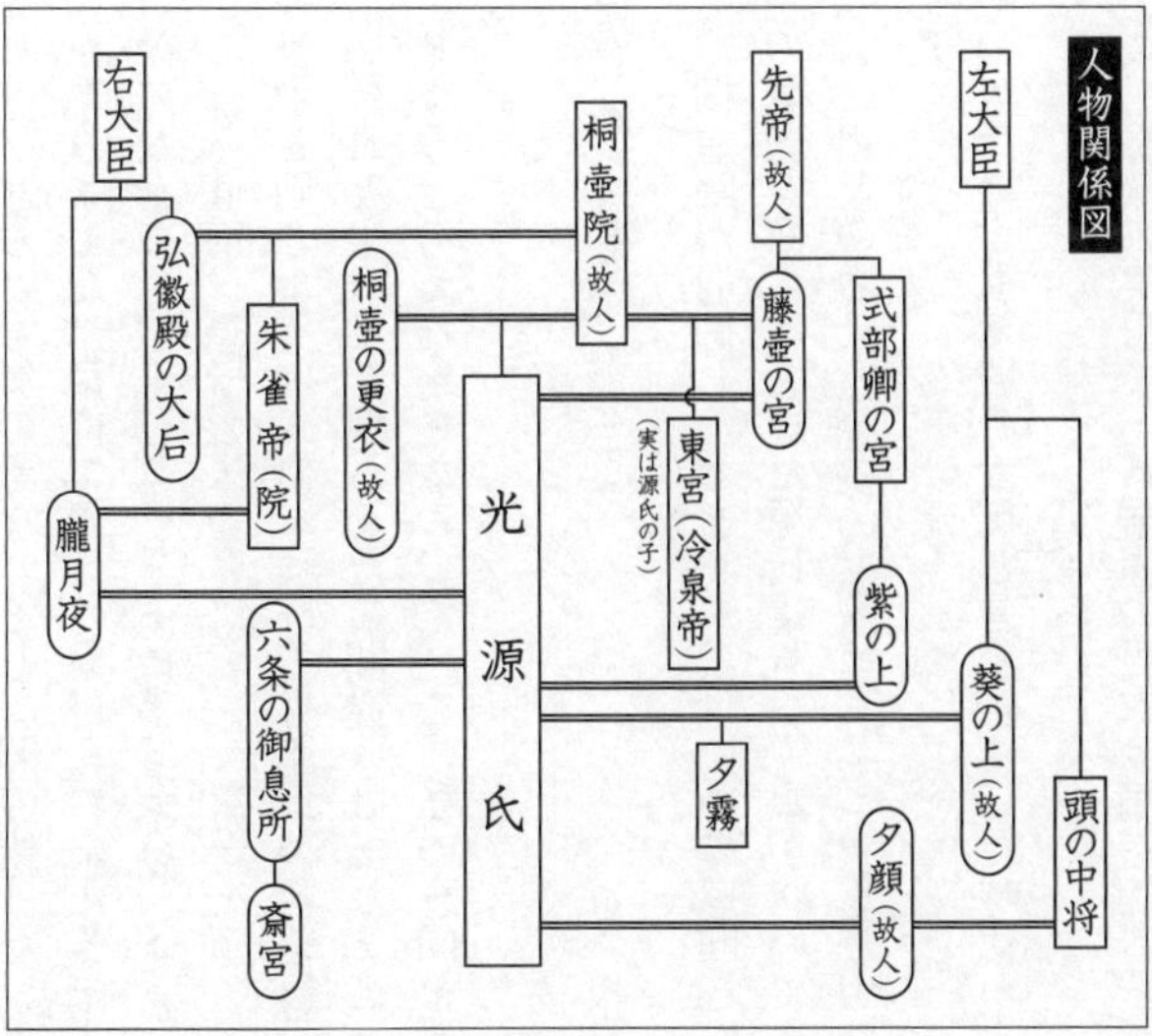
人物関係図
左大臣
先帝（故人）
桐壺院（故人）
右大臣
弘徽殿の大后
朱雀帝（院）
桐壺の更衣（故人）
藤壺の宮
式部卿の宮
東宮（冷泉帝）
（実は源氏の子）
光源氏
朧月夜
六条の御息所
斎宮
紫の上
葵の上（故人）
夕霧
夕顔（故人）
頭の中将

読者から見れば、なんとも気の毒な、そして間の抜けたコキュなのですが、その権力は絶対のものがありました。皇位を源氏の異母兄《いぼけい》にあたる朱雀帝に譲《ゆず》り、藤壺と静かな生活を送ることになっても、上皇《じょうこう》としての権力は不動のままでした。

桐壺院は亡《な》くなる直前、息子の朱雀帝に、

「わたしの在世中と同じように、何につけても源氏の君を後見人としてください。源氏の君はまだ若いけれども政治を執《と》らせたら間違いはありません。臣下にしたのも、朝廷の補佐役にさせようと考えたからなのです。この私の意向をどうか守ってください」

と遺言をします。

吹きはじめた逆風

しかし、その桐壺院が崩御したときから、世の中の風向きが大きく変わりはじめます。これまでは院の威光に守られてきた源氏にも、逆風が吹いてきはじめたのです。朱雀帝がまだ若いため、祖父の右大臣《うだいじん》や母の弘徽殿の大后《おおきさき》が政治に口を出してくるようになったからでした。

この弘徽殿の大后は、弘徽殿の女御と言われていた時代から源氏や藤壺を何かと敵視してきた人です。

彼女にとって、源氏の実母である桐壺の更衣は桐壺院の愛情を独占した憎《にく》い女であり、その子の源氏もまた桐壺院に偏愛《へんあい》され、自分の産《う》んだ東宮《とうぐう》はそのために不遇な立場に置かれたという被害者意識を持っています。一時は皇位継承権まで源氏に奪われてしまうのではないかと恐怖したことさえあります。

そうした経緯があるうえに、源氏は左大臣《さだいじん》家の葵の上を正妻として迎えたことも弘徽殿の大后にとっては気に入りません。

右大臣と並ぶ政界の実力者の娘として生まれた葵の上は、本来なら東宮妃《とうぐうひ》になってもおかしくない立場でした。事実、源氏と結婚する以前に東宮妃になる話もあったのです。もし、彼女が東宮と結婚していれば、左大臣家と右大臣家が姻戚《いんせき》関係になるわけですから、この縁組みによって左右両家の摩擦を解消する効果もあったはずです。

ところが、左大臣はあえて葵の上を入内《じゅだい》させず、臣下になった源氏にめあわせました。桐壺院のお気に入りの源氏の君に娘を与えることで、桐壺院の信頼を得たいという政治的配慮がそこにあったのは言うまでもありません。

事実、この結婚によって左大臣家の勢力は以前にもまして大きくなりました。もともと桐壺院の妹である大宮《おおみや》が左大臣と結婚していたのに加えて、源氏と葵の上が結婚したので政治に対する発言権がますます強くなります。こうした経緯もまた弘徽殿の大后にとっては不愉快なものでした。

これに加えて、三年ほど前に起きた朧月夜の一件があります。

朧月夜の君は右大臣の六女で、父右大臣と姉の弘徽殿の女御の意志で、そのころ東宮だった朱雀帝の妃《きさき》となるべく婚約をさせられていました。つまり、将来の天皇妃になることが約束されていたわけですから、まさに誰《だれ》もが羨望《せんぼう》するラッキー・レディであったのです。

ところが、ある春の夜、十七歳の朧月夜は、二十歳の源氏と偶然に宮中の廊下で出会い、いきなり源氏に手込め同然に関係を結ばれてしまいます。

朧月夜が抵抗して人を呼ぼうとしたとき、源氏は「私は何をしても誰からも咎《とが》められないのです」と傍若無人な態度に出ています。

こともあろうに宮中で女性をレイプしようというのですから、呆《あき》れてしまいますが、こうした態度を源氏が取れるのも、もちろん自分が天皇の血を引く人間であるという自負があるからに他なりません。

この源氏の言葉を聞いた朧月夜は、自分を抱きかかえているのが源氏であることを知って、内心、ほっと安心します。相手が他ならぬ源氏の君であれば、という気持ちが彼女の中にもあったのです。

このとき、朧月夜は源氏に問われても身分や名を明かしません。それはもう目前に東宮との結婚が迫っているときなので、憚《はばか》りが多くて話せないのです。慌《あわ》ただしく扇を交換しただけで二人は別れます。

それでも結局、源氏は右大臣家の花見の宴に出かけたとき、朧月夜と再会します。このことはいつしか人に洩《も》れ、噂になり、朧月夜は東宮妃の座を辞退せざるをえなくなりました。

葵の上が東宮妃になる予定だったのに源氏に横取りされただけでなく、朧月夜の入内まで邪魔されたのですから、弘徽殿の大后がますます源氏に対して恨《うら》みを抱《いだ》くようになったのは言うまでもありません。

ちなみに、朧月夜と東宮とは叔母《おば》と甥《おい》の関係にあたるわけですが、当時の貴族社会ではこうした近親者どうしの結婚は珍しくありませんでした。貴族の結婚は当事者どうしの恋愛で行なわれるものでなく、政略結婚が常識とされていたので、こうした縁組みがしばしば行なわれたのです。

寂しい除目《じもく》

弘徽殿の大后は藤壺に対しても恨みを募《つの》らせています。

朱雀帝に譲位をしたあと、桐壺院は上皇御所《じょうこうごしょ》に藤壺を伴《ともな》って二人仲良く暮らしはじめました。本来なら、後継者の朱雀帝を産んだ弘徽殿の大后のほうこそ大切にされるべきなのに、桐壺院は藤壺のほうばかりを向いているので面白くありません。そこで弘徽殿の大后は、引き続き新帝の母として宮中にとどまっていました。桐壺院が病気になっても、藤壺がつきっきりで看病をしていたのが業腹《ごうはら》で、弘徽殿の大后は見舞いに行きそびれ、そうしているうちに院が崩御したので、これもまた藤壺のせいと思い込んでいます。

その桐壺院が生きている間は、さすがに弘徽殿の大后も表だって藤壺に手を出すことはできませんでしたが、今や藤壺に後ろ盾《うしろだて》はありません。積もりに積もった怨念《おんねん》をようやく晴らすときが来たというわけです。

弘徽殿の大后は若いころから勝ち気で、しかも気位《きぐらい》の高い女性だったので、院の崩御以来、権力志向がますます強くなっていきます。また、息子の朱雀帝を守るのは自分しかないという思いもそこにはあります。自然、宮中政治の中心は弘徽殿の大后の実家である右大臣家に移っていくことになります。

紫式部は、こうした政治権力の移り変わりを実に上手に物語の中で書き記しています。

桐壺院が崩御したのは十一月のことでしたが、その年が暮れ、諒闇《りょうあん》（崩御した天皇の喪《も》に服する期間）の新年が明けると、早くも時勢の移りが表われてきました。

宮中では毎年新年になると、「除目《じもく》」と呼ばれる官吏《かんり》任命の儀式が行なわれます。前の年までは、春と秋に行なわれる除目が近くなると、コネを求めて源氏の許《もと》を訪れる客たちの車が門前にびっしりと並んでいたものでした。その風景は桐壺帝が譲位してからも同じであったのに、今年は閑散としています。源氏の家臣たちも暇《ひま》そうにうろうろとしています。

そのようすを見て源氏は、つくづく時勢の変化を感じて寂《さび》しさを覚えます。紫式部は書いていませんが、源氏の二条院の閑散ぶりとは裏腹に、右大臣家の門前には溢《あふ》れるほどの車が並び、ひしめいていたはずです。

こうした風景は現実の平安京でもしばしば起きていたことなのでしょう。

運命の明暗

源氏の権勢が凋落《ちょうらく》する一方で、時の移り変わりによって幸運を摑《つか》む人もいます。その一人が朧月夜です。

朧月夜は東宮妃として入内するはずが、源氏と出逢ったために運命が狂わされてしまい、正式な妃となることを諦《あきら》めなければなりませんでした。弘徽殿の大后はそこで彼女を朱雀帝の御匣殿《みくしげどの》に就任させます。

御匣殿とは宮中の衣服を調達する部門の女官長《にょかんちょう》のことですが、女御や更衣と同じように天皇や東宮の寝所《しんじょ》に侍《はべ》ることも少なくありません。つまり、正式な妃ではないものの、帝《みかど》の後宮《こうきゅう》に入れたというわけです。

もちろん、弘徽殿の大后としては何としてでも朧月夜が帝の寵愛《ちょうあい》を受け、親王でも産ませたいという考えでいたので、このままでよいとは思っていません。

そこで院が崩御するや、大后は朧月夜を尚侍《ないしのかみ》にさせます。尚侍は天皇の言葉を伝えたり、天皇への上奏《じょうそう》を伝えるのが仕事です。天皇の側《そば》近くで仕える仕事だけに、天皇の寵愛を受ける者が多く、女御や更衣に準じる地位とされていました。

朧月夜は大后の後押しがあるのに加えて、本人の人柄もよいので女御、更衣が多い中でも特に帝の寵愛を受けるようになっていきます。それにつれて女房たちも大勢集まってきて、後宮の中で最も光り輝く存在となっていきます。

源氏と朧月夜の二人を紹介していくことで、紫式部はさりげない形で運命の明暗を対比し、後に起きてくる事件の伏線を張っていくのです。

永遠の恋

桐壺院の崩御によって、自分に対する逆風が吹きはじめているというのに、源氏の心の中にあったのは未亡人となった藤壺の中宮のことでした。

院の亡くなった後、藤壺は里邸《さとやしき》である三条の宮に帰っています。源氏との間にできた東宮は宮中で暮らしています。

桐壺院がいない今、藤壺にとって頼れるのは源氏だけになってしまいました。藤壺は何としてでも我が子の東宮を守っていきたいと思うのですが、弘徽殿の大后が力を持つようになった宮廷には参内《さんだい》しづらくなっているので、何かと源氏を頼らざるをえないのです。

ところが源氏はそうした藤壺の心を知ってか知らずか、未亡人になった彼女にまだ言い寄ろうとします。

藤壺は「こんな時勢に二人の仲が露見《ろけん》したら東宮の立場がどうなるか分からない」と思い、ひそかに祈禱《きとう》までして源氏の邪恋をはねのけようとします。

それなのに、源氏は王命婦《おうみょうぶ》の手引きで藤壺のところに忍んでくるのでした。久方《ひさかた》ぶりに逢えた興奮と歓《よろこ》びで切々《せつせつ》とかき口説《くど》く源氏に、藤壺は必死で抵抗するのですが、ついには心身の力を使い果たして胸に差し込みがきて、急病になってしまいます。

そこへ藤壺の兄の式部卿の宮が見舞いに来ます。慌てた王命婦は、源氏を外に逃がすこともできないので源氏を塗籠《ぬりごめ》の中に押し込めます。

塗籠とは三方が壁になった、押入のような部屋のことです。平安時代の貴族の邸《やしき》は開放的な造りになっていて、壁があまりないのですが、特に壁で区切って物置などの用途で使いました。

源氏物語では、王命婦は源氏の脱ぎ捨てていた衣類をかき集めて隠した、とありますから源氏が裸になっていたことが分かります。また、このとき源氏は呆然《ぼうぜん》となって理性も失い、夜になっても出てこようとしなかったとも記していますから、源氏は肉体的には想いを遂《と》げても、最後まで心を開こうとしない藤壺に絶望し、悲しみのあまり正気を失っていたと考えられます。

一方の藤壺も一種のヒステリー状態を起こしたのでしょう。失神してしまっています。三条の宮は上を下への大騒ぎとなり、祈禱の僧が呼ばれます。そのようすは塗籠の中の源氏にも伝わってきて、気が気ではありませんが、夕方になってようやく落ち着いてきました。

この間、源氏がどのようにして過ごしていたかは書いていないので分かりません。朝の七時ごろから夕方まで塗籠に飲まず食わずでいたのです。生理現象だってあったはずですが、我慢をしていたのでしょうか。また裸だったはずですが、王命婦が後から衣類を投げ入れたのでしょうか。こうした些末《さまつ》なことには紫式部は筆を汚しません。

源氏はそっと塗籠を抜け出し、屛風《びょうぶ》の陰《かげ》に隠れながら藤壺の部屋に忍び込んでいきます。藤壺はまさか源氏が覗《のぞ》いているとは思わずに、

「ああ、まだとても苦しい。もう私の命はおしまいなのかしら」

と、つぶやいています。

藤壺の悩む姿が源氏にはこの上なく美しく見えます。

藤壺と紫の上は驚くほど似ているけれど、やはり藤壺の中宮のほうが成熟した美しさがある、などと思ってしまうと、また前後の見境《みさかい》がなくなって御帳台《みちょうだい》の中に入り込んでしまったのでした。

引き寄せられる黒髪のエロス

源氏の、えも言われぬ匂《にお》いが御帳台の中に立ちこめているのに気づいた藤壺は恐ろしくなって、その場に突っ伏してしまいました。

「せめてこちらを向いてください」

と源氏は藤壺を強引に抱き寄せようとしますが、藤壺は着ているものを脱ぎ捨てて逃げようとします。ところが源氏が長い黒髪を摑んで放《はな》さないので、身動きがとれません。

その瞬間の藤壺の気持ちを紫式部はこう書いています。

「逃れられない宿縁《しゅくえん》の深さが今さら思い知られて悲しく、つくづく情けなくお思いになるのでした」

宿縁とは前世《ぜんせ》からの縁という意味です。源氏とは一線を引きたいと心から思っているのに、こうなってしまうのは前世からの悪縁なのだろうかと思うと、藤壺は抵抗する気力さえ失ってしまったのでした。

それにしても、この黒髪の使い方のうまさはどうでしょう。源氏が長く、美しい黒髪を引き寄せると、裸身に近い藤壺の体が弓なりにのけぞってしまうシーンが鮮《あざ》やかに心に浮かんでくるではありませんか。

結局、源氏はこの夜も藤壺とともに過ごします。が、源氏の情熱とは裏腹に、藤壺は固く心を閉ざしたまま、夜が明けてしまうのでした。死んだように弱り果てている藤壺の身を案じた王命婦たちに急き立《せ》てられるようにして、源氏は泣く泣く二条の邸に戻っていきます。

藤壺、出家する

藤壺は源氏の執拗《しつよう》な求愛に困り果て、どうしたらいいものかと悩み抜きます。まるで藤壺に当てつけるように、あの日以来、源氏は二条院に引きこもってしまっています。藤壺から見れば、こうした源氏の振る舞いも大人げないことに思われ、こんな関係が続けば世間に二人の関係が洩《も》れてしまうことにもなりかねないといっそう不安に駆《か》られます。

彼女が恐れているのは、自分自身の評判が落ちることではありません。何よりも彼女にとって心配なのは東宮の行く末《ゆくすえ》です。我が子が無事、天皇になるために後見人として源氏はなくてはならない人であり、二人の関係が露見してしまえば東宮の将来はありません。それに源氏もまた破滅に陥《おちい》ります。

では、どうやったら源氏の邪恋を斥《しりぞ》け、しかも我が子の未来と源氏を守ることができるのか。藤壺は考えに考えて、思い切った行動に出ることにしたのでした。

桐壺院の一周忌法要のあと、藤壺は法華八講《ほっけはっこう》を盛大に営《いとな》んで、その最終日に突如として出家得度《しゅっけとくど》を行ないます。法華八講とは全八巻の法華経《ほけきょう》を朝夕二度、四日連続で講読する法会《ほうえ》のことです。

親王が多数出席する大がかりな法要の場で、導師の僧が藤壺の中宮出家を仏前に報告すると、それを聞いた人々は驚愕《きょうがく》しました。式部卿の宮などは、法要の途中で藤壺のそばに駆け寄って、それを思いとどまらせようとしたほどでした。当時の人々にとっても、出家とはそれだけ重いことであり、死別と同じくらいのショックを与えることであったのです。

やがて得度式が始まり、比叡《ひえい》山の*天台座主《てんだいざす》が授戒師《じゅかいし》となり、横川《よかわ》の僧都《そうず》が剃髪《ていはつ》の鋏《はさみ》を入れると、

「御殿《ごてん》のうちがどよめいて、不吉なまでに泣き声が満ちわたりました」

と源氏物語は語ります。

一座の中で、最も衝撃を受けたのは源氏でした。しかし、それを周《まわ》りの人々に悟《さと》られるわけにもいきません。必死に感情を押しこらえて人々が帰るのを待ち、ようやく藤壺の周りに誰もいなくなったのを見計らって、恨み言をぶつけます。

「いったい、どのようにお考えあそばして、こうも急な御発心《ごほっしん》（出家）を」

これに対する藤壺の対応は冷静でした。王命婦を通じて、

「今はじめて思い立ったことではございませんけれど、事前に発表すれば人々が騒ぎ出

しそうなようすでしたから、つい、覚悟もゆらぎはしないかと思って」

という返事が返ってきます。

周りに他の女房たちもいるので、源氏はそれ以上は深く追及もできず、そのまま引きさがっていくしかありませんでした。

藤壺は女であることを捨て、母として生きていくことを選択したのです。もちろん源氏に対する想いが消えてしまったわけではありません。その自分の気持ちを封じるためにも、彼女にとって出家することが唯一の解決策であったというわけです。

天台座主　天台宗の貫首《かんじゅ》（管主）は、同時に比叡山延暦寺の住職を兼ねており、天台座主という名で呼ばれる。

朧月夜との危険な密会

桐壺院亡きあと、源氏の身辺には逆風が吹きはじめてくるのですが、そんな危険な状況でありながら、いや、危険な状況であるからこそ源氏は朧月夜との密会を重ねていきます。朧月夜も朱雀帝の寵愛を受けながら、源氏のことが忘れられず、ひそかに手紙を出したりしているのです。

帝が*五壇《ごだん》の御修法《みずほう》のために潔斎《けっさい》している隙《すき》を見計らって、宮中の弘徽殿の中で逢瀬《おうせ》を楽しんだりもします。この弘徽殿は、その名のとおり弘徽殿の大后が暮らす建物なのですが、大后から譲られて、ここに朧月夜は住んでいるのです。危険なこと極《きわ》まりありません。その弘徽殿の局はすぐそばを人が通るような場所なのですから、危険なこと極《きわ》まりありません。源氏は危険な恋、面倒な恋ほど情熱が燃え上がるという困った性格なので、こんな危険な情事にみずから進んで飛び込んでしまうのです。

朧月夜との密会は、藤壺の出家後、ますます大胆なものになっていきました。

藤壺が出家をし、右大臣一派がますます専横《せんおう》ぶりを増し、源氏や左大臣家が失意の日々を送っていた年の夏、朧月夜は瘧《おこり》（マラリア）を患《わずら》い、実家の右大臣家に里帰りをします。ようやく病も癒《い》えると、朧月夜は今こそ源氏と逢うチャンスと考えて、ひそかに連絡を取ります。

こうした積極さも源氏にとっては魅力であったのでしょう。朧月夜は育ちがいいだけに、自分の感情を抑えつけたり我慢することがありません。源氏に対しても臆《おく》することなく、自分から手紙を書いたりします。藤壺に出家をされてしまった源氏にとって、その痛手を忘れさせてくれるのが朧月夜との情事だったのです。

朧月夜からの誘いを受けた源氏は毎晩のように右大臣家に忍び込むのですが、その右大臣家には源氏を目《め》の敵《かたき》にしている弘徽殿の大后も里帰りをしているのです。こんなときに密会していることが見つかれば、ただでは済まないことは知っているのに、二人ともその危険な逢瀬を大胆に重ねます。

このとき源氏は二十五歳、朧月夜は二十二歳です。

五壇の御修法　皇室や国家の重大事について行なう密教の祈禱で、五つの壇に五大明王《みょうおう》を祀《まつ》って行なう。

ついに露見

そんなある夜、夜半にものすごい雷雨が始まりました。激しい雷の音に怯《おび》えて、怖がった女房たちがみな朧月夜の部屋に逃げ込んでしまいます。御帳台から出られなくなって源氏は困り果てるのですが、どうにもなりません。とうとう、そのまま朝になってしまいました。

そこへ嵐の見舞いにやってきたのが、朧月夜の父、右大臣でした。

朧月夜は動転して、御帳台から慌てて出てきたのですが、あまり驚き慌てたのと、さすがに源氏との密会中なのが恥ずかしく顔が赤くなっています。

それを見て右大臣は「顔が赤い。まだ熱でもあるのだろう」などと言います。ところが右大臣は朧月夜の着ている*袿《うちき》の裾《すそ》に薄藍色《うすあいいろ》の男帯がまつわりついているのを発見して、怪しく思います。これはと思って見ると、御帳台の下に男物の*畳紙《たとうがみ》が落ちています。畳紙には男の文字で何やら書き連ねてあります。

この右大臣はたいそう短気でせっかちな人なので、その畳紙を摑むなり御帳台の中に首をつっこみ、無遠慮に覗きこむと、そこには横になった源氏がいるではありませんか。見つかった源氏のほうも度胸が据《す》わったのか、形ばかり顔を隠すものの、開き直って慌てるようすもありません。

あまりのことに右大臣は逆上してしまうのですが、相手が源氏では下手《へた》に騒ぎを起こすわけにもいきません。右大臣は手に畳紙を摑んだまま、部屋から足音荒く出ていってしまいます。

残された朧月夜は父親に密会の現場を押さえられ、死にたいほど恥ずかしく思い、呆然としています。

源氏はそんな朧月夜を可哀《かわい》そうに思います。軽率な行動を重ねた結果、とうとう世間から非難を浴《あ》びることになったと思いながら、朧月夜を源氏は慰《なぐさ》めます。

袿　女性の装束。裳《も》や唐衣《からぎぬ》の下に着用するもので、王朝の女性たちは色鮮やかな袿を何枚も重ね合わせて着ることで衣服のセンスを競った。

畳紙　鳥の子などの紙を横に二つ、縦に四つに折ったもの。懐中に入れて、詩歌を書いたり、鼻紙として用いた。

弘徽殿の大后の怒り

紫式部はこの右大臣のことを、批判的に書いています。

右大臣は直情径行《ちよくじようけいこう》の、物事を自分の胸に収めておけない性分です。さらに「老いのひがみさえ、このごろはとみに加わって」いると書かれています。

平安時代は、優美で婉曲《えんきよく》な物言いや態度をとることが貴人らしさの条件とされました。この右大臣はそれとは正反対で、あけすけで性急です。目の前で娘の密会の現場を見れば、どんな父親だって狼狽《ろうばい》し、逆上すると思うのですが、作者の紫式部は右大臣を嘲笑《ちようしよう》して憚《はばか》りません。当時の読者たちもきっと同じように批判的に読んだのでしょう。

逆上した右大臣は、ますますみっともない行動をします。その足で弘徽殿の大后の部屋に行き、手に摑んだ畳紙をつきだして、見てきたことの一部始終をあけすけに話してしまうのです。

このときの右大臣の行動はどこまでも父親としてのもので、そんなことを大后に話せば、どういう波紋をもたらすかを少しも計算していませんでした。

弘徽殿の大后は、だから言わないことじゃない、と反対に父をやりこめます。このときの二人の会話はまるで大后が右大臣家の家長《かちよう》であるかのような印象を読者に与えます。気性も、娘の大后のほうがずっと激しく、父親の話を聞いて感情を爆発させて、源氏をののしって止《や》みません。

「これまで右大臣家がどれだけ源氏のために恥をかかされてきたことでしょう。葵の上だって、もともとは東宮の妃になる予定だったのを源氏に取られてしまったし、また今度は朧月夜を後宮に差し上げようとしたら、源氏のためにみっともない恥さらしなことになってしまった。もとはと言えば、すべて源氏の君が悪いのに誰もそれを非難する人がいないので、こちらも黙って引き下がって、朧月夜を尚侍《ないしのかみ》にしたのです。それなのに、その朧月夜当人が源氏を引っ張り込むとは呆れてものも言えません。今でもこんな図々しさでは、東宮が即位なされればどれだけ増長するか分からないではありませんか」

源氏に対する積年《せきねん》の恨みを爆発させたような大后の発言を聞いて、右大臣は「こんなことなら、話さなければよかった」と思うのですが、すでにそれは後《あと》の祭《まつ》りでした。

なぜ、源氏は流謫《るたく》を決意したのか

朧月夜との密会露見によって、二十六歳の光源氏は窮地に陥《おちい》ります。官位は剝奪《はくだつ》され、朝廷では源氏の流罪《るざい》までが取り沙汰《ざた》される始末です。

帝の愛妃を寝取ったというだけで流罪とは罪が重すぎますが、このスキャンダルを利用して右大臣家、なかでも弘徽殿の大后が「源氏は東宮を帝位につけようと、朱雀帝に謀反《むほん》を企《たくら》んでいるのだ」と事件をフレームアップして、一挙に源氏の政治的生命を断《た》とうとしたのでした。

もちろん、これはありもしないでっち上げなのですが、源氏の後ろ盾である左大臣家の勢力はすでに凋落《ちょうらく》して、朝廷の実権は右大臣家に移っているので、どんな理不尽《りふじん》な非難を受けようとも抵抗のすべはありません。このままでは、右大臣や弘徽殿の大后たちが、若く気の弱い朱雀帝に源氏追放の命令を出させるのは目に見えています。

こうした動きを察知して、プライドの高い源氏は刑の宣告を受ける前に自分から都を捨てようと考えます。いわば自発的な流刑ですが、先手を打って謹慎してしまえば、右大臣家も強い態度に出られないだろうと計算したのでした。

源氏があえて都落ちを選んだのは、一つには東宮の安全を守るという意味もあります。このまま謀反の罪をかぶせられてしまえば、いずれは東宮もまたその地位を追われてしまうことになります。そこで自分の身を捨てることで、東宮の将来を守ろうと考えたのでした。

冷たい世間

源氏が自分の配流《はいる》の地として選んだのは、須磨《すま》でした。現在では京都から兵庫県の須磨まではJRに乗れば一時間あまりで着いてしまいますが、当時は文化の香りもない寂しい場所です。都の外で暮らしたことのないような源氏にとって、須磨のような土地へ流れるのは心細いかぎりでしたが、幸いにして須磨には源氏の所有している荘園《しょうえん》もあるので、ここを選んだのだと思われます。

落ち着き先が決まると、源氏は後見をしている東宮のところに参内《さんだい》し、別れの挨拶《あいさつ》をします。もちろん、女君《おんなぎみ》たちのところを訪ねて別れを言うのも忘れません。

本来ならば、これまで源氏に世話になった人たちがこぞって挨拶に来るところなのでしょうが、右大臣や弘徽殿の大后を憚って、誰もやってはきません。これが世間なのだと源氏は自分に言い聞かせるのですが、やはり味気なさは隠せません。

源氏の一番の心残りは、十八歳になった紫の上を置いて行かねばならないことでした。紫の上とは一日、二日でも別々に暮らしがたいほど愛しあってきたというのに、何年経《た》てば都に戻ってこられるというあてすらないのですから、辛《つら》くてなりません。いっそのこと、こっそり紫の上も連れて行こうかとさえ考えるのですが、須磨のような土地にどうして紫の上を連れて行けようかと悩みます。

紫の上は、

「辛い旅路でも、ご一緒に連れて行ってくださるのなら」

と言うのですが、やはり連れて行くわけにいきません。

その代わり、源氏は自分の留守の間に紫の上が困ることのないようにと、自分の荘園や牧場、その他の領地の権利書などをそっくり紫の上に預けることにしました。

源氏の総資産はどのくらいあったのかは分かりませんが、それが相当なものに達していたことは間違いありません。また、須磨へは男の家来だけを供《とも》として連れて行くことにして、源氏付きの女房は紫の上に仕《つか》えさせることにします。

出家者のような日々

いよいよ出立《しゅったつ》の日となりました。配所《はいしょ》への旅なので、人に知らせるわけにもいかず、わずかな供を連れ、粗末な装束《しょうぞく》で夜更《よふ》けに都を出ていくことにしました。旧暦三月二十日のことです。

月光の中、二条の邸を静かに源氏一行が出発します。紫の上は悲しみのあまり泣き崩れてしまうのでした。

源氏たちは山崎《やまざき》から舟に乗り、淀川《よどがわ》を下っていきました。須磨の海岸に着いたのは翌日の夕方四時頃でした。当時の人々にとって、須磨への旅は異国への旅行のようなもの。京都周辺しか知らない源氏にとっても、寂しい須磨の景色はどれもこれも珍しく、ますます寂しさが募っていきます。

須磨での住まいは海岸から少し入った、山の中にあります。ひなびた感じの邸は、近在の荘園の人々の手で少しは風情《ふぜい》も出てきたのですが、周りには男の家来しかおらず、話し相手もない生活に、源氏は京都での生活を懐《なつ》かしく思わずにはいられません。

そこで都にいる女君たちに手紙をこまめに書くのですが、その返事が届くのには何日も待たなければなりません。源氏は生まれて初めて孤独と寂寥感《せきりょうかん》にさいなまれます。

しかも、当初は源氏の兄弟にあたる親王や友人の公卿《くぎょう》たちから手紙が届いていたのに、それも日を追って少なくなり、ついには女君の他には手紙を書いてくれる人がいなくなってしまいます。

というのも、源氏が手紙の中で書いた詩文が都の人々の間で評判になっていることを知った弘徽殿の大后が、

「朝廷の勘気《かんき》を蒙《こうむ》った者は、思いのままに日々の食事を味わうことさえ許されないはず。それなのにあの人は風流な家に住まったり、世間をそしったりしているとは」

と言って厳しく非難したからです。これが伝わって、関わりあうと面倒だと源氏に手紙を書く人がいなくなってしまったのでした。

こうして源氏と都とを結ぶ糸は、苦境にある源氏を見捨てない女君たちとの手紙のやりとりだけになってしまいました。伊勢にいる六条の御息所からも、優しい手紙が来るし、朧月夜の君も危険を冒《おか》して手紙を出してくれますが、源氏は須磨の配所で読経《どきょう》をしたり、須磨の景色を絵に描いて過ごすという、まるで出家者のような日々を過ごすのでした。

明石《あかし》の入道《にゅうどう》の「過激な遺言」

都にいたときはプレイボーイの名をほしいままにした源氏が、このまま女気抜きのわ

びしい須磨暮らしを続けていけば、主人公としての魅力がなくなってしまうわけですが、ここで紫式部は新しい展開を用意して、思いがけない恋を源氏の前に運んでくるのです。そのなりゆきもまたよくできていて、紫式部は大したストーリーテラーだと思ってしまいます。

源氏が寂しい配所暮らしを続けているころ、須磨の近くの明石《あかし》に変わり者の入道《にゅうどう》（在家のまま剃髪した男性の呼び名）が住んでいました。この明石の入道は源氏が須磨にやってきたと聞いて、大喜びをします。

明石の入道はその名のとおり、出家しているわけですが、もとは大臣にまで昇りつめた父を持つ、都の貴族の出身でした。源氏の生母である桐壺の更衣とは、いとこどうしという深い血縁です。

だから本来ならば、都でそれなりの地位に就《つ》けたのでしょうが、生来の偏屈者《へんくつもの》であったので京の生活がつまらなくなり、自分から地方赴任を申し出て、明石の受領《ずりょう》になり、その後、出家をしてそのままに明石に住み着いています。

地方官時代にたっぷり財産を蓄えていますから、生活には困りません。妻や娘を住まわしている家も海側と岡の上と二つあって、どちらも京風の立派な邸宅です。

今は世捨《よす》て人《びと》となって気楽な生活を送っている明石の入道には、しかし一つだけ大きな願いがあります。それは自分の一人娘を、明石周辺の田舎者《いなかもの》と結婚させるのでなく、なんとしてでも都の、それも高貴な人にめあわせたいというものです。もちろん、貴人と結婚するにふさわしい教育を幼いころから与えていて、娘には「もし自分が死んで、つまらない男と結婚する羽目になったら、海に身を投げてしまえ」という過激な遺言まで

してているのです。

そこにやってきたのが源氏ですから、明石の入道は源氏の君に娘を差し上げるのだと大騒ぎをします。

しかし、喜んでいるのは入道だけで妻のほうは違います。いくら貴人といっても、罪を蒙って流罪になっているような人に娘を与えるなんてとんでもないと言って反対します。妻の言葉に、入道は激怒して夫婦げんかになってしまいます。

須磨に現われた前帝の亡霊

しかし、いかに明石の入道が源氏の君に娘を差し出したいと思っても、面識があるわけではないし、なかなか知り合いになる機会はありません。やはり源氏は天皇の子であり、明石の入道はしょせん元受領です。身分の差はあまりにも大きすぎるというもの。

紫式部はここでもう一人、重要な脇役《わきやく》を出すことでこの問題を解決します。

それは亡き桐壺院です。

源氏が須磨に来て、丸一年ほど経った三月に須磨のあたりに大暴風雨が起きます。嵐

は何日も続き、ついに落雷で源氏の邸の一部が炎上する騒ぎになります。高潮が押し寄せて、今にも流されそうになった夜、亡き桐壺院が源氏の夢に現われ、

「住吉《すみよし》の神のお導きに従い、早々に船出して、この浦を立ち去れ」

とお告《つ》げをします。

その明け方、須磨の浦に明石の入道が舟に乗ってやってきます。

入道もまた夢に異形《いぎょう》の者が現われ、舟を仕立てて源氏の君を明石にお連れせよというお告げを聞いたのでした。はたして、入道がそのとおりに舟を漕《こ》ぎ出すと嘘《うそ》のように海は凪《な》ぎ、たちまち須磨に到着したのだというのです。

おそらく明石の入道の夢に現われたのも、故桐壺院であったのでしょう。源氏は入道の舟に乗り込み、須磨を引き上げて入道の邸で生活することになります。

このあたりの展開は現代人からすると、いささかできすぎのように思えるかもしれません。しかし、この桐壺院の霊は後に源氏が都に戻ってくるときにも、なくてはならない存在となるのですから、けっして紫式部はその場かぎりの思いつきで登場させてはいないのです。

明石の君との別れ

明石の入道は源氏に海辺の大きな邸を譲って、自分たち親子は岡の上の家に移ります。

いよいよ好機到来と、明石の入道は娘のことを話すと、一年以上も女気なしで暮らしていた源氏は興味を持ち、この一人娘の姫君に手紙を書きます。すると姫君は字も歌も上手な返事をよこしてはくるのですが、思いのほかプライドが高く、けっして源氏になびこうとしません。

こうなるとかえって恋心をそそられる源氏は、次第《しだい》に明石の入道の姫君に心が傾いていきます。いくら呼び寄せても、海辺の邸にやってこない娘に業《ごう》を煮《に》やして、源氏はとうとう八月十三日の夜、自分のほうから娘を訪れることにしました。

明石の姫君は思ったよりも手強《てごわ》かったのですが、結局、源氏は自分のものにしてしまいます。プライドの高さや教養の深さといい、六条の御息所をどことなく思わせる明石の姫君に源氏はのめり込んでいきます。

その一方で、かえって紫の上のことが頭をよぎります。万が一、この噂が京に伝わったら、どんなに紫の上が悲しむかと思い、思いもかけない恋に落ちたことをそれとなく告白します。その正直な告白が都に残された紫の上の心をどれだけ悩ませたかは言うまでもないでしょう。

最初のうちこそ、紫の上に遠慮して明石の君のところに通うのを控えていた源氏でしたが、夜離《よが》れが続いても愚痴《ぐち》一つ言わない明石の君の姿がいじらしく、源氏はやはり毎晩のように訪れるようになります。

年が改まった六月頃、明石の君が懐妊していることが明らかになります。それからわずか、一ヶ月後、都の朱雀帝から源氏の罪を解くのですぐに帰京せよという宣旨《せんじ》が届きます。

源氏は突然の報《ほう》に喜びながら、明石の君との別れに苦しみます。明石の君は、源氏との別れの夜、それまで一度も弾《ひ》かなかった琴を取り出し、源氏の前で弾きます。それは予想以上に上手で、源氏はあらためて明石の君の魅力を思い知らされ、後ろ髪が引かれる思いで京へと旅立っていきます。二年五ヶ月ぶりの帰京でした。

英断はなぜ下されたのか

ところで急転直下、なぜ源氏の罪が急に許されることになったのでしょうか。

あの暴風雨の夜、源氏の夢に現われた桐壺院の亡霊はそのあと、長距離をものともせず内裏《だいり》へと走り、朱雀帝の夢に現われたのでした。桐壺院の亡霊は、自分の遺言をどうして守らなかったのかと厳しく朱雀帝を叱責《しっせき》し、睨《にら》みます。

生前、桐壺院が朱雀帝に対して、源氏を後見人として、政治向きのことに関してはかならず相談するように遺言をしていたことはすでに書いたとおりです。しかし、母の弘徽殿の大后に逆らえない、気の弱い朱雀帝は源氏を追放しようとする陰謀にも逆らえませんでした。

自分の優柔不断さが源氏を須磨に追いやったことに、ずっと心を責められつづけていた朱雀帝は、桐壺院の亡霊が夢枕《ゆめまくら》に立ったことで大いに動揺します。弘徽殿の大后にその話をしても、

「雨が激しく降っているような夜は、そういう夢を見たりするものです。軽率に驚きになってはいけません」

と言うだけで、取り合ってくれません。

しかし、考えてみれば、このところ物騒《ぶっそう》なことが多く続いているのは、亡き父帝の遺言に背《そむ》いたせいではないかと朱雀帝は考えます。また、あの夢のあとに目の調子が急に悪くなったのは、夢の中で桐壺院からはったと睨まれたせいではないかと怯えてしまいます。

夢占いが信じられていた時代とはいえ、この朱雀帝の夢はやはり心の奥にある罪の意識が産み出したものだと考えるべきでしょう。そのことを苦に病《や》むあまり、朱雀帝は一種のノイローゼ状態になり、それが眼病という形にもなったのだと思われます。

さらにこの朱雀帝の怯えに合致する形で、朝廷ではいろいろと不吉なことが起きます。弘徽殿の大后も病がちになり、また弘徽殿の大后の父の、元の右大臣も亡くなってしまいます。帝の祖父にあたる、かつての右大臣の死は、年齢から考えれば当然の寿命とも言えるのですが、帝にはそうは思えません。

こうしたことが相次いで、ついに朱雀帝は母の大后の反対を斥《しりぞ》け、源氏を都に呼び戻す決断をしたというわけなのです。

朱雀帝と源氏——対照的な二人

それにしても、この朱雀帝は腹《はら》違いとはいえ源氏と兄弟なのに、性格がまったく対照的です。猛烈な教育ママに育てられたせいなのか、線が細く、消極的な性格です。本来なら自分の妻になるはずだった朧月夜が源氏と密会していたことを知ったら、当然怒り、憎むはずなのに彼は源氏を憎もうともしません。そればかりか、どれだけ寵愛を受けても源氏のことを忘れられない朧月夜に向かって、

「あの美しさと魅力だもの、すべての女があの人に惚《ほ》れるのも仕方がない」

と言ってしまうのです。

これを負け犬根性と評するのか、それとも自分自身を冷静に見つめられる知性の持ち主と見るかは読者次第ですが、何事においても自信満々で、「まろはみな人に許されたれば」と豪語する源氏とは正反対のキャラクターと言えるでしょう。

一方の源氏は朱雀帝をどう思っていたのでしょうか。

そのことは物語の中では露《あら》わに書かれてはいません。

朱雀帝が源氏をなぜか憎めず、むしろ自分が女になって源氏に愛されたいなどと言う

ほど、源氏に好意を持っていたように、源氏もこの異母兄に、なぜか好意を抱きつづけています。

それは血の引き合う情というより、源氏は、朱雀帝の無気力さや頼りなさや、女々《めめ》しさの陰にひそむ、無垢《むく》な純情の美しさを誰よりも認めていたからではないでしょうか。

朧月夜が自分の兄（東宮）のフィアンセと知っていたら、あの初めて逢ったとき、はたして朧月夜を犯していたでしょうか。あのとき、源氏は本当に兄のフィアンセだとは知らなかったのです。

母の桐壺の更衣をいじめ殺された、いわば仇《かたき》の弘徽殿の女御やその父右大臣に対しては恨みを抱いていないわけはないでしょう。朧月夜の君が東宮のフィアンセで、すぐ目の前に入内の日が決まっていたと知ったとき、源氏はおそらく弘徽殿の女御や右大臣に対しては小気味のいい復讐《ふくしゅう》の快感を味わったことでしょう。

しかし、東宮（後の朱雀帝）に対しては、気の毒さとすまなさを感じ、しまったという素直な後悔の心を生じたのではないでしょうか。だからといって、朧月夜との情事を諦めないところが、源氏の特性だと思います。

桐壺院亡き後、政治的権力のすべてが右大臣一派のほうに移って、世の中の趨勢《すうせい》も右大臣一派一辺倒になっていくとき、朧月夜と情事を重ねることは自殺行為だと、源氏だって分かっていたはずです。しかし、臣下に下りたとはいえ、源氏は天皇の子だという自尊心は強く、右大臣や弘徽殿の大后に対しては、見下す気持ちがあったのでしょう。けれども、朱雀帝に対しては、兄だという尊敬の気持ちを失っていなかったし、自分が兄の未来の妻を汚してしまったことに対する後悔と、懺悔《ざんげ》の気持ちはあったと思います。

だからこそ、自分から都落ちの決心もできたのでしょう。

須磨行きをやめて、あのとき、右大臣一派が言いふらしたように、朱雀帝に謀反を企《くわだ》てることだって、まったく不可能な話ではなかったはずです。その道をあえて選ばなかったのは、源氏の朱雀帝に対する懺悔の気持ちが含まれていたからだと私は考えます。

鮮《あざ》やかな復活劇

こんな優柔不断な朱雀帝が生まれて初めて自分一人で下した決断が、源氏を京都に呼び戻すという宣旨でした。

朱雀帝は帰京した源氏をしきりに宮中に呼び出し、政治に関する相談を何くれとするようになります。

源氏のほうも朱雀帝に対しては恨みがましいようすはいっさい見せず、協力を惜しみません。須磨配流の本当の首謀者は右大臣や弘徽殿の大后であり、帝はその操《あやつ》り人形《にんぎょう》にすぎなかったことを知っていたからです。

こうして源氏は都の政界に返り咲きをするわけですが、その権力は以前にもまして大きくなっていきます。

朱雀帝が自分の命は長くあるまいと悲観的になって退位を決断したからでした。源氏の召還といい、この退位といい、朱雀帝はかつての朱雀帝とは別人ではないかと思うほど積極的に行動します。

源氏が京に戻った翌年の二月、朱雀帝は退位し、東宮が即位をして冷泉帝《れいぜいてい》となります。この冷泉帝とは他でもない、源氏と藤壺の間に生まれた不義の子なのですから、源氏は臣下の身でありながら天皇の父となったということです。

もちろん、このことは藤壺と源氏が死んでも守らなければならない秘密なのですが、亡き桐壺院は生前、源氏に対して後見人となるよう遺言をしているので、冷泉帝即位で源氏は以前にもまして宮中で重要な存在となっていきます。

かくして二十九歳の源氏は内大臣《ないだいじん》となり、また源氏の舅《しゅうと》にあたる左大臣も摂政太政大臣《せっしょうだいじょうだいじん》に就任します。左大臣は右大臣一派全盛のとき、すでに引退をしていたのですが、源氏が説得して政界に返り咲いたのです。これにともなって太政大臣の子息たちもみないい役職を与えられることになり、また葵の上が産んだ一人息子の夕霧《ゆうぎり》も宮中に出仕することになります。

わずか一年前には明石でわびしい生活を送っていた源氏は一気に天皇に次ぐ、政界の最重要人物になったのでした。

この後、源氏の権勢はさらに大きくなり、それにつれて源氏物語はいよいよ華やかさを増し、佳境を迎えます。

それにしても、主人公をいったん苦境に陥《おとしい》れたうえで、鮮《あざ》やかな復活劇を演出した紫式部の構想力には、今さらながら驚くしかありません。

第七章

新たな出会い、そして別れ

——六条院の女君たち

源氏の復権

配流《はいる》の暮らしを終え、京に戻ってきた源氏を待ち受けていたのは、桐壺院在世当時よりもずっと華《はな》やかな生活でした。

朱雀帝は退位して、十一歳の東宮が元服《げんぷく》して即位し、冷泉帝となりました。源氏は帝《みかど》の後見人としての立場を与えられ、位も内大臣*となりました。また舅《しゅうと》の元の左大臣は摂政太政大臣《せっしょうだいじょうだいじん》となりました。すべては朱雀帝の英断によるはからいでした。罪人同然だった源氏は一躍政界の重鎮となります。

冷泉帝の即位で立場が大きく変わったのは源氏や左大臣家の人々ばかりではありません。藤壺もまた准太上天皇《じゅんだいじょうてんのう》という位《くらい》を与えられます。

本来なら、天皇の母は皇太后《こうたいごう》となるのですが、すでに藤壺は出家しているので、皇太后にはなれません。そこで太上天皇、つまり上皇《じょうこう》に準ずる「女院《にょういん》」ということになったのでした。これまでは世間を憚《はばか》って、参内《さんだい》して我が子に会うことも自由にできなかったけれども、これで晴れて堂々と宮中に出入りでき、冷泉帝とも会えるようになりました。

冷泉帝の即位から一ヶ月ほどしたころ、源氏の許《もと》に明石の君が無事、女児を出産した

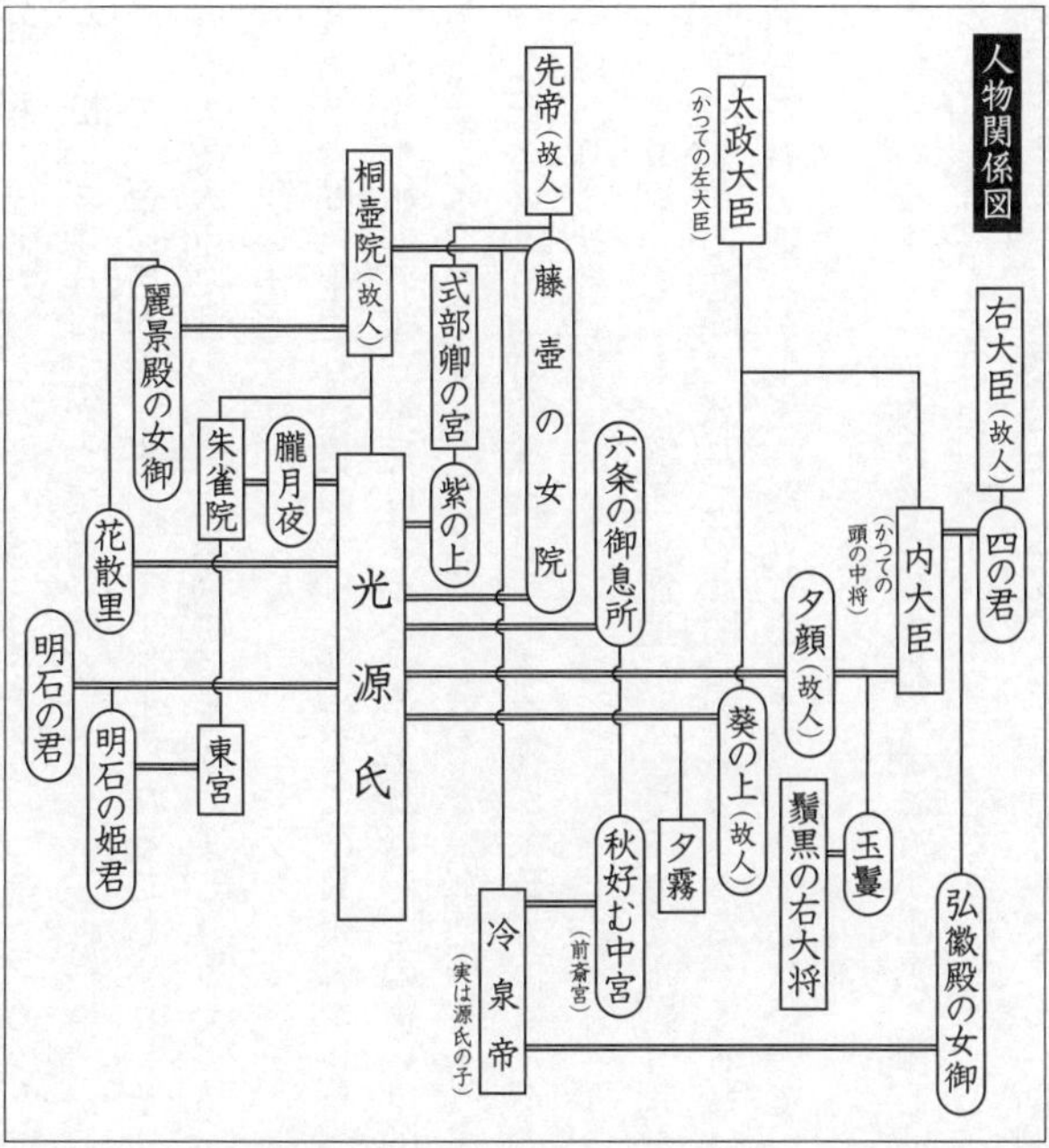
人物関係図
右大臣（故人）
太政大臣
（かつての左大臣）
先帝（故人）
桐壺院（故人）
藤壺の女院
式部卿の宮
麗景殿の女御
四の君
内大臣
（かつての頭の中将）
六条の御息所
紫の上
朱雀院
朧月夜
花散里
光源氏
夕顔（故人）
明石の君
明石の姫君
東宮
葵の上（故人）
鬚黒の右大将
玉鬘
夕霧
秋好む中宮
（前斎宮）
冷泉帝
（実は源氏の子）
弘徽殿の女御

という報せ《しら》が届きました。

その報せを聞いて源氏は、かつて占い師が、

「御子《みこ》は三人で、帝、后《きさき》かならず揃《そろ》ってご誕生になるでしょう。そのうちの最も運勢の劣るお子は、太政大臣になって人臣《じんしん》最高の位を極《きわ》めましょう」

と言ったことを思い出します。

源氏と藤壺との間に生まれた男の子は、即位して冷泉帝になったばかりです。もし、明石の君が産《う》んだ娘が将来、皇后になることがあれば、この占いは的中することになります。「最も運勢の劣るお子」というのは、葵の上との間に生まれた夕霧のことだと思われます。源氏という有力者の後継者である夕霧が太政大臣になるのは、ちっとも不思議なことではありません。

源氏はさっそく京から明石へ乳母《めのと》を派遣して、さまざまな贈り物をします。源氏が京に戻って以来、ずっと悲嘆に暮れていた明石の君も入道も、これにはほっとします。

源氏は明石の君に姫君が生まれたことを隠すこともできないので、紫の上にもそれを告白します。

「ものごとは妙にうまくいかないものですね。子どもが出来てほしいと思うところには、一向にそんな気配《けはい》もなく、思いがけないところに生まれたとは」

源氏は姫君誕生の歓《よろこ》びを隠して、こんなことを言うのですが、聡明《そうめい》な紫の上は明石の

君が姫君を産んだことの意味を嫌《いや》と言うほど知っています。

もし、明石の君が娘を連れて上洛《じょうらく》すれば、いくら身分が低いとはいえ、自分よりも強い立場に立つこともありえるのです。何しろ、源氏と紫の上とは正式の婚儀をしていないのですから、いわば内縁の妻。しかも、紫の上には子どもがいないのです。

そんな気持ちを知らないで、源氏は紫の上が許したと思って図《ず》に乗って、明石の君はあれで性質はなかなかいいとか、顔は大したことはないが髪が豊かで美しいなどとのろけるのです。

紫の上は、そんな源氏の言葉を聞きながら、源氏が須磨に配流になっている間、ただただ源氏のことを案じ、寂《さび》しさを耐えしのんでいたというのに、男とはこういう勝手なことをするものなのかと情けなく、腹に据《す》えかねる思いがするのでした。

内大臣　天皇を補佐し、左右大臣に次ぐ役職。本来の官制にはない、「令外官《りょうげのかん》」であった。

なぜ紫の上には子どもがいないのか

明石の君が娘を産んだことで、読者は紫式部がなぜこれまで紫の上に一人の子どもも産ませなかったのかがようやく分かります。

現代とは違って、科学的な避妊法などあるはずもない平安時代のことですから、本当なら紫の上は源氏の子どもを何人か産んでいてもおかしくはありません。

それなのに最も源氏に愛されたうえ、ずっと源氏と暮らしている紫の上に子どもを産ませなかったのは、物語の布石として作者は最初から計算をしていたのでしょう。この後も紫の上は、朱雀院の娘女三《おんなさん》の宮《みや》が源氏に降嫁《こうか》したことで妻の座をふたたび脅かされることになります。

いかに源氏から愛されていても、子どもを産んでいない紫の上はつねに不安を抱えて過ごさなければならない立場に置かれているのです。

源氏はすでに明石の君が産んだ姫君を京に呼び寄せて、帝の后にふさわしい教育を与えるつもりになっています。

しかし、問題は明石の君の身分がけっして高くはない点にあります。

明石の入道は貴族の出身で、源氏の生母・桐壺の更衣のいとこに当たる血縁関係になるのですが、性格が頑固で人付き合いが下手で、自分から受領《ずりょう》になって都落ちをしてしまったので、その官職は受領止まりです。受領の娘が産んだ子どもが、帝の正妃になることは当時の社会では考えられないことでした。ただし、受領になるとおカネが貯《た》まるので、入道も充分な財産がありました。

そこで、源氏は姫君を紫の上の養女とすることで、この問題を解決しようと考えたのでした。紫の上は藤壺の兄式部卿の宮の娘ですから、身分としては申し分ありません。

もちろん、この段階では、明石の姫君を紫の上に養育させる計画を源氏はまだ誰《だれ》にも話していません。しかし、それはやがて実行に移され、明石の君は姫君と辛《つら》い子別れをして、深い苦しみを味わわされることになるのです。

御息所の遺言

冷泉帝の即位で身辺に変化が起きたのは、源氏や藤壺たちだけではありませんでした。六条の御息所の娘、伊勢の斎宮もまた御代替《みよが》わりによって任を解《と》かれ、母と一緒に都に戻ってくることになりました。御息所は三十六歳、娘の前斎宮は二十歳になっています。

源氏は御息所に心づくしの品を贈ったりもするのですが、御息所のほうは、
「また昔のような苦しみを繰《く》り返《かえ》したくない」
と思っています。源氏も生き霊《いりょう》の一件もあるものだから、あえて御息所を訪ねる気にはなりません。ただ、二十歳になったはずの前斎宮がどんなに美しくなったのかと、むしろそちらのほうに心をそそられているのです。

帰京した御息所はやがて病床につくようになり、急激に衰弱していきます。重病になると、当時の人々は出家すれば仏《ほとけ》の加護《かご》で命を取り留めると信じていたので、御息所も出家をします。

御息所出家の噂《うわさ》に源氏が慌《あわ》てて見舞いに行くと、御息所の衰弱は想像以上でした。変

わり果てた御息所の姿に源氏は思わず泣いてしまいます。

その源氏の姿を見ると、御息所の心も和《なご》んで、自分の亡《な》き後、どうかひとりぼっちになる娘の後見をしてくれと頼みます。源氏がそれを承諾すると、御息所は思いもかけないことを言います。

「そのお気持ちはありがたいのですが、どうかあなたの愛人の一人にはしてくださいますな」

それを聞いた源氏はさすがに鼻白《はなじろ》む思いがするのですが、御息所はかまわず言葉を続けます。

「娘にだけはわたくしの二の舞はさせたくないのです。どうか、くれぐれも娘に色めいた関心はお持ちくださいませんように」

この御息所の懸念《けねん》はけっして杞憂《きゆう》ではありませんでした。源氏はこのとき、几帳《きちょう》の隙《すき》間《ま》から御息所の後ろにいる前斎宮の姿を覗《のぞ》き見《み》ていたのですから。臨終のときでも、これだけ理性が働くのですから、やはり御息所は実に理性的な女です。

母よりも女として

源氏が見舞ってから数日で、御息所は他界してしまいます。

御息所は自分の遺言の空《むな》しさを誰よりも痛感していたに違いありません。身よりのない娘を預けるには、今や都で一番の権力者になった源氏が適任です。しかし、その源氏が美しく若い娘を放っておくはずがないということも、御息所は分かりすぎるくらい分かっています。

源氏を愛しすぎ、さんざん嫉妬《しっと》で苦しんできたからこそ、源氏がどんな男であるかをどの女君《おんなぎみ》よりも正確に見抜いていたのです。

しかし、かといって長年斎宮を務《つと》め、世間知らずに育ってきた娘に、源氏に用心しなさいと注意したところで何の役にも立たないのも分かっています。

ならば、なぜそんな空しい遺言をあえてするつもりになったのか。

ひょっとしたら、御息所は自分の死後、母親から見ても若く美しい娘が源氏に恋することに嫉妬をしていたのではないでしょうか。

他の女君に奪われるのならともかく、自分の娘に源氏が心を移すのを見るのは、まさしく地獄です。そんなことを目の当《ま》たりに見るよりは、死んだほうがましだとさえ彼女は思っていたのかもしれません。

しかし、自分が死んだあとに、やはり源氏が我が子と恋をすることになるのは、どんなことがあっても防ぎたい。彼女の遺言にはそうした、すさまじいほどの女の情念と怨《おん》念《ねん》が籠《こ》もっているのです。

政治家・源氏

この御息所の遺言は、源氏の心を縛《しば》り、美しい前斎宮に恋心を抱《いだ》きながら、ついにこの人には手を付けることができませんでした。その代わり、自分の息子の冷泉帝の後宮《こうきゅう》に前斎宮を入れて結婚させることにしてしまいます。このとき、冷泉帝はまだ十一歳で、前斎宮は二十歳ですが、すでに帝には弘徽殿の女御《にょうご》という妃《きさき》があります。

この弘徽殿の女御は、源氏を何かと敵視した弘徽殿の大后《おおきさき》とは別人です。女御や更衣の呼び名は、後宮で与えられた自室の名前から付けられるので、同じ弘徽殿に住まえば、別人でも同じ名前で呼ばれるようになるのです。冷泉帝の弘徽殿の女御は、かつての頭の中将、現在では権中納言《ごんちゅうなごん》の娘で、それを祖父の太政大臣が養女にして入内させた形になっています。

二十歳の前斎宮を十一歳の冷泉帝の妃にするのは、現在の感覚では年の差がありすぎる気もしますが、当時は年齢差などあまり気にしませんでした。貴族社会にあっては、結婚で何より重視されたのは身分の釣り合《つりあ》いで、年齢などは二の次であったのです。

前斎宮を冷泉帝の後宮に送り込むのは、もちろん源氏の政治的権力を高めるためでもあります。源氏は前斎宮の後見人、つまり父代わりということなのですから、前斎宮が入内すれば、冷泉帝の後見という立場に加えてさらに源氏の影響力が強まることになるのです。

人は変わるものなのか

ただ、この計画には一つだけ問題がありました。

前斎宮が伊勢に下向した際の儀式で、当時の朱雀帝は別れの櫛《くし》をみずから前斎宮の髪に挿《さ》したのですが、そのとき前斎宮の恐ろしいまでの美貌《びぼう》を見て、ずっと彼女のことを忘れることができないでいたのでした。

前斎宮が伊勢から御息所と一緒に帰京したときも、自分の院で暮らしてはどうかと誘いをかけたこともあるのですが、御息所ははかばかしい返事もせず、それっきりになっています。

御息所としては、すでに朧月夜をはじめとする妃たちがいる中に、世間知らずの娘を送り込むのは不安もあったし、また朱雀院が病弱なので、いつ自分のように未亡人にならないともかぎらないと考えたからです。

源氏は、この朱雀院の執着《しゅうちゃく》をもちろん知っています。年の釣り合いからすれば、朱雀院とのほうがずっと自然だし、また、院と源氏とのこれまでの経緯を考えれば、やはり朱雀院の希望どおりにしてあげるべきではないかとも思います。そこで源氏は藤壺の許を訪れ、相談を持ちかけます。

源氏の話を聞いた藤壺は、即座にこう答えます。

「院にはお気の毒ですが、ご執心《しゅうしん》を知らなかったふりをして、御息所の遺言だからと入内させておしまいなさい。院に事後報告しても、深くはおとがめにならないはず」

このときの藤壺には、かつての可憐《かれん》で清らかで、源氏との愛に苦しむ藤壺の面影《おもかげ》はありません。いったいいつの間に、まったく別人のようなしたたかな女になったのかと読者は目を見張るはずです。この二人の会話を通じて、紫式部は「人は変わるのだ」ということを書きたかったのでしょうか。

ここで密談されているのは、自分たちの不倫の結果生まれた十一歳の帝に、九歳も年上の妃をあてがうにはどうしたらいいかという、実に生臭《なまぐさ》い話なのです。

しかも、源氏にとって、この結婚は冷泉帝の幸せのためでもなければ、前斎宮の幸せのためでもありません。すべては自分の権力拡大のためなのです。

そして、藤壺が「朱雀院を無視して婚儀を進めましょう」と答えたのも、我が子冷泉帝のためには、これからも源氏を味方に付けておくしかないという、醒《さ》めた計算があってのこと。源氏の心はすでに入内に傾いていると察しているからこそ、藤壺は積極的な返事をしたのです。

かくして前斎宮の気持ちなど誰も聞く者もなく、冷泉帝への入内は決められました。前斎宮が後宮に入るのは、それから二年後、帝が十三歳になったときのことでした。

明石の君、上洛

前斎宮が入内した年の秋、ついに明石の君と姫君が上洛することになりました。明石の君が産んだ姫君も、はや三歳になっています。

こんなに時間が経《た》ってしまったのは、明石の君が源氏に全幅《ぜんぷく》の信頼《しんらい》を置けなかったからでした。明石の君は自分なりに源氏の評判を集めて、源氏の女君たちがけっして幸福になっているわけではないことを知っています。

いつ源氏が訪れるかと心待ちにしているのに、夜離《よが》れが続いて蛇《へび》の生殺《なまごろ》しのような目に遭《あ》っている高貴な女性もあると聞けば、身分の低い自分はもっと辛いことになるのではと思わないではいられません。

源氏は二条の自分の邸《やしき》の東に邸を新築し、そこに母子を住まわせることにし、早く姫君を都に連れてくるようにと手紙を書くのですが、うかうかと誘いに乗るわけにはいかないと悩んでいたのです。しかし、かといって源氏という高貴な人の血を引く姫君をこのまま明石の片田舎《かたいなか》で育てるのも、可哀《かわい》そうです。

そこで明石の入道が出した考えは、源氏の邸に身を寄せるという形ではなく、大堰川《おおいがわ》（現在の桂川《かつらがわ》）のほとりに持っている地所の邸を改装して、そこに暮らしてはどうかということでした。そうすれば、かりに源氏に捨てられたとしても最低限の面目《めんぼく》は守れるという計算です。

この大堰の邸は、今の地名でいえば嵐山《あらしやま》の渡月橋《とげつきょう》から少し川を遡《さかのぼ》ったあたりになるのかもしれません。今でこそ嵐山は観光客で賑《にぎ》わっていますが、当時は人影も少ない、寂しい場所でした。

哀切《あいせつ》な子別れのシーン

源氏は立派に改装された明石の君の邸で、初めて我が娘の顔を見ます。数え年三歳の姫君はあどけなく無邪気《むじゃき》で、可愛《かわい》くてたまらないと思います。明石の君も出産を経て、すっかり女盛りの美しさにしっとりと輝き、三年前に別れたときよりはるかに美しくなっています。

しかし、それにしても明石の君の邸はあまりにも遠すぎます。また、行けば行ったで可愛い娘や明石の君とは離れがたく、幾晩《いくばん》も泊まってしまうことになるので、紫の上がどう思っているかも気になってしまいます。

そこで源氏は明石の君が二条院の新邸に移ってこないのなら、せめて姫君だけでも引き取ろうと考えます。将来、宮中に上げるには一日も早く二条院に引き取り、紫の上にゆだねて貴族らしい教養を身につけさせなければなりません。

源氏はまず紫の上を説得します。もともと紫の上は子ども好きなので幼い姫君を引き取ることには文句はありません。紫の上にしてみれば、子ども可愛さに源氏が明石の君への愛情を増すのではないかという心配もこれで取り除けるという気持ちもあります。最初は抵抗していた明石の君も、母親の尼君《あまぎみ》の説得に負け、ついに姫君を手放すことにします。

紫式部は、明石の君と姫君との哀切《あいせつ》な別れの場面を、身も心も凍《こお》る雪の嵯峨野の十二月に設定します。

小説でも舞台でも、子別れは人の涙をしぼる見せ場なのですが、源氏物語「薄雲《うすぐも》」の帖に描かれた子別れは陳腐《ちんぷ》になることなく、哀切さ極まりない名シーンの一つです。

雪の降りつづく大堰の里へ、源氏がいよいよ子どもを引き取りにやってきます。

小さな姫君は事情も分からないし、車に乗っての外出など珍しいので大喜びをしています。明石の君が抱き上げて車に乗せると、母親の袖《そで》を引っ張って、

「お母ちゃまも乗りなちゃい」

と言います。

そんな可愛らしい、無邪気な娘の言葉に泣き伏している明石の君を残して、源氏と姫君を乗せた車は出発していきます。

紫式部は自分自身が賢子《けんし》という娘を産んでいるから、幼い子を描かせると実にうまいものです。源氏が北山で最初に若紫に出会う場面も、そのようすがありありと思い浮か

べられるほどで、伏《ふ》せ籠《ご》の中に捕まえていた雀《すずめ》が逃げたと言って若紫が泣くシーンは可愛らしくて、つい微笑が浮かんでしまいます。

明石の君の子別れでは、事情も知らずにはしゃぐ姫君の姿に読者は涙をそそられずにいられません。

紫の上の出家願望

二条院に連れて来られた姫君を、紫の上は実母のように優しく育てます。

源氏物語には、紫の上が自分の乳首を姫君に含ませる場面が描かれています。

この年、紫の上は二十三歳です。まろやかで清らかな紫の上の乳房の描写はありませんが、それだけに妙にエロティックな印象を与えます。

しかし、その紫の上は一度も子どもを産んではいないのですから、もちろん乳など出るはずもないのです。恋敵《こいがたき》の産んだ子どもに乳を含ませる紫の上の姿に、読み手は紫の上の悲しみを感じずにはいられません。

この当時の物語には、『*宇津保物語《うつほものがたり》』や『*落窪物語《おちくぼものがたり》』をはじめ、「継子《ままこ》いじめ」を題材にしたものがたくさんあります。そんな中で、紫の上と明石の姫君との美しい愛情を描いたのは、源氏物語の新しさの一つでもあったのでしょう。

紫の上によって育てられた姫君は源氏の思惑《おもわく》どおり、十一歳のときに東宮妃として入内し、これにともなって、三十九歳の源氏は准太上天皇という、臣下としては考えられない最高の名誉を与えられます。

人臣で准太上天皇になった例は、藤原氏全盛の時代でもなかったのですから、源氏の栄華《えいが》はまさに絶頂を極めたと言えるでしょう。

この源氏の絶頂は、明石の君と紫の上という二人の女君の献身と犠牲によってもたらされたことは言うまでもありません。

明石の君はのちに、源氏が建てた豪壮な六条院《ろくじょういん》に移り住み、優雅な生活を送ることになるのですが、自分が姫君の母親であることは表向きには伏せられていて、当の姫君でさえ、自分の実の母は紫の上であると信じ込んでいるのです。その六条院には、紫の上が姫君と一緒に仲良く暮らしているのですから、明石の君がそれをどのような思いで見ていたかは言うまでもないでしょう。

一方の紫の上もまた、明石の君を意識しないではいられません。

東宮妃として入内した姫君は、若宮出産の直前、自分の出生の秘密を初めて知らされ、それ以来、明石の君はいわば日陰者《ひかげもの》としての立場を脱して、東宮妃の母親として尊崇《そんすう》を受けるようになります。

その東宮が即位をして今上帝《きんじょうてい》となると、ますます明石の君は周囲から大事にされるようになって、世間では明石の君を、幸運の星の下に生まれた果報者と羨《うらや》むのでした。

「育ての母」である紫の上は敗北感を感じずにはいられません。

のちに紫の上が出家を口にするようになる原因の一つは、ここにもあるのでした。

宇津保物語　平安中期の物語。作者未詳。藤原俊蔭《ふじわらのとしかげ》と、その孫・仲忠《なかただ》を中心に展開される物語。話は大きく三部に分かれる。
落窪物語　平安初期の物語。作者不詳。継子いじめ物語の先駆《せんく》。継母からいじめられていた中納言忠頼《ただより》の娘・落窪の姫君が、左近少将に懸想《けそう》されて幸福な生活に入るという物語。
今上帝　今上帝とは「当代の天皇」という意味で固有名詞ではないが、この帝は物語の中で在位のままで終わるので、この呼び方をする。

藤壺との別れ

さて、明石の君が姫君と子別れをした翌年の正月から藤壺は病《やまい》にかかります。三月になると病状はいよいよ悪化して、重態になってしまうのでした。

母危篤《きとく》の報に冷泉帝も駆《か》けつけ、高僧たちを集めて加持祈禱《かじきとう》をさせたのですが、その甲斐《かい》もなく藤壺は亡くなってしまいます。

このとき藤壺は三十七歳で、平安時代には女の厄年《やくどし》とされていました。この時代の人の寿命は短くて、源氏の母の桐壺の更衣が亡くなったのが二十歳、夕顔は十九歳、葵の上は二十六歳、六条の御息所は三十六歳で亡くなっています。女君たちの中で最も長生きしたのは紫の上ですが、それでも四十三歳という年齢でした。

死の床に見舞いに来た源氏に向かって、藤壺は几帳越《きちょうご》しに、

「桐壺院の遺言を守って、ずっと帝を後見してくださったことを、長年ほんとうに身にしみてありがたく思っていました。いつか何かの折に心から感謝の気持ちをお伝えしてお礼を言いたかったのに、もう今となってはそれも叶《かな》わず、かえすがえすも残念で」

と言います。

その弱々しい声に源氏は初めて藤壺の自分に対する愛情を感じ取った思いがします。言葉こそ周囲にいる女房たちを気にして丁寧《ていねい》で、よそよそしくはあっても、藤壺の真情が込《こ》められていると思い、源氏は悲しみのあまり返事もできません。

源氏の心には、若き日の藤壺のさまざまな面影《おもかげ》や、二人しか知らない秘密を共有した濃密な時間がすべて想い出されて胸がいっぱいになります。

ようやく源氏が気力を振りしぼって、

「私ももう長くは生きていないでしょう」

と訴えているうちに、藤壺の女院は灯火が消えるように静かに息を引き取っていたのでした。

藤壺にとって、源氏との間に不倫の子をなしたという罪の意識にもまして苦しかったのは、我が子の冷泉帝を守るために源氏に対する自分の正直な想いを封じなければなら

なかったことではないのでしょうか。藤壺が出家をしたのも、すべてはそのためであったのです。

出家の後、源氏と心を一つに合わせて冷泉帝を守り抜いた短い歳月は、藤壺にとってかけがえのない日々であったのかもしれません。

しかし、その藤壺もこの世に未練なく旅立ったわけではありません。生前の藤壺は、一度も源氏に嫉妬めいたことをそぶりにも表わしていません。その藤壺が源氏に嫉妬を表わすのは、死んで幽魂《ゆうこん》になってからのことだったのです。

なぜ源氏は六条院を作ったのか

六条の御息所に続いて、藤壺という初恋の女性を失ってしまっても、光源氏はそこで世をはかなんで出家したりするわけではありません。

藤壺の死から二年後の秋ごろから、三十四歳の光源氏は六条京極《ろくじようきようごく》のあたりに新邸を造営しはじめます。

この土地はもともと六条の御息所の邸のあった場所で、御息所が亡くなったあとは冷泉帝に入内した前斎宮の「*秋好《あきこの》む中宮《ちゆうぐう》」のものとなっていました。源氏はその土地をいつの間にか自分のものにしてしまい、そこに広大な邸宅を建設することにしたのでした。

源氏物語は、この六条院は四町《よまち》を一つにしたものであったと記しています。町とは大《おお》路小路《じこうじ》によって区切られた一区画のことで、およそ百二十メートル四方、一万五千平方メートルとなります。

源氏の六条院はこの四つの区画を一つに使っているというのですから、町と町との間にあった道を潰《つぶ》したことになるので、その広さは町を四倍した以上のものになります。国文学者の池田亀鑑《いけだきかん》氏の研究によれば、六条院の広さは約五万九千平方メートル、一万七千七百七十七坪という想像を絶したものであったといいます。東京ドームのグラウンドが優に四つは入るほどの広大さです。

この巨大な邸を造営した源氏の意図は、あちこちに離れて住んでいる女君たちを集めて一緒に住もうというものでした。つまり、ハーレムです。

平安時代の結婚では、夫と妻が同じ場所に住むことはなく、妻の許《もと》を夫が訪ねていくという形を取っていました。

その唯一の例外が天皇の後宮で、天皇だけが自分の后《きさき》や女御たちと一緒に暮らしています。天皇になれなかった源氏は、天皇にしか許されていない後宮を自分で作りたいと考えたのでしょうか。

そんな不遜《ふそん》なことを考えたとしても許されるほど、源氏の権勢は揺るぎないものになっていたのでした。

秋好む中宮　六条院で紫の上と「春と秋とどちらが優れているか」という論議をしたことから、この名前が付けられた。

恐るべき財力

六条の邸は翌年の八月にようやく完成します。着工から一年かかったことになるわけで、これだけでも六条院の規模が窺《うかが》い知れるというものでしょう。そのような大建築を可能にした源氏の財力は想像を絶するものがあります。

完成した六条院の東南の町には源氏と紫の上が住み、西南の町は秋好む中宮の里邸《さとやしき》にし、東北の町には花散里《はなちるさと》、そして西北の町には明石の君を住まわせることに決めます。

東北の町に住むことになった花散里という女君は、源氏物語の中で最も無個性で魅力に乏《とぼ》しく、印象の薄い登場人物です。

源氏が花散里と知り合うのは、源氏と朧月夜との関係が右大臣に目撃され、大問題になる直前のことです。

故桐壺院の女御の一人に、麗景殿《れいけいでん》の女御と呼ばれている人がいました。この女御は桐壺院の子どもを一人も産まなかったため、桐壺院崩御後は頼る人もいなくなっていたので源氏が世話をしていたのですが、花散里はこの女御の妹にあたります。

容貌《ようぼう》は大したこともないのですが、性質が穏《おだ》やかで源氏の夜離れが続いても恨みがましいことを言わないので、源氏は気に入っています。要するに源氏にとっては「都合のいい、心を癒《いや》してくれる女」だったのでしょう。

しかし、だからといって花散里を粗略に扱わないのが源氏のいいところです。源氏にはさまざまな欠点がありますが、少しでも縁があった女性の面倒を最後まで見る点だけは立派だと言えます。

赤い長い鼻で源氏をぎょっとさせた末摘花にしても、源氏は通いはしないものの、新しく建てた二条の自分の邸に住まわせ、最後まで生活の面倒を何くれと見ています。そこには家来の妻だったのに強引に犯した空蟬も引き取って面倒を見ていました。

源氏が花散里を愛した理由

花散里の場合も、源氏が須磨で流謫《るたく》生活をしている間もその生活を支《ささ》えています。須磨から戻ってきてからは二条院に引き取り、末摘花や空蟬などとともに住まわせています。

それにしても源氏がわざわざ花散里に六条院にまるまる一つの邸を与えて優遇する理由がよく分かりません。

二条院に源氏が引き取っている女性には末摘花と空蟬もいるのに、なぜ花散里なのでしょうか。しかも、六条院での邸の配置を見ると、花散里の地位は紫の上の次、つまり源氏の第二夫人という扱いです。

結局のところ、源氏が花散里を厚遇したのは、やはり花散里が男性にとって都合のいい女であったからでしょう。

花散里は源氏の愛情を要求しないし、いつでも源氏の要求に素直に従います。それでいて頭も悪くないし、裁縫《さいほう》や染色などといった家庭的なことも上手です。

美しい女、魅力的な女、情熱的な女、聡明すぎる女には不自由しない源氏でも、ときには女性や恋愛に疲れることがあるのでしょう。そういうとき、何も言わずに迎えてくれ、気楽に会話ができる花散里のような女性はありがたい存在であったのでしょう。源氏にとって、花散里は慈母観音《じぼかんのん》のように見えたのかもしれません。

六条院に移ってからは、源氏と花散里とはだんだんセックスレスの関係になっていきますが、花散里はそれを恨みに思ったりもしません。

そんな花散里に源氏は、葵の上との間に生まれた夕霧の養育を頼み、花散里もそれを喜んで引き受けます。夕霧は花散里を母のように慕《した》うのですが、その夕霧でさえ、父上はなぜこんな不器量な魅力のない女性を大事にするのだろうなどと思ってしまうのです。

紫式部は、いったいなぜ花散里のような女性を源氏物語の中に登場させたのでしょうか。

数ある女君の中で、その晩年が最も穏やかで幸せであったのは花散里です。

源氏の死後も、源氏からの遺産として受け取った二条の東の邸に暮らし、夕霧が惟光の娘に産ませた女の子を預けられ、寂しい思いはしていません。夕霧のほうも何くれと花散里の面倒を見ています。物質的にも精神的にも充足した老後を、花散里は送るのでした。

そんな花散里の姿を通じて、紫式部は「結局のところ、無個性の女のほうが幸福になれるのだ」と言おうとしたのでしょうか。

しかし、男にとって花散里は心安らぐ、いい妻かもしれませんが、花散里はそんな人生にはたして満足していたのだろうかと思ってしまいます。

フランス人作家が描いた「控え目な女」

こう思うのは私だけではないようで、フランスの女流作家マルグリット・ユルスナールは花散里を主人公にして『源氏の君の最後の恋』という短編小説を書いています。二十世紀前半に源氏物語がアーサー・ウェイリーによって英訳されて以来、海外でも源氏物語に影響を受ける作家が少なくありません。おそらくユルスナールもウェイリー訳の源氏を読んだのでしょう。

この小説で最愛の紫の上を失った源氏は、山の庵《いおり》で出家生活を送っています。寄る年《とし》波《なみ》のせいか、源氏はだんだん視力が衰《おとろ》えていき、ついには目が見えなくなります。

そのことを知った花散里は山の庵を訪ねて、源氏のために甲斐甲斐《かいがい》しく身の回りの世話をします。料理を作り、足を撫《な》で、歌を聴かせて心ゆくまで源氏の面倒を見ます。

やがて死の床についた源氏は手厚い花散里の看護を受けながら、過去の栄華の追想に耽《ふけ》ります。そして、自分が愛した女性たちの名前をうわごとのようにつぶやくのです。

紫の上、藤壺、六条の御息所、夕顔、空蟬、明石、女三の宮……。

「もうひとり、もうひとり、あなたの愛した女人がいらっしゃいませんでしたか。おとなしい、控え目な女……」

花散里は源氏の胸にとりすがり、体をゆすって訊《き》くのですが、源氏は微笑んだまま息《いき》絶《た》えてしまうのでした……。

なんとも皮肉な結末ですが、ユルスナールがこんな花散里を小説に書きたくなった気持ちは私にもよく分かる気がするのです。

春夏秋冬を象徴する四つの邸

六条に完成したハーレムは、まさに源氏の栄華を象徴するものでした。

院の中に建てられた四つの邸は、庭も調度も贅《ぜい》を凝《こ》らした造りになっています。

東南の邸に住む紫の上は、庭に高い築山《つきやま》を築《きず》き、春の花木を無数に植え込んでいます。庭先の前栽《せんざい》には五葉《ごよう》の松、紅梅《こうばい》、桜、藤、山吹《やまぶき》などの春の草木を植え、その間にほんの少しだけ秋の草木を植えています。

中宮の住む秋の御座所《ございしょ》は、もとから築山に色のよい紅葉《もみじ》を植え、泉水《せんすい》を遠くまで流して、滝の水を落とし、見渡すかぎり秋の野の風情《ふぜい》にしつらえます。

東北の花散里の住まいは夏に見立ててあります。見るからに涼しげな泉を作り、夏の日の木陰を主とした造りです。庭先の前栽は呉竹《くれたけ》で、花橘《はなたちばな》、撫子《なでしこ》、薔薇《ばら》、竜胆《りんどう》などの夏の花も植えられています。東側には馬場があって、そこでは五月の競馬《くらべうま》ができるようにしています。厩《うまや》には名馬が何頭も飼われています。

西北の明石の君の町は、冬をイメージした造りです。邸の北側には築地《ついじ》で仕切った向こうに蔵が何棟も並んでいて、その手前に松が繁《しげ》っています。冬には松に雪がかかって風情をかもしだすようになっているのです。

こうした四つの邸の間には通路が設けられ、そこを通ってあちこちに移動できるようになっています。もちろん、そこを最も利用するのは光源氏です。ただ、天皇の後宮では妃たちが夜の寝所に通っていくのですが、六条院の場合、ふだんは源氏は東南の紫の上のところにいて、そこから女君を訪ねる形になっているのが後宮とは違います。

この邸で源氏と女君たちは、世にも優雅な生活を暮らすことになります。

正月には女君たちに晴れ着を仕立てて贈り、次々とその女君たちを訪ねていくといった贅沢《ぜいたく》なこともします。そして、女君たちはそれぞれに趣向を凝らして源氏を迎えるというわけです。また春になれば、紫の上が住む春の邸の庭に舟を浮かべ、人々を招待して繚乱《りょうらん》の春を惜《お》しみ、音楽の会を開いたりします。

夕顔の忘れ形見・玉鬘《たまかずら》

六条院は源氏がこれまで愛してきた女性たちを集めたハーレムですが、そこに新しいヒロインが登場します。それが玉鬘《たまかずら》です。

玉鬘はあの夕顔の忘《わす》れ形見《がたみ》です。

源氏が十七歳のとき、激しく愛した夕顔は六条の御息所と思われる生き霊のために急死してしまい、源氏をひどく嘆《なげ》き悲しませるのですが、その夕顔は前の恋人であった頭の中将との間に女の子を産んでいました。

急死した夕顔を源氏や家来の惟光がひそかに葬《ほうむ》ってしまったので、残された人々は夕顔が死んだことを知りません。突然、行方不明になったと思っています。

母の夕顔が行方不明になったというので、幼い姫君は乳母がそのまま養育していたのですが、乳母の夫が大宰府《だざいふ》に赴任することになり、乳母は姫も九州の筑紫《つくし》に連れて行ったのでした。

そのまま玉鬘は、筑紫の地で二十歳まで過ごしてしまうことになりました。

乳母の夫が任期を過ぎてもなかなか京へ帰ろうとせず、そのまま筑紫で死んでしまったからでした。

乳母は何とか姫君を都に連れて帰りたいと思っているのですが、乳母の息子や娘たちが現地で所帯を持っているために、なかなかそれも叶《かな》いません。

玉鬘は成長するにつれ、母譲りの美貌が匂《にお》うばかりになり、その噂を聞きつけた求婚者たちがひっきりなしに現われてきます。大事な姫君を預かっている乳母は困り果てて、ついに玉鬘を連れて夜逃げのように上京します。

平安版シンデレラ物語

しかし、十数年ぶりに京に戻ってきたのはいいものの、姫君の実父である、かつての頭の中将はすでに内大臣に出世していて、おいそれと面会ができるわけではありません。頼れる友人もおらず、稼《かせ》ぎ口《ぐち》があるわけでもないので、一行はたちまち暮らしにも困窮してしまいます。

かくなるうえは神仏に頼むしかないと、乳母たちは玉鬘を連れて初瀬《はつせ》の長谷寺《はせでら》＊へ観音参りに行くのでした。そこで思いがけず、夕顔とともに行方不明になっていた侍女の右近《こん》と再会します。

右近は夕顔が死んだあと、源氏に仕えることになり、六条院で平穏無事に働いていましたが、それでも主人の夕顔と、その忘れ形見の姫君のことを忘れた日がありませんでした。右近もまた玉鬘との再会を願って、初瀬詣《もう》でをしていたのです。

帰京した右近から玉鬘の消息を聞いた源氏は、六条院に玉鬘を引き取ることにします。本来なら実の父である内大臣が引き取るべきなのですが、表向きは源氏が外で産ませた子どもにします。内大臣にはたくさんの姫君がいるから、突然名乗り出ても苦労するだろうというのです。

夕顔の遺児、玉鬘の物語は「玉鬘十帖」とも言われるように、源氏物語の中でかなりの比重を占めています。

身よりもなく、田舎で育った不幸な姫君が今をときめく源氏の六条院に引き取られるという玉鬘の物語は平安版シンデレラ・ストーリーで、当時の読者たちにも大いに好評であったに違いありません。玉鬘たちと右近が初瀬で偶然の再会を果たすというのも、通俗小説的な面白さがあります。

十二、三歳で後宮に入ったり、結婚する貴族の姫君が多かった時代に、玉鬘は二十歳になるまで処女であったという設定も特異です。幼いころから不運続きだった玉鬘に、読者は知《し》らず識《し》らず同情してしまい、その幸福を祈りたくなります。

もともと、紫式部は玉鬘の物語をこれほど長く書くつもりはなかったのかもしれません。

しかし、

「紫式部さん、玉鬘はこれからどうなるの？　早く幸せにしてやってください」

愛読者の女房たちにせがまれたりして、玉鬘の物語は当初の予定とは違って、ついつい長くなったのではないでしょうか。

長谷寺　奈良《なら》県桜井《さくらい》市初瀬《はせ》にある真言《しんごん》宗豊山《ぶざん》派《は》の総本山。本尊十一面観音は霊験《れいげん》あらたかとして、古来、「初瀬参り」がさかんに行なわれた。

またもや源氏の悪い癖が……

源氏は玉鬘のことを実父の内大臣には知らせず、六条院で自分の子どもとして育てることにし、東北の町に住む花散里のところに預けます。田舎くささが抜けない玉鬘に、貴族の姫君としての教養やたしなみを覚えさせようというわけです。

こんな親切を源氏がするのには、もちろん下心があります。現に源氏は右近が玉鬘発見の報《しら》せを伝えると、玉鬘の容姿はどうであったかを熱心に尋ねています。夕顔の娘であれば、さぞや美しいのではないか、というわけです。

しかし、表向きには源氏の子としているので、うかつなことをするわけにもいきません。

さすがの源氏も玉鬘を自分のものにするのは我慢していたのですが、六条院での生活を身につけるにつれ、どことなく野暮《やぼ》ったかった玉鬘も天性の美貌に磨きがかけられ、目を見張るような華やかで美しい姫君になっていくと、源氏の好《す》き心《ごころ》は刺激されていきます。

義父としてあるまじき恋情を抱いた源氏は、玉鬘に対して露骨な愛情表現をしていきます。

あげくの果てには、玉鬘の女房たちが油断している隙《すき》を見計らって、源氏は玉鬘の横に添い寝までしてしまうのです。玉鬘が抵抗しなければ、源氏はそのまま自分の想いを遂げてしまっていたに違いありません。

これにはさすがの玉鬘も困ってしまい、一日も早く実父の内大臣との対面をさせてくれと源氏に頼むのですが、源氏はなかなか会わせようとはしません。

そうしているうちに、玉鬘の評判を聞きつけた公達《きんだち》たちが求婚者となって現われてくるので、ますます玉鬘は困ってしまいます。その中には玉鬘の異母弟にあたる柏木《かしわぎ》までが含まれているのだから、なおさらです。

源氏はこうした求婚者の中で、自分の異母弟の蛍兵部卿《ほたるひょうぶきょう》の宮を玉鬘に取り持つように見せかけるのですが、実は陰で宮の執心《しゅうしん》ぶりを面白半分に見物しているだけで、本気ではありません。

というのも、源氏は自分の政治的立場をさらに固めるために、自分と藤壺の子の冷泉帝の後宮に玉鬘を尚侍《ないしのかみ》として入内させるつもりでいたのです。

すでに冷泉帝の後宮には、六条の御息所の娘の前斎宮が入っていて、秋好む中宮と呼ばれています。源氏は冷泉帝の後見役と同時に、中宮の後見役となり、宮中で絶大な権力を持っているのですが、それに加えて玉鬘までも送り込もうというのです。

冷泉帝も入内を望んでいて、玉鬘の遅れていた裳着《もぎ》の儀式をすることが決まり、その介添えの役を実父の内大臣に依頼します。普通は十代前半で行なう裳着の儀式を玉鬘はまだやっていないので、そのままでは入内ができないからです。

源氏はここでようやく内大臣に、玉鬘の身分を明かします。内大臣は源氏の親切に感謝はするのですが、好色な源氏がこの美しい姫君に何もしないでいるはずがないと思います。内大臣は頭の中将と呼ばれていた時代から源氏の親友なのですから、源氏がどんな男かをよく知っているのです。

堅物《かたぶつ》男《おとこ》の恋狂い

ところが、ここで源氏の計画は思わぬ齟齬《そご》を来《きた》し、意外な展開を見せることになります。

着々と入内の準備が進められていた折、突然、求婚者たちの中でも最も精彩《せいさい》に欠けていた鬚黒《ひげくろ》の右大将《うだいしょう》が女房の手引きで玉鬘を自分のものにしてしまったのです。これはまったくのレイプです。

鬚黒の右大将はその名前から想像できるように武骨な男で、鬚も濃く、色も黒いと表現されています。平安時代は優雅で上品であることが、男女を問わず魅力とされた時代です。

右大将は家柄も悪くないし、きっと仕事ぶりも律儀で有能で、社会では出世する、頼もしいタイプの男だったのでしょう。人柄も堂々として、源氏や内大臣に次ぐほど帝の信任も厚いと記されています。こうした男性は現代なら魅力的と感じる女性も少なくないでしょうが、この時代ではむしろマイナス要素でしかないのです。玉鬘もこの右大将に犯されたことを口惜《くや》しがり、嫌いぬきます。

しかし、どれだけ冷たく扱われても鬚黒の右大将は諦《あきら》めようとはしません。

右大将はこのとき三十二、三歳で、すでに式部卿《しきぶきょう》の長女と結婚して姫君と二人の息子を持っています。

北の方*は式部卿の娘ですから、つまり紫の上の異母姉にあたるのですが、ここ数年は物《もの》の怪《け》が憑《つ》いて長らく持病に悩まされています。年は夫より三、四歳ほど年長です。右大将は本来、愛妻家で野暮ったいほど真面目な人物でした。浮いた噂の一つもなく、病身の北の方を大切にしてきて、穏やかな生活をしていました。

こんな堅物《かたぶつおとこ》男が恋をすると、歯止めが利《き》かなくなってしまうのはいつの時代も同じです。

玉鬘を手に入れてからというもの、右大将は毎日のように玉鬘のところに通います。右大将も実は源氏がすでに玉鬘に手を付けているのではと疑っていたのですが、玉鬘が処女だったことを知って、なおさら彼女に夢中になります。

しかし、かといって古女房の北の方を捨ててしまうかといえば、右大将にそんなつもりはまったくありません。

一夫多妻が当たり前の時代です。鬚黒の右大将が、年上で、しかもヒステリーの発作をしばしば起こす病身の正妻のほかに、もう一人若い妻を得たいと考えるのは、当時としては何の不自然なことではないのです。

しかし、右大将のほうは気にしなくても、右大将の正妻である北の方がどう思うかはまったくの別問題で、ここで一騒動が起こることになります。

北の方　貴族の妻の呼び名。この時代、貴族の妻となった女性は寝殿造《しんでんづくり》の北の対屋《たいのや》に住んだことから来た呼び名。

灰をかぶった右大将

念願の玉鬘を自分のものにした右大将は歓《よろこ》びで有頂天になっていて、それを本妻の北の方がどう思っているのかなど、まったくと言っていいほど気がついていません。

そのことを紫式部は「この大将は融通のきかない一徹《いってつ》な性分なので、人の気持ちを傷つけるような言動が多いのだ」と文中ではっきり書いています。

右大将は源氏の六条院に玉鬘を置いておくのが心配なので、自分の邸に住まわせようと考えます。通い婚が当たり前の時代に、こうしたことを考えるのもまた右大将が野暮な人間である証拠に他なりません。

その浮かれぶりを見た北の方の父の式部卿の宮は、娘が可哀そうでならず、強引に北の方を実家に引き取ろうとします。それを見て、右大将はまた慌ててしまいます。

物の怪の収まっているときは、大人しくしおらしい北の方は「自分はもう諦めているのですから、お好きになさってけっこうです」と、おっとりと右大将に言うのですが、そう言われると右大将も北の方が不憫《ふびん》でなりません。

しかし、その一方で一晩として玉鬘と一緒にいられないのは辛いとも思うので、右大将は板挟《いたばさ》みになってしまいます。

そのようすを見て、北の方は「どうぞ私のことなど気になさらずに」と右大将を送り出そうとし、みずから着物に香《こう》をたきしめてやったりもします。

迷った末、思い切って鬚黒の右大将が出かけようと北の方に背を向けて歩き出した、その瞬間のことです。

それまでいじらしくうち伏していた北の方が突然、すっくと起きあがり、香炉《こうろ》を取り上げるなり、その中の灰を夫の頭から浴びせかけたのでした。

まだ香炉の火が消えてなかったので、直衣《のうし》には焼けこげもできるし、髪も着物も灰だらけになってしまいます。病気のせいとはいえ、さすがに鬚黒の右大将もこれには愛想も尽きはてるのですが、だからといってその姿では出かけられるわけもなく、病妻のために憎を呼んで加持祈禱をさせるのでした。

この、北の方のヒステリー発作が起きた一部始終の描写は、さすがに紫式部と思わせる、水際《みずぎわ》だったもので、源氏物語全巻を通じても印象に残る名場面だと言えるでしょう。

結局、この一件は式部卿の宮が、こんな醜態《しゅうたい》を世間にさらすのは屈辱《くつじょく》だと、強硬手段で北の方や子どもたちを自分の邸に引き取ったことで終わりを迎えます。

留守中に妻や子どもたちが出ていったことを知った鬚黒の右大将は、慌てて連れ帰ろうとするのですが、北の方も宮も会ってくれず、二人の男の子だけを連れ帰ってくることになります。

その後、玉鬘はこの右大将と正式に結婚し、男の子を二人産みます。

当初、玉鬘にとっては、自分のせいで右大将夫婦が離婚したということもあり、気の進まぬ結婚ではあったものの、時間が経つにつれ、夫の頼もしさも誠実さも分かり、夫婦の間は落ち着いたものになっていきます。

右大将はのちに太政大臣にまで出世をするのですから、玉鬘は本当に平安時代のシンデレラになったのでした。

直衣　天皇や貴族の平服。官位による色の規定がないので、好みの色が着用できた。通常、下に袴《はかま》を着用した。

栄華の絶頂

千年前の宮中を舞台に繰り広げられる源氏物語は、六条院の完成によって華やかさを増していくわけですが、源氏の栄華がいよいよ最高潮に達するのは、六条院への行幸《ぎょうこう》でした。

四十の賀《が》を翌年に控えた秋、源氏はついに准太上天皇の地位に昇ります。これにともなって源氏には領地や俸給がさらに与えられ、ますます源氏は富み栄えるのですが、その祝いをかねて六条の院に冷泉帝が行幸をすることになったのです。

紅葉の盛りのころなので、帝は朱雀院を行幸に誘います。帝と院が一緒に臣下の家に行幸するのはめったにないことですから、大変な評判になります。

天皇が臣下の邸に行幸をするということは、とりもなおさず、その人物が当代一の権力者であることを示すものに他なりません。

たとえば藤原道長も自邸の土御門殿《つちみかどどの》に後一条《ごいちじょう》天皇と東宮の行幸を仰いでいますし、また、戦国時代に豊臣秀吉《とよとみひでよし》が聚楽第《じゅらくだい》に後陽成《ごようぜい》天皇を迎えています。

旧暦の十月二十日に行なわれた行幸は、またとない晴れ晴れしい盛儀《せいぎ》となりました。

六条院で帝たちを迎えた源氏は、宮中で行なわれるのと遜色《そんしょく》のない宴を開きます。秋好む中宮の里邸である西南の町の庭園には、紅葉が今を盛りと色づいています。はらはらと散る紅葉でまるで庭は錦《にしき》を敷いた渡り廊下に見まがうばかりです。

その美しい庭で優雅な音楽が演奏される中、若い公達《きんだち》が次々と舞を披露していきます。そのあでやかなさまは宮中でさえめったに見られないもの。

しかし、この行幸の圧巻は、なんと言っても帝と院、源氏が琴を一緒に奏でるシーンでしょう。

成長するにしたがって、ますます源氏と瓜二《うりふた》つになった帝と源氏が並んで琴を弾き、またその御前には源氏の息子で、これもまた父親にそっくりな夕霧の中納言が控えて、笛を吹いています。その光景は、源氏が宮中に並ぶことなき権力を得たことの証《あか》しでもあるのです。

紅葉散る、美しい六条院の庭先で行なわれた、この音楽の宴で源氏の半生は大団円《だいだんえん》を迎えたのでした。

第八章

最も愛され、最も苦しんだ女性

――紫の上

「源氏は若菜《わかな》から」と言われる理由

源氏物語五十四帖は古来、三部に分けられるとされてきました。第一部は「桐壺」から「藤裏葉《ふじのうらば》」までの三十三巻、第二部は「若菜《わかな》」上下から「幻《まぼろし》」までの八巻、第三部は「匂宮《におうのみや》」から「夢浮橋《ゆめのうきはし》」までの十三巻とするのが一般的です。

第一部では、桐壺帝と桐壺の更衣《こうい》の純愛物語から始まって源氏三十九歳までの半生が語られてきました。

途中、須磨流謫《るたく》という悲運や藤壺の死といった愛別離苦《あいべつりく》の物語はあっても、全体のトーンはどこまでも王朝の華《はな》やかさ、美しさ、きらびやかさに彩《いろど》られていたと言っていいでしょう。その中でもひときわ華やかで美しい存在が、主人公の光源氏であることは言うまでもありません。

若き日の源氏は、これはと思った女性はことごとく手に入れてきたし、また官界での栄達《えいたつ》も須磨からの帰還後はとりわけ他を圧する勢いになります。そしてついに源氏は六《ろく》条院《じょういん》という大ハーレムを築《きず》きますし、また准太上天皇《じゅんだいじょうてんのう》という人臣《じんしん》最高の位《くらい》をも得るのでした。

第一部最終巻の「藤裏葉」は、その六条院に天皇、上皇の行幸《ぎょうこう》を仰《あお》ぐというクライマックス・シーンで幕を閉じます。まさに光源氏にとって、この行幸は得意絶頂の瞬間だったのです。

ところが「藤裏葉」から次の「若菜」の帖に入ると、このあでやかな物語は一変して、源氏の生活に暗雲が立ちこめてきます。

なかでも第二部冒頭の「若菜」は、古来、源氏物語の中でも白眉《はくび》とされ、その面白さには定評があります。分量も上下巻に分かれるほどで、それだけでも一冊の単行本ができる分量を具《そな》えています。国文学者で歌人でもあった折口信夫《おりくちしのぶ》は、「源氏は若菜から読めばいい」と断言しているほどです。

「若菜」以後の源氏物語は分量も読み応《ごた》えがありますが、内容が深刻になっていき、人生の苦《にが》みも濃《こ》くなっていきます。紫式部の筆はいよいよ冴《さ》えてきて、読み手の心を摑《つか》んで放《はな》しません。

朱雀院の悩み

第二部は、人臣最高の地位に昇りつめたはずの源氏に思わぬ出来事が降《ふ》りかかってくることから物語が始まります。それは朱雀院の内親王《ないしんのう》、女三の宮の降嫁《こうか》です。

話は六条院行幸の後、朱雀院が体調を崩して病床に伏《ふ》すところから始まります。病気をきっかけに、かねてから念願だった出家を果たすときが来たと考えた院には唯一の気がかりがありました。それは自分が可愛《かわい》がってきた女三の宮の将来のことでした。その名前が示すとおり、女三の宮は朱雀院の三女です。朱雀院には四人の娘がいるのですが、この女三の宮の母であった藤壺の女御《にょうご》が早死にしているので、この女三の宮が不憫《ふびん》でならず、他の娘たちよりも愛情をかけてきたのでした。

女三の宮の母、藤壺の女御は、源氏が愛した故藤壺の異母妹にあたります。源氏物語の登場人物、ことに女君《おんなぎみ》たちは実名で呼ばれることがないので、よく似た名前の人物がしばしば出てきます。これもまた、その一例です。

藤壺の女御の母は先帝の更衣で、位も高くなかったために、娘の女御も華やかな朧月夜の陰《かげ》になってしまい、生前はけっして幸運な人生とは言えませんでした。朱雀院はこの女御を可哀《かわい》そうだと思っていたのでしたが、何もしてやることができないままに死んでしまったので、なおさら女三の宮を大切にしてきたのです。

しかし出家とは、この世のしがらみを捨てて仏道修行に入るということなので、出家後は女三の宮の面倒を見ることはできなくなります。そこで、娘の面倒を見てくれる人、つまり結婚相手を探してやろうと朱雀院は思い立ちます。

当時、内親王は一生独身を貫くのが常識とされていたのですが、女三の宮には宮中で後《うし》ろ盾《だて》になる親戚《しんせき》もいないので、独身でいるよりは結婚させたほうがいいと判断したのです。女三の宮は十三、四歳ですから結婚に早すぎる年齢でもありません。

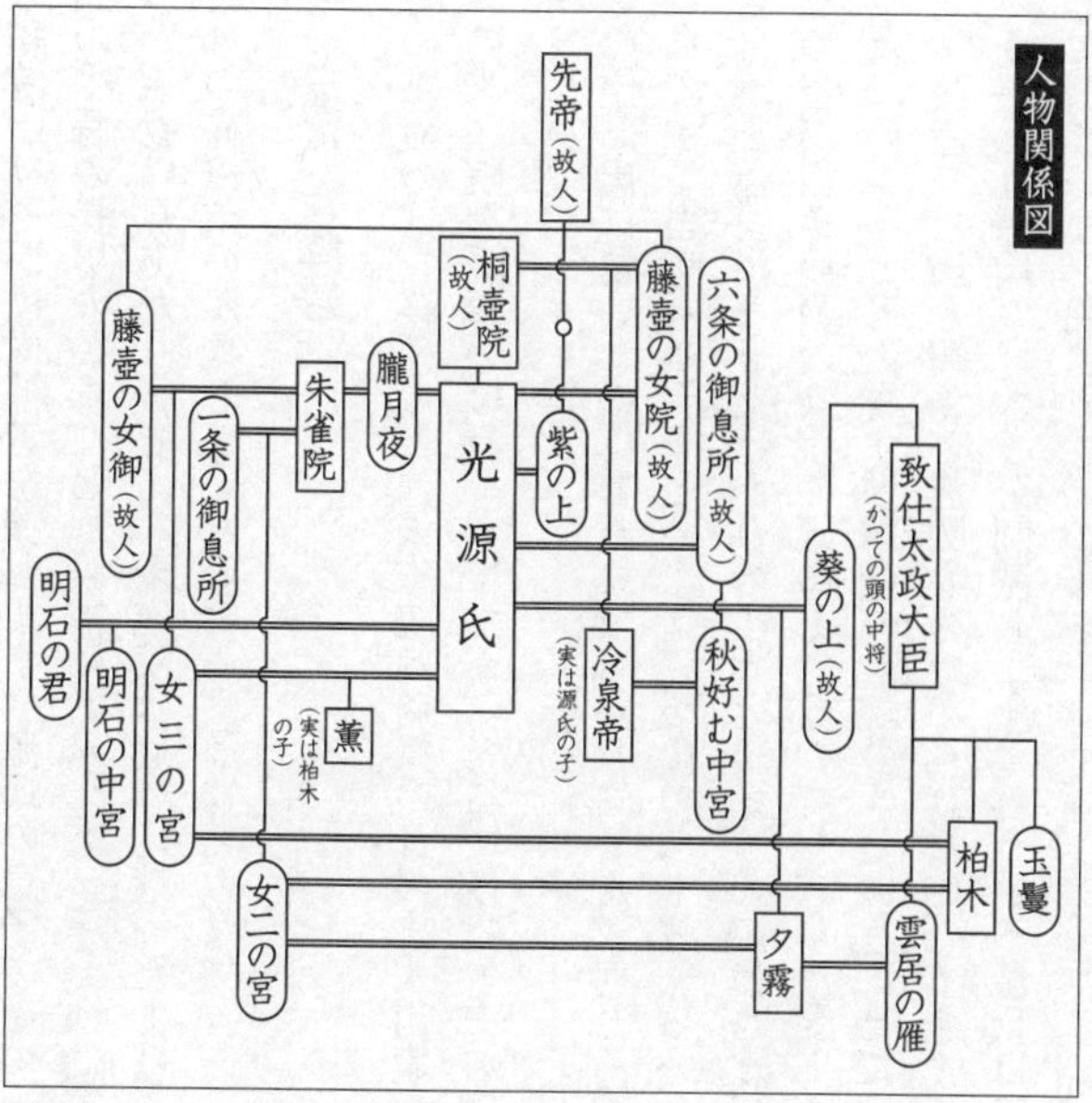
人物関係図
先帝（故人）
桐壺院（故人）
藤壺の女院（故人）
六条の御息所（故人）
藤壺の女御（故人）
朱雀院
朧月夜
光源氏
紫の上
一条の御息所
致仕太政大臣（かつての頭の中将）
葵の上（故人）
明石の君
明石の中宮
女三の宮
薫（実は柏木の子）
冷泉帝（実は源氏の子）
秋好む中宮
柏木
玉鬘
女二の宮
夕霧
雲居の雁

そこで朱雀院はひそかに候補者を探します。源氏の息子で葵の上の忘れ形見《わすがたみ》の夕霧や、かつての頭の中将の長男の柏木なども候補にあがるのですが、「帯に短し襷《たすき》に長し」でこれといった人物は見あたりません。朱雀院は迷いに迷ったあげく、結局、一番頼りになるのは自分の異母弟の源氏しかいないと考えるに至ります。

降って湧《わ》いた降嫁話

女三の宮の裳着《もぎ》の式を終えると、朱雀院は病気の身のまま出家を遂《と》げてしまいました。源氏は病床の朱雀院を見舞いに行くのですが、そこで院は女三の宮の降嫁を源氏に涙ながらに依頼します。

源氏がこの申し出に驚いたのは言うまでもありません。何しろ源氏は年が明ければ四十歳になる身です。当時の四十歳といえば、現代の六十歳くらいという感覚です。

そんな自分が裳着を済ませたばかりの少女と結婚するのはさすがにためらわれるのですが、女三の宮が亡《な》き藤壺の女院の姪《めい》にあたるので「ひょっとしたら藤壺の面影《おもかげ》を伝えているのではないか」と考えます。藤壺の女院の姪ということでは、紫の上も同じですから、源氏は藤壺の血筋と聞くと無関心ではいられないのです。また、女三の宮が若く、美しいということも源氏の好き心《すごころ》を刺激します。とうとう源氏は女三の宮の降嫁をその場で承諾してしまいました。

それにしても、よりによって最愛の娘を源氏と結婚させようという朱雀院の神経は不思議としか言いようがありません。

朱雀院が今なお愛して止《や》まない朧月夜と密通を重ねていたのは、他ならぬこの光源氏なのです。どんな目に遭《あ》わされても、朱雀院にとっては光源氏はかけがえのない肉親であり、誰《だれ》よりも頼れる人物であったということなのでしょうか。

朱雀院のたっての願いとはいえ、とんでもないことを引き受けてしまった源氏は、紫の上にこのことをどう切り出したらいいのかと悩みます。

紫の上は、源氏も准太上天皇になったのだし、もう四十歳にもなるのだから、これからはかつてのような色恋沙汰《いろこいざた》で苦しむことはないだろうと思っています。事実、このところ源氏は六条院で紫の上と平穏な生活を送っていたのです。

そこへ降って湧いた女三の宮の降嫁話は紫の上にとって、まさに青天《せいてん》の霹靂《へきれき》でした。

源氏が朱雀院と会った翌日、この話を打ち明けられた紫の上は、表向きこそ平然とした顔で、

「私などがどうして姫君をいやがったりできるものですか。あちらから私をお目障《めざわ》りでないとお思いでしたら、安心してここに置いていただけるのですが」

と謙遜《けんそん》した返事をするのですが、その心の中で嵐が吹き荒れているのは言うまでもありません。

紫の上は、これまで源氏の北の方、つまり本妻の地位をずっと維持してきました。六条院でも、他の女君たちから紫の上は女主《おんなあるじ》としての扱いを受けてきたし、また出自《しゅつじ》も父が式部卿《しきぶきょう》の宮《みや》なのですから、けっして身分が低いわけでもありません。しかし、女三の宮は内親王であり、女性としては最高の身分なのですから、降嫁してくれば本妻の座は渡さなければなりません。

しかも、紫の上は北の方として正式な披露《ひろう》を済ませているわけではありません。もと誘拐《ゆうかい》同然に連れてきたということもあり、源氏は正式な所顕《ところあらわし》をしませんでした。前にも書いたように、当時は結婚して三日目くらいに新婦の家で夫は妻の親族に挨拶《あいさつ》をし、新婦側は宴席を設《もう》けて祝うのが普通でした。紫の上の場合は、源氏が家来の惟光に命じて、「三日夜《みかよ》の餅《もち》」(結婚披露の祝いで作られる紅白の餅)を用意させてはいますが、これは形ばかりのことにすぎなかったのです。

紫の上は、こうした自分の立場をよく知っているので、女三の宮が降嫁してくれば本妻の地位が奪われてしまうこともよく分かっているのです。心が動揺しないはずはありません。

「古女房」の悲哀

翌年の二月、いよいよ女三の宮は六条院に降嫁します。

女三の宮を迎えるために源氏は、紫の上と暮らしている東南の邸《やしき》の、寝殿《しんでん》の西に専用の部屋を用意しました。当時の貴族の邸は「寝殿造《しんでんづくり》」という名前が示すとおり、寝殿が最も大切な正殿で、普通は主人の居間、客間として用います。

源氏と紫の上はふだん、東《ひがし》の対《たい》で寝起きしているのですが、邸の中でも最も格式のある建物が女三の宮の部屋に使われることは、紫の上にとってはやはり屈辱《くつじょく》的なことです。

女三の宮の輿入《こしい》れは盛大に行なわれました。たくさんの公卿《くぎょう》たちが大勢参列した行列が六条院に到着すると、源氏はわざわざ出迎えて輿から女三の宮を抱き上げて連れて行きます。盛大な婚礼が三日間にわたって続くのも、紫の上にとっては居心地が悪くてなりません。それでも表面はひたすら平静を装《よそお》って、婚礼のこまごまとした支度《したく》を手伝います。

そんな紫の上に源氏は愛《いと》しさを感じて、

「私の気持ちはけっして変わらない。むしろ、これまでよりいっそうあなたへの愛を深めるでしょう。気の毒なのは、そんな私に嫁《とつ》ぐ女三の宮のほうですよ」

などと慰《なぐさ》めるのでした。

いよいよ女三の宮に対面してみると、源氏はあまりの稚《おさな》さにあっけに取られます。十三、四歳とはいえ、同じころの紫の上はもっと気が利《き》いていたのに女三の宮はあどけないばかりで、何の魅力も感じません。源氏は「このようすなら紫の上に張り合おうと思ったりもするまい」と安心もするのですが、やはりがっかりしてしまいます。

しかし、女三の宮を見てもいない紫の上にはそんな源氏の思惑《おもわく》は分かりません。新婚三日間は続けて花嫁の許《もと》に通うのが花婿《はなむこ》の義務なので、紫の上は悲しみを押しこらえて女三の宮のところに出かける源氏の衣装に香《こう》をたきしめます。

源氏はそんな姿を見て、紫の上にすまないことをした、こんな縁談を引き受けるのではなかったと悔《く》やんで、なかなか出かけることができません。

「本当は行きたくないのだけれども、女三の宮を疎遠《そえん》にすれば朱雀院のお耳に入るだろうからね」

と言う源氏の言葉は本心から出たものなのですが、紫の上はそうとは受け取らず、

「早く行かないと私が引き留めているように思われてしまいますわ」

と源氏を急《せ》かすのですが、もちろんその心の中が穏《おだ》やかであろうはずもありません。

もうこれで大丈夫だと安心していた矢先《やさき》に、こんな外聞の悪いことが起ころうとは……。しょせん、夫婦とはいっても頼りない関係だったのだ、これから先もどんな不安なことが起こるか知れたものではないと心配でなりません。

このあたりの紫の上の不安や悲しみはしみじみ哀《あわ》れで、現代の夫婦の間でも通じる古《ふる》女房《にょうぼう》の悲哀と言えましょう。男はいつの時代でも若くて新しい女に惹《ひ》かれる本性を持っているからです。

そんな紫の上に対して、六条院の女君たちは気の毒に思い、紫の上に慰めの手紙を出したりもするのですが、かえってそれは紫の上のプライドを傷つけるだけでした。

柏木の一目惚れ

源氏は若い女三の宮に惹かれて結婚はしてみたものの、かえって紫の上の魅力を再認識して、女三の宮のところへはお義理にしか通わなくなります。そのことはやがて邸の外にまで知られ、人々の口《くち》の端《は》にも上るようになりました。

そんな女三の宮の話を聞いて同情したのが、かつての頭の中将の息子、柏木でした。柏木はかつて自分から女三の宮の婿に立候補したことがあり、今でも諦《あきら》めきれてはいないので、

「もし私のところに来ていただいていたなら、女三の宮にそんなご苦労はさせないものを」

などと思っています。

そんなある日、柏木は友人の夕霧と一緒に六条院の源氏の御殿で蹴鞠《けまり》をしていました。蹴鞠とは、足で鞠を蹴る遊技です。足だけを使うという点では現代のサッカーに似ていますが、鞠を地面に落とさずに蹴り上げて遊ぶので、「足でするバレーボール」と言うべきでしょう。

ひとしきり蹴鞠をして遊んだあと、夕霧と柏木は寝殿の中央の階段の中ほどに腰を下ろして休んでいました。

そのとき、寝殿の女三の宮の部屋から*唐猫《からねこ》のまだ小さな可愛らしいのが走り出てきて、それを追って親猫までも走り出てきます。まだ猫は人に馴《な》れないせいか、紐《ひも》が付けられていたのですが、それが体にからまり、ほどこうとして慌《あわ》てた拍子《ひょうし》に紐がひっかかって*御簾《みす》の裾《すそ》を斜めに引き上げてしまいました。

柏木たちは御簾の向こうの薄暗がりに、袿姿《うちきすがた》で立っている女性の姿を目撃します。*紅梅襲《こうばいがさね》らしい華やかな袿を色さまざまに着重ねている上に、桜の*細長《ほそなが》を着ています。髪は絹糸をよりかけたように艶々《つやつや》としていて、その裾が切りそろえられてあるのが着物の裾から三十センチほども長いのです。体は本当に華奢《きゃしゃ》で小さく、髪が頬《ほお》にかかっている横顔が言いようもないほど雅《みやび》やかで愛らしい感じです。たそがれの淡《あわ》い光の中だけに、夢の中の人のようにあえかで美しく見えます。

しきりに鳴く猫を振り返って見ている女三の宮の表情や身のこなしに、なんとおっとりした、若々しく可愛らしいお方なのだろうと、柏木は一目で心を奪われてしまいました。

夕霧がわざと咳払《せきばら》いをすると、女三の宮はゆっくりと奥へ入り、女房たちが慌てふためきだしました。

柏木は迷い出た猫をすぐさま抱き上げ、頬ずりしています。猫に女三の宮の移り香《うつりが》らしい、芳《かぐわ》しい匂《にお》いが染《し》みているのを、胸深く吸い込み、うっとりと目を閉じています。

唐猫　舶来種の猫という意味。日本に飼い猫が渡来したのは奈良時代ごろとされる。一説には、貴重な経典《きょうてん》類をネズミの害から防ぐためにもたらされたとも。

御簾　いわゆる「すだれ」だが、貴族の家では絹織物があしらわれていたものを使った。暗いところから明るいところは見えるが、その逆だと見えないので、女性が姿を隠して外を見たり、人と対面する際によく使用された。

紅梅襲　平安時代は服飾文化が発展し、男性の直衣《のうし》や狩衣《かりぎぬ》、女性の下襲《したがさね》など、衣服の表裏の地色の配合（襲）が、季節によって決まっていた。紅梅襲は表が紅、裏地が蘇芳《すおう》（黒みを帯びた赤）の組み合わせで、春のものとされた。

細長　女性の日常着。小袿の上に着用するもので、身幅が細く仕立てられた。

なぜ、女三の宮は批判されたのか

この時代の高貴な女性は夫や実父以外の男性に、たとえそれが義理の息子であろうと顔を見られてはいけないとされていました。顔を見られるのは、裸を見られるのと同じくらいにはしたないことであったのです。

しかも、高貴な女性がぼんやりと突っ立っているというのも行儀の悪いことでした。女はいつでも座っているべきとされていましたし、動く場合も膝《ひざ》でにじり進むくらいです。現代とは違って、部屋の中で横になったりうつ伏せになって寝るのはそう行儀の悪いことではなく、逆に、立っているほうがはしたないとされていたのです。

女三の宮はこのとき、外から見えるような端近《はしぢか》の場所に立って、顔を見られたということで二重にはしたなく、不用意であったと批判されるのですが、私はこの失態をさげすむ気にも憎《にく》む気にもなりません。思わぬことで男性に顔を見られても、慌てたり騒いだりしないこの鷹揚《おうよう》さこそ、末摘花に通じる、本当の高貴さだと思うからです。

さて、あの一瞬の面影が胸に焼きついた柏木は狂ったように女三の宮を恋《こ》い慕《した》います。このとき柏木は二十五歳、女三の宮は十四、五歳、源氏は四十一歳です。

しかし、いくら恋いこがれたとしても、相手は准太上天皇となった光源氏の妻なのですから、その想いが簡単に叶《かな》えられるはずもありません。女房の小侍従を味方にし、恋文を送ってみてもいっこうに手応えがありません。これまではひたすら尊敬していた源氏に対しては、恋敵《こいがたき》という気持ちが湧いてきて、これまでのように素直に接することができなくなり、ひそかに憎しみを抱《いだ》きはじめます。まさに柏木は恋の病《やまい》にかかってしまったのでした。

女三の宮のそばに近寄ることができないのならと、柏木はあのときの猫を女三の宮と思って可愛がりたいと思います。そこでいろいろ策略をめぐらし、女三の宮と腹違いのきょうだいにあたる東宮を介して、ついにあの猫を借り受けてしまいます。柏木はその猫を一生懸命可愛がり、夜には抱いて寝るというしまつです。そのようすは異様《いよう》でもあり、滑稽《こっけい》な感じでもあります。

この後、柏木は女三の宮の姉にあたる女二《おんなに》の宮《みや》を妻に迎えます。柏木はずっと独身を通していたのですが、親たちがうるさく言うので、「女三の宮がだめなら」と姉のほうと結婚したのでした。

姉の女二の宮は人柄もよく、容姿も普通よりはるかにいいのですが、生まれが更衣腹《こういばら》ということで柏木は世間と同じように、この宮を心の中で軽んじていて、愛する気にはならないのでした。彼の心は相変わらず、女三の宮に執着《しゅうちゃく》しつづけるのでした。

紫の上の絶望感

物語はここから一気に五年後に移ります。この間、つまり源氏四十二歳から四十五歳までの記述は源氏物語には何も書かれていません。

源氏四十六歳の年、冷泉帝は東宮に譲位をし、それにともなって明石の女御の第一皇子が東宮になります。

源氏と紫の上の仲はますます緊密で、水も漏《も》らさぬように見えますが、紫の上の心中は複雑でした。

明石の女御の産んだ皇子が東宮になったことで、明石の君は帝の女御の実母で、東宮の実の祖母という光栄な立場になりました。元をただせば明石の君は地方の受領《ずりょう》の娘だったわけですから世間は明石の君の出世ぶりをもてはやします。そのようすは子どもを産まなかった紫の上にとって、けっして表には表わせない敗北感を与えます。

明石の君はどこまでも紫の上を立てて、終始、謙虚な態度でいるのですが、紫の上がそれを素直に受け止められなかったとしても責めることはできません。

これに加えて、もちろん女三の宮の存在は紫の上にとって苦しみの元になっています。女三の宮はいっこうに稚《おさな》いままで、紫の上をまるで姉のように慕ってはくれるのですが、その鈍感さが紫の上にはやりきれないこともあったはずです。

このころから紫の上はしきりと源氏に出家をしたいと訴えるようになります。

「もうこれからは、こんなありふれた俗な暮らしではなく、心静かにお勤めもしたいと思います。この世はもうこの程度のものと、すっかり見極めた気のする年齢になってしまいました」

源氏物語の原文では「この世はかばかりと、見はてつる心地する」と記されている、この紫の上の言葉はショッキングな印象を与えます。誰からも幸せだと思われている紫の上の心には、いつしか絶望感が根を生やしていたのでした。

紫の上が出家を思い立ったのは、あるいは女三の宮降嫁の話を源氏から聞かされた夜であったのかもしれません。源氏への信頼感はそのときから昔のようではなくなり、もう心の中をすみずみまで明かすようなことはなくなってしまいました。つまり、女三の宮の降嫁以来、紫の上は、今の言葉で言えば源氏に対してキレてしまっていたのです。

これからは落ち着いた生活を、と思っていた矢先に受けた源氏の裏切りを許してはいないし、一度絶望した心は源氏のどんな甘い、優しい言葉も受け付けないものになっていたのです。

しかし、源氏はそれに気づきません。

何度も何度も繰《く》り返《かえ》し、出家願望を口にするようになった紫の上に対して、源氏は頭から「とんでもない」と言って許そうとはしません。

他の女君たちが出家するときは、申し合わせたように、源氏に告《つ》げず、ある日突然出家しています。それを後から知ると源氏は駆《か》けつけ、かならずよよと泣くのです。彼女たちは源氏と別のところに住んでいたから、源氏に知らせないで決行できたのです。

しかし、紫の上は、幼いときから源氏と一緒に住んでいて、すべてのことを源氏に報告し、相談するよう教育されています。そのため、出家などという重大な問題を独断で決めることができませんでした。それが紫の上の不幸というべきでしょう。

女の厄年《やくどし》

女三の宮降嫁から六年が経《た》った今では源氏は朱雀院と帝の手前、女三の宮を粗略に扱うわけにもいかないということで、紫の上と過ごす夜と女三の宮と過ごす夜とが半分ずつになっていました。それも当然のこととは思うのですが、夜離《よが》れの夜を過ごす紫の上の心には寂寥感《せきりようかん》が否応《いやおう》なく忍びこんできます。

出家をして俗世《ぞくせ》を捨てたはずなのに、朱雀院は女三の宮にしきりに会いたがっているので、源氏は院の五十の賀宴《がえん》を計画します。その日のために源氏は女三の宮に琴《きん》の伝授をすることにしました。昼間は何かと落ち着かないので、毎晩のように女三の宮のところに泊まり込《こ》みで教えることにしたのですが、これもまた紫の上にとっては苦痛でしかありません。

女三の宮もすでに二十歳ほどになっているにもかかわらず相変わらず幼稚なままで、女性としての魅力を源氏は感じていないのですが、紫の上は源氏がそう言っても素直に信じる気にはなれないのです。

紫の上の鬱屈《うつくつ》とストレスは次第に雪のように心の底に降り積もり、いつ雪崩《なだれ》が起きてもおかしくないほどになっていきます。しかし、源氏は油断しきっていて、そのことにちっとも気づきません。

年が明け、いよいよ朱雀院の五十の賀宴が近づいたので、源氏は六条の院の女君たちを集めてリハーサルをかねた女楽《おんながく》を催《もよお》します。紫の上は和琴《わごん》、明石の君は琵琶《びわ》、女三の宮は琴、そして明石の女御は箏《そう》の琴《こと》を弾《ひ》きます。女三の宮も特訓の甲斐《かい》あって、けっこう危なげなく弾きこなし、源氏は満足します。

その翌日、源氏は紫の上とゆっくりくつろぎながら、あれこれと紫の上を慰めます。話の中で、六条の御息所や葵の上といった過去の女性たちを引き合いに出しながら、紫の上こそ最も理想の女性なのだとご機嫌を取り、「今年はあなたも女の厄年《やくどし》の三十七歳になったのだから、気を付けなさい」と言います。源氏の頭には、三十七歳の厄年で亡くなった藤壺の女院のことがあります。

紫の上はそれに対して、厄年だからこそ出家したいのですと訴えるのですが、やはり源氏は許そうとせず、そのまま女三の宮のところに行ってしまうのでした。

悲劇の始まり

紫の上が胸の痛みを訴えて急に苦しみだしたのは、その翌日の明け方のことでした。報《しら》せを受けた源氏は慌てて東の対に戻り、看病をするのですが、病人は粥《かゆ》はおろか、果物のひとかけらも受け付けません。そのまま寝付いてしまって、起きあがることさえできないので、あらゆる御修法《みずほう》をさせてみたのですが、いっこうに快復の兆《きざ》しもありません。

紫の上の病気はタイミングから見ても、おそらく心因性のものであったに違いありません。女三の宮の降嫁以来、積もりに積もったストレスや将来への不安が病気を引き起こしたのです。

紫の上の重病で朱雀院の賀宴は流れてしまい、源氏は紫の上を二条院に移して、そこで養生《ようじょう》をさせることにします。源氏は付ききっきりで看病をしているので、女三の宮のところへはぷっつりと行かなくなり、六条院は火が消えたようになります。

源氏が二条院に行きっぱなしだと聞いて、喜んだのは柏木でした。今こそ絶好の機会と思い、柏木は女三の宮に仕《つか》える女房の小侍従を呼び出して、なんとか逢《あ》い引《び》きの手はずを整えるようにとせがみます。

小侍従は最初のうちこそ反対して相手にもしなかったのですが、もともと思慮が浅い女だったので、柏木の熱心さに負けてついに約束をしてしまいます。

＊賀茂《かも》の御禊《ごけい》の前夜、ということは旧暦四月の半《なか》ばころ、ついにチャンスがやってきます。女房たちは御禊見物の支度にかまけて、女三の宮の周《まわ》りには人がいなくなっていました。その隙《すき》を見て、小侍従は柏木を引き入れてしまいます。

女三の宮はぐっすり眠っていたのですが、ふと気がつくと傍《かたわ》らに男がいるので、てっきり源氏が戻ってきたのかと思います。ところが、その男がくどくどと、いかに自分が長い間想いつづけたかなどとかき口説《くど》くので別の男だと分かって、気が動転してしまいます。助けを呼んでも誰も来てくれません。

柏木は初めて目《ま》の当たりに見る、女三の宮の上品で可憐《かれん》な姿に理性も吹き飛んでしまい、恐怖に震えている女三の宮を犯してしまいます。

何年にもわたって思い詰めていた恋が叶って、柏木は歓びますが、女三の宮には嫌悪の情しかありません。しかし、取り返しのつかない過《あやま》ちを犯したことは今さら消すことができないのです。

賀茂の御禊　旧暦四月に行なわれる賀茂祭に先だって、鴨川《かもがわ》のほとりで斎院が禊《みそ》ぎを行なうことになっていた。

また六条の御息所の亡霊が

源氏が二条院で紫の上の介抱をしていると、今度は女三の宮が病気のようだという報せが入ってきました。捨てておくわけにもいかないので、源氏は六条院に久しぶりに戻ってきます。

女三の宮は病気というのではないのですが、今までになく沈みきっていて、源氏を見ても妙に恥ずかしそうにして目も合わせたがりません。

源氏はそんな女三の宮を見て、自分が紫の上にかかりきりなのを嫉妬《しっと》しているのかと解釈します。まさか自分の留守に女三の宮が姦通《かんつう》をしているとは想像もできません。女三の宮はもちろん事実を告白することもできず、源氏が何も気づいていないのを見て心が咎《とが》め、気の毒に思います。

六条院で女三の宮を見舞っていると、今度は、紫の上の息が絶《た》えたという報せが飛び込んできます。二条院と六条院の間を慌ただしく走り回る姿を通じて、紫式部は運命に翻弄《ほんろう》される源氏のようすを見事に表現しています。源氏が慌てて二条院に駆けつけると、すでに紫の上は亡くなったと言って人々が嘆《なげ》き騒いでいるではありませんか。

源氏は諦めきれずに、僧たちを集めて必死に加持《かじ》をさせます。すると物《もの》の怪《け》が憑坐《よりまし》の小さな童女に憑《つ》いて現われ、死んでいた紫の上が息を吹き返します。狂喜する源氏に、物の怪が語りかけます。

「この幾月《いくつき》、調伏《ちょうぶく》されて懲《こ》らしめ苦しめられるのがあまりに情けなく辛《つら》いので、どうせなら命を奪って思い知らせてあげようと思いましたが、源氏の君が嘆き惑《まど》うごようすを見るにしのびなくて、とうとう正体を現わしてしまいました」

と、髪を顔に振りかけて泣くようすは、かつて見た六条の御息所の物の怪とそっくりです。

物の怪はさらに源氏にこう話します。

「秋好む中宮をよくお世話くださるのはありがたいことですが、私自身が、ひどいお方とお恨《うら》みした執念だけがいつまでもこの世に残るのです。中でも、愛するお方との睦言《むつごと》のついでに、私のことをひねくれて厭《いや》な女だったとお話しなさったことがひどく恨めしいのです」

これは、あの女楽の翌日、源氏が紫の上に六条の御息所の批評をしたことを指しているのは言うまでもありません。これは間違いなく六条の御息所の物の怪だと思った源氏は慄然《りつぜん》としながらも、憑坐の童女を一室に閉じこめ、紫の上をそこから離れた部屋に移させます。

出家をしたがっていた紫の上に、源氏は剃髪《ていはつ》出家こそ許さないものの、病気の治る助けにはなるかと、頭の頂に形だけ鋏《はさみ》を入れて、五戒《ごかい》を受けさせました。

五戒とは殺すなかれ、盗むなかれ、邪淫《じゃいん》するなかれ、妄語《もうご》するなかれ、飲酒《おんじゅ》するなかれ、という仏教徒が守るべき基本中の基本の戒律です。五戒は在家《ざいけ》信者も守るべきものとされていますから、五戒を受けたからといっても出家したことにはならないのです。

こうして紫の上は死なずに済んで源氏はようやくほっとするのですが、しかし、それもつかの間、源氏は女三の宮が不倫をし、しかも妊娠しているという事実を知って衝撃を受けることになります。「若菜」の帖はここに来て、いよいよクライマックスを迎えるのでした。

何という因縁《いんねん》

源氏が紫の上の看病に没頭している間、六条院の女三の宮のところには何度も柏木が忍びこんでいました。女三の宮は柏木がうとましくてしょうがないのですが、拒《こば》むことができずに何度も薄氷《はくひょう》を踏《ふ》むような逢瀬《おうせ》を強《し》いられていたのです。

しかし、何という因縁か、女三の宮は柏木の子を懐妊してしまうのです。

六月に入って紫の上は小康状態を取り戻し、ときどき頭を上げられるようになりました。そこで源氏は久々に六条院の女三の宮を見舞いに行きます。そこで乳母《めのと》から女三の宮がどうやら懐妊したようだと告げられるのですが、源氏は不思議なこともあるものだと思って、あまり本気にしません。

すぐ二条院に戻るわけにもいかないので源氏は六条院に二、三日泊まっていくことにしました。そのことを知った柏木はやきもきして、嫉妬の逆恨《さかうら》みや逢いたくとも逢えない辛さを綿々《めんめん》と書いた手紙を小侍従に届けます。

小侍従がその手紙を女三の宮に見せようとしていたところに、源氏がやってきたので女三の宮は慌てて、とっさにその手紙を座っていた茵《*しとね》の下に押し込んで隠します。源氏はその夜、二条院に戻るつもりであったので、別れの挨拶をしに来たのでした。

いつもの女三の宮なら、そのまま源氏を帰してしまって柏木の手紙が見つかることもなかったでしょう。ところが、このときにかぎって女三の宮はつい源氏を引き留めてしまいます。源氏もそんな女三の宮が可憐に思えて、ついついその夜も泊まってしまうのでした。

紫式部が描く、この女三の宮の反応は、素晴らしい筆致です。不倫をしているという罪の意識は、あの稚かった女三の宮の心をいつの間にか複雑なものにしていたのです。あどけなく見える引き留め方の中には、不倫を隠したい女の無意識の打算や防衛本能があったと見るのは、けっして考えすぎではないと私は思います。

しかし、このことがかえって仇《あだ》になってしまい、源氏はその翌朝、柏木の手紙を発見してしまうことになるのでした。

源氏は手紙の内容を読んで、すべてを知ってしまいます。

その手紙を読んでいる源氏を見た小侍従は、源氏が黙って去って行ったあと、まだ寝ている女三の宮を起こして問いただすのですが、やはりそれは柏木の出した手紙であったと判明します。罪が露見《ろけん》したことを知った女三の宮は泣くばかりでした。

茵　褥《しとね》とも。今の座布団にあたる、方形の筵《むしろ》で出来た敷物のこと。貴族は織物をあしらった高級なものを使った。

人生の苦味を味わう源氏

源氏は二条院に手紙を持ち帰って読み返し、相手が柏木であることを確信します。また、不審に感じていた懐妊も、不義の結果の現われなのだと悟《さと》ります。

自尊心を傷つけられた源氏は二人の裏切りに、どうしようもない憤《いきどお》りを感じます。

そんな手紙をすぐ見つかるようなところに隠す女三の宮の不用意さも、恋文にあからさまなことを書いて、逃れられない証拠を残す柏木の不注意さも源氏には不快で、許せないことでした。

しかし、だからといってここで二人に対して、怒りをぶつけたりすればもっと恥をかいてしまう。どうすべきかとあれこれ考えているとき、源氏ははっと思いあたり、背筋《せすじ》に冷たいものが走るのでした。

それは「ひょっとしたら、桐壺帝も自分と藤壺との密通をすべて承知のうえで、不義の子を抱き、知らぬふりをしていたのではなかったのだろうか」ということでした。

このあたりは紫式部の小説技法の冴えわたるところです。はたして桐壺帝が真実をすべて知っていたかは、源氏にも読者にも確かめようがありません。でも、もしそうだとすれば、コキュとされてきた桐壺帝が急に大きく、底知れない人物にも見えてきます。

紫式部は何も因果応報《いんがおうほう》という仏教の教訓を読者に伝えるために、この話を書いたわけではないと私は思います。そうでなく、人生とは矛盾と皮肉に満ちたものであり、善悪や理性の及ばない心の闇《やみ》や煩悩《ぼんのう》の深さがあるのだ、ということを書きたかったのではないでしょうか。

朱雀院が源氏に女三の宮をゆだねたことも、見ようによっては院が源氏に決定的な復讐を行なったことになります。最愛の女性朧月夜を奪ったのは他ならぬ源氏であり、その源氏が今度は女三の宮を柏木に奪われてしまったのですから。

しかし、朱雀院の素直で純な心には、そんな意識が毛頭《もうとう》なかったことは言うまでもありません。それだけに読者はこの「若菜」の物語に、深い人生の闇と人間関係の不条理さを感じずにはいられないのです。

古来、「若菜」の帖が源氏物語中、最高の評価を受けているのは、そうした人生の苦味を紫式部が見事に描いているからに他なりません。

柏木いじめ

一方、柏木は小侍従から事が露見したという報《しら》せを聞いて、あまりのことに愕然《がくぜん》とします。証拠の手紙を握られていては言《い》い逃《のが》れもできないと、恐ろしさに身の凍《こお》る思いがします。

政界の大実力者である源氏には日頃から恩義を受けている身なのに、どうしてあんな大それたことをしてしまったのかと懊悩《おうのう》が募《つの》り、宮中に上がることもできません。

源氏のほうも、これまでは何か六条院で催しがあるときには柏木に心やすく相談していたけれども、そんな気にはなれません。あまり会わないのも世間が怪しむのではないかとも思うのですが、会えば自分の間抜けなコキュぶりを若い柏木が嘲笑《ちょうしょう》するのではないかと二の足を踏んでしまうのでした。

その年の暮れ、十二月に入って、これまで延ばしつづけてきた朱雀院の五十の賀をいよいよ行なうことに決め、その日に備えて舞楽《ぶがく》のリハーサルを行なうことにしました。さすがに源氏も、このようなときに柏木を呼ばなければ世間の憶測《おくそく》を招くだろうと、ついに柏木を誘うことにします。

柏木は病気を理由に辞退しようとしたのですが、断わり切れずに六条院へと出向くことになりました。

姦通がばれてから源氏と柏木の二人が会うのは、これが初めてのことです。

源氏はつとめて感情を押し殺していつもと同じように対応するのですが、それに対して柏木のほうは血の気《ち け》が引いて、顔も上げられません。

その場はほうほうの体《てい》で逃げ出したのですが、舞楽の練習が終わってからの宴に出席すると源氏が、

「年を取るにつれ、このごろはだらしなく酔い泣きするのが止められないものだ。衛門《えもん》の督《かみ》（柏木の官職名）が私に注目してにやにや笑っておられるのがまったく恥ずかしい。しかし、あなたの若さだって今しばらくのことですよ。けっして逆さまに流れてゆかないのが年月というもの」

などと、厭味《いやみ》たっぷりな皮肉を言うので、柏木は「いよいよ来たな」と胸が潰《つぶ》れる思いがして、酒も飲めなくなります。

その柏木に対して源氏はわざと何度も盃《さかずき》を回して、無理強《むりじ》いに酒を勧めます。源氏の底意地の悪い対応に、自分がどれだけ憎まれているかを肌で思い知らされた柏木はこっそり宴席から逃げ出してしまうのでした。

男の悲恋の哀切さ

あの宴から戻ってきてから、柏木はずっと病の床に伏《ふ》しています。もちろん柏木の病気は心因性のもので、いわゆるノイローゼということになるでしょう。まったく食欲がなくなり、何も受け付けなくなってしまいました。

源氏に密通のことが露見するまで、柏木は「源氏、何するものぞ」という心もあったのですが、いざ対面してみるとはっきりと位負《くらいま》けしてしまい、今の世の中で源氏に睨《にら》まれたが最後、官吏としての出世の道が断たれてしまうことを思い知らされたのでした。柏木の病気は少しもよくなりません。よくなろうという意志さえ放棄してしまっているのですから、これは一種の自殺行為です。

気の弱りきった柏木は、

「どうせ人間はいつか死ぬのだから、こうして女三の宮に少しでも思い出してもらえるうちに死ねば、かりそめにせよ自分のことを憐れんでもらえるだろう。このまま生《い》き永《なが》らえたところで、みっともない浮き名も立ち、自分も女三の宮も面倒な醜聞に苦しめられることになろう。死んでしまえば、お怒りになっている源氏の院も死に免じて罪を許してくださるに違いない」

などと病床で弱気に考えつづけるのでした。

こうした柏木の嘆きを女々《めめ》しいと思う向きもあるかもしれません。しかし、私はこの柏木の嘆きがあって源氏物語はさらに深みと厚みを増したのだと思っているのです。

源氏物語は、源氏を巡《めぐ》る女君たちの運命や苦悩を主調に描かれているわけですが、その中にあって男の悲恋の嘆きが格調高い調べで書かれているのは見事です。ひじょうに優雅で繊細な若い男が、愛してはならない人を愛し、その人から愛されることなく子どもを遺《のこ》して死んでいく……この哀切さを柏木という人物に託《たく》して描ききった紫式部の技量は見事と言うしかありません。

女三の宮の覚悟

柏木は女三の宮に苦しい息の下から、死を覚悟した自分の想いを込めた手紙を書きます。それまでは返事をくれなかった女三の宮も、今度は小侍従を通して初めて短い返事を書きます。そこには、

「あなたの死に後《おく》れるものでしょうか」

という激しい言葉が和歌の後に一行だけ書かれています。これまでのどちらかといえ

ば、子どもじみた女三の宮のイメージを覆《くつがえ》す、強い意志がそこには現われています。思いもかけない運命の試練に出遭《であ》って、女三の宮の心《こころ》の丈《たけ》はここに来て急に伸びた感じがあります。

その夕刻から女三の宮は産気《さんけ》づき、翌朝、男の子を出産します。この男の子が「宇治十帖」の主役の一人となる薫《かおる》です。

源氏はかつて自分が父帝にそうさせたように、今、妻の産《う》んだ不義の子を抱かされ、世間には自分の子として披露する苦さを存分に味わうのでした。

これが女児であれば、家の奥深くに隠しておけるので顔が自分に似ていなくてもいいが、男の子はいずれ表に出るので、そのうち出生の秘密が他人にも分かってしまうのではないかと心配でなりません。

またその一方、この世でこうした報《むく》いを受けたのだから、藤壺に不義の子を産ませた自分の罪業《ざいごう》もあの世でいくぶん割引してくれるのではないか、などと虫のいいことを思ったりもするのでした。

世間に対して、源氏はあくまでも出生の秘密を隠し通す気なので、出産に伴《ともな》う儀式は型どおりに派手に、盛大に行ないます。報せを聞いて、帝からの使者が到着し、親王《しんのう》や公卿たちも大勢参上します。しかし、祝いの言葉を受ける源氏は鬱々《うつうつ》とした気分で、少しも祝う気にはなれないのです。

打ちのめされる源氏

こうした祝賀騒ぎの中、女三の宮は産後の衰弱に、罪の子を産んだという罪悪感が重なって薬湯《やくとう》さえ飲めないほどになっています。

年老いた女房たちが、

「どうして源氏の院は、こんなに美しい若君の顔を見てくださらないのかしら」

と話しているのを耳にはさむにつけ、女三の宮はこれからの源氏との冷えた生活を考えると暗澹《あんたん》とした気持ちになるのでした。そして、こんなことならいっそのこと出家をしてしまおうと思いつくのでした。

見舞いに来た源氏に対して、

「産後の肥立《ひだ》ちが悪いので、生き永らえそうにありません。お産で死ぬのは罪が重いとか申します。この際に尼《あま》になって、その功徳《くどく》で命が取りとめられるものか試してみたいと思います」

と告げる女三の宮の態度は、以前とは見違えるように大人びたものになっています。

それを聞いた源氏は慌てて「とんでもない話だ」と言うのですが、内心では「尼になってくれたほうが、世話をする自分も気楽かもしれない」と思ったりもします。女三の宮が尼になれば、これまでのように世間体《せけんてい》を気にして女三の宮と一緒に寝る必要もなくなるからです。

こんな自己本位な源氏に比べて、出産を終えた女三の宮は以前とはまったく別人になったかのように心の丈が伸びている感じがします。

柏木に「後れるものでしょうか」と返事を出したことといい、思いがけない運命の試練に遭《あ》ったことで女三の宮は急に心が成長し、源氏に対しても内親王の威厳を見せつけて、頑《がん》として出家の意志を変えようとはしないのでした。

女三の宮が出家の意志を明らかにしたことは、やがて父朱雀院の許《もと》にも知らされます。すぐに山を下りて六条院にやってきた朱雀院は、すっかり痩《や》せてしまった我が娘と対面します。朱雀院は、かねてから源氏が女三の宮を約束どおり愛してくれなかったことを悔《くや》しく思っていたので、即座に女三の宮の願いを聞き入れ、狼狽《ろうばい》し反対する源氏を説得して、その場で女三の宮を剃髪させ、出家させてしまいます。

これまでとかく優柔不断であった朱雀院が、断乎《だんこ》とした態度に出ることに読者は驚かされます。源氏に対する憤《いきどお》りが素早い決断に結びついたのでしょうが、それに対して、源氏はただただ朱雀院に圧倒されるばかりです。

女三の宮の決意の堅さに驚いた源氏は動転して、几帳《きちょう》の中に入り込んで、

「自分を見捨てないでくれ」

と取りすがるありさまです。

このあたり、紫式部の筆は源氏に容赦《ようしや》がありません。

出家の儀式を終えて山に戻る朱雀院は最後に、

「自分の代わりに女三の宮の世話を頼んだけれども、あなたのほうはご迷惑だったのでしょうね」

と、たっぷりの皮肉を投げかけます。

そして、

「尼になっても、面倒を見て見捨てないでください」

と畳《たた》みかけ、源氏にさらに面目《めんぼく》ない思いをさせるのでした。

朱雀院が帰った後に加持を行なうと、そこに物の怪が現われ、

「それ見たことか。紫の上を取り返したと、いい気になっているのが悔しくて、今度はこの宮に取り憑いていたのです。今は思いも果たしたので帰ることにしましょう」

と嘲笑する声は、まさしくもあの六条の御息所だったのです。

女三の宮や朱雀院に圧倒された源氏は、最後に六条の御息所の亡霊にも嘲《あざけ》りを受けてしまうのでした。


泡《あわ》の消えるように……

女三の宮の出家のあと、柏木はますます重態になり、泡《あわ》の消えるようにはかなく死ん

でしまいました。

泡の消えるように、とは何という哀れな、しかししみじみした心を打つ言葉でしょう。恋に燃え尽きた柏木の死を実に言い得ていて妙だと、つくづく感心させられてしまいます。

出家とは生きながらにして死ぬことだと、私は解釈しています。

柏木に宛《あ》てた手紙の中で、女三の宮は「後れるものでしょうか」と書いていますが、女三の宮は生きながらにして死ぬことで、柏木よりも先にこの世を捨てたのでした。

そして、柏木は女三の宮の出家を聞いて、あの手紙にあった言葉を女三の宮が守ってくれたのだと知り、後を追うように死んだのだと私は思うのです。

柏木が死んだと聞いて、生前は柏木を憎みこそすれ、愛情を抱くことのなかった女三の宮もさすがに哀れだと感じて、ひそかに柏木のために泣きます。

出家したあとも女三の宮は寺に入ることはなく、六条院に暮らし、そこで赤ん坊の薫を育てているのですが、源氏は、日に日に大きくなっていく赤ん坊を見ては、柏木の面影がすでに現われてきているような気がして、複雑な気持ちになります。

源氏は薫の*五十日《いか》の祝いなど、表向きの儀式は自分の実子らしく、ことさら盛大に行なうのですが、すすんで赤ん坊を抱こうとはしません。祝いの席の賑《にぎ》わいも、源氏にはことさら辛く、その光景から目を背《そむ》けたい気持ちに駆られます。

第一部の、向かうところ敵なしで、次々と恋をものにしていった源氏の面影は、ここにはどこにもありません。運命に翻弄され、苦悩していく源氏の姿を描いていく紫式部の筆はますます冴えわたっていくのでした。

五十日の祝い　その名のとおり、子どもが生まれてから五十日目の祝い。子どもの口に餅を含ませるのが、この行事の中心であった。

中年男の浮気

薫出生の秘密を描いた「若菜」と「柏木」の帖の後、源氏物語はしばらくサイド・ストーリーが続いていきます。

その中心となるのは、源氏の息子の夕霧と女二の宮です。

夕霧は親友の柏木の死に不審を抱き、やがて柏木が女三の宮と密通をしたのではないかと疑うようになります。そして、未亡人となった女二の宮のところに何度も見舞いに行っているうちに、女二の宮に懸想《けそう》をしてしまうのでした。

源氏という稀代《きたい》のプレイボーイの子どもなのに、夕霧は父親の多情を反面教師にして優等生タイプで、女性に関しても真面目で律儀で、羽目《はめ》を外したりすることがありません。

色好みの父親を持つ子どもは現代でも得《え》てして、真面目人間になってしまったりするものですが、夕霧も例外ではなかったというわけです。

夕霧は雲居《くもい》の雁《かり》という、かつての頭の中将の娘と結婚をしているのですが、夕霧にとって雲居の雁は初恋の相手。つまり、他に何も恋愛経験をすることなく結婚しているわけですから、父親の源氏とは大違いです。その後も、源氏の家来、惟光の娘を一人愛人にしているだけで他には浮気もしていません。要するに堅物男《かたぶつおとこ》なのです。

堅物男が中年になって恋に狂ってしまうと収拾《しゅうしゅう》がつかなくなってしまうという例は世間によくあるものですが、夕霧の恋もまったくその典型でした。

夕霧は本妻の雲居の雁との間に八人、愛人の惟光の娘との間に四人、合わせて十二人も子どもがいます。ここでも夕霧の「まめ人《びと》」ぶりが表われているわけですが、女二の宮と出会ったときにはすでに二十九歳、当時の感覚では中年にさしかかっています。

その中年男の夕霧は女二の宮に心を奪われ、足繁《あししげ》く通っては口説こうとするのですが、女二の宮にはまったくその気はありません。

源氏なら、力ずくでも自分のものにするところですが夕霧にはそんな度胸もないので、なかなか話が進展しません。

ようやく女二の宮をものにしたと思ったら、今度は本妻の雲居の雁にばれてしまいます。雲居の雁は怒って、子どもを半分だけ連れて実家に帰ってしまったので、残る半分の子どもを抱えて夕霧は右往左往《うおうさおう》する……夫の浮気で家庭が崩壊していくという、深刻な話を書きながらも、全体に何となく明るいユーモアが漂《ただよ》うのは紫式部の客観性の余裕でしょうか。

現代なら、テレビのホームドラマの題材になりそうな、この夕霧と女二の宮の物語を挟《はさ》んで、いよいよ物語は紫の上の死と、源氏の出家という大団円《だいだんえん》へと向かうのです。

「最も不幸な女性」の死

女三の宮が薫を出産してから三年が経ちました。源氏五十一歳の年のことです。

紫の上はあの大病の後も体調は回復せず、病《やまい》がちの日々を送っていました。快復の兆《きざ》しはいっこうに見えず、次第に弱っていくので源氏の心配は尽きません。どこが悪いというのではないのに体力と気力が日に日に衰弱していくのでした。

源氏はたとえ一日でも早く紫の上に先立たれるのは辛いと思っているのですが、ほだしになる子どももいない紫の上は、この世に未練は大して持っていません。ただ、長年連れ添ってきた源氏との仲が、自分の死によって断たれ、源氏を嘆かせるだろうとそれだけが気がかりでならないのです。

出家の願いは今でも強く、何度も源氏に頼んでみるのですが、源氏は以前と同じくいっこうに耳を貸してはくれません。

春三月、紫の上はかねてから写経させていた法華経《ほけきょう》千部を供養するために、法華八《ほっけはっ》講《こう》を二条院で行ないます。それはこの世の極楽《ごくらく》のような素晴らしい法会《ほうえ》で、今上帝《きんじようてい》、東宮、秋好む中宮、明石の中宮をはじめ、源氏関係の人々がこぞって参列します。

この華やかな催しを紫の上は、この世で縁があった人々との最後の別れの会として執《と》り行なったのでした。これらの人々と会うのも、これが最後と思えば、昔、源氏の愛を争った明石の君や花散里の君も今では懐《なつ》かしく、永の別れの想いを込めた歌を贈答します。

法会で全精力を使い果たしたのでしょうか、紫の上はまた病床に伏してしまいます。源氏は法会を機会に尊い仏事を多く行ない、あらゆる修法《ずほう》を命じて紫の上の快癒《かいゆ》を願うのですが、祈願の験《げん》はいっこうに現われません。

暑い夏が過ぎ、秋に入ったころ、明石の中宮が見舞いに訪れます。中宮にとって紫の上は育ての母です。中宮と話しているうちに、紫の上は気分が悪くなり、中宮に手をとられたまま臨終を迎えます。

夜の明けるころ、紫の上は朝日に消えてゆく露のように帰らぬ人となりました。享年四十三。旧暦八月十四日のことでした。

結局、紫の上はあれほど源氏に出家を懇請《こんせい》しながらも、とうとう念願を叶えることなく死んでしまいます。紫の上が死んだ直後、源氏は僧侶を呼んで死後の剃髪をさせますが、紫の上の望んでいたのはそんな形ばかりのものではなかったのです。

源氏物語の中では最も幸福な女性と言われてきた紫の上ですが、私は彼女こそ最も可哀そうな女性ではなかったかと思えてならないのです。

妻に先立たれた男

紫の上を失ってしまった源氏は、何も考えられなくなってしまいました。翌八月十五日に執り行なわれた葬儀も差配はすべて夕霧が行ないます。

源氏は「今こそ出家をしよう」と心では思うのですが、それを見た世間が「妻を失ってすぐに出家とは女々しいことだ」と言うのではないかとなかなか決行できません。

紫の上は、たしかに源氏の分身でした。目に余るほどの源氏の生涯の色恋沙汰《いろこいざた》も、結局は紫の上という愛の中心の女神がいたからこその浮気であったのです。

その愛の中心を失った源氏は、精神の張りも失い、生きる目的すら見失ったようになってしまいます。

現代でも、夫に先立たれた妻は元気でも、その逆に妻に先立たれてしまった夫は生気を失ってしまい、妻を追うように死んでしまう例は珍しくありません。

源氏の場合、紫の上は十歳のころに誘拐同然に引き取ってから、掌中《しょうちゅう》の珠《たま》として理想の女性に育てあげた女性だったのですから、その悲しみはなおさらでした。

亡妻の想い出に溺《おぼ》れ、悄然《しょうぜん》とした源氏には、もはや昔日《せきじつ》の輝くような魅力はどこにもありません。

紫式部はまるで悪意があるかのように、源氏の腑抜《ふぬ》けた姿をこれでもか、これでもかと書きつづけます。

二条院に引きこもった源氏は人間嫌いになってしまい、年賀の人にさえ会おうとはしなくなります。

それならば、さっさと出家してしまえばいいと思うのですが、世間のことが相変わらず気になって踏み切れないまま、月日が経っていきます。

源氏の愛した女たちが潔《いさぎよ》く出家した、あの決断の素早さに比べると、何とも情けないと読者は思ってしまいます。

春には紫の上が愛した梅の花を見て感傷に浸《ひた》り、夏になれば、蓮《はす》の花や蛍《ほたる》の飛ぶさまを見て紫の上を想い、秋の空を飛ぶ、つがいの雁《かり》の姿にさえ涙をこぼす源氏の姿は情けないとしか言いようがありません。

最後の輝き

このまま源氏は枯れ木が倒れるように死んでしまうのではないかと読者がやきもきしているのを見透《みす》かしたように紫式部は、最後の見せ場を用意します。

十二月の十九日から三日間にわたる仏名会《ぶつみょうえ》を六条院で行なった源氏は、それまで世間の誰にも見せなかった姿を久々に現わします。

仏名会とは、十二月十九日から二十一日まで宮中の清涼殿《せいりようでん》で行なわれる仏教行事です。過去、現在、未来の三世《さんぜ》の諸仏《しよぶつ》の名号《みようごう》を唱《とな》えて、罪障《ざいしよう》の懺悔《ざんげ》をする法会なのですが、院宮《いんぐう》や諸寺でも行なわれます。

このとき、御簾《みす》の外に現われた源氏の姿を紫式部は、

「(源氏の院の)お顔やお姿は、昔、光源氏とはやされた輝くお美しさの上に、また一段と御光がさし加わって、この世のものとも思えないほどお美しい」

と記します。

紫の上の死から一年あまり、源氏は何かにつけて泣いてばかりいて、自分でも「ぼけたようです」と言うくらいで、昔のような颯爽《さつそう》とした面影は見られません。しかし、この仏名会で人々の前に現われた源氏は、昔の輝く美しさにいっそうと輝きを増し、この世のものとも思えぬ光を放つのでした。

このときの源氏は、多くの僧が三千の仏の御名《みな》を唱える怒濤《どとう》のようなうねりを背景としています。まるで、源氏自身がこの世の仏ではないかと見まがうほどで、参列者たちは思わず感涙《かんるい》にむせんだのでした。

延々と続いた源氏の情けない姿に付き合ってきた読者もここに来て、初めて胸のつかえが下りたように感じるでしょう。紫式部の大サービスの巧妙な源氏退場の演出です。

なぜ、式部は源氏の死を描かなかったのか

源氏物語は、紫の上の死後から仏名会までを描く「幻《まぼろし》」の帖をもって第二部が完結し、主人公の光源氏は舞台から静かに退場します。

この「幻」の帖の次に来る「雲隠《くもがくれ》」の帖は、古来、題名だけがあって本文がありません。源氏五十四帖と言う場合、「雲隠」の帖は数えないのが普通です。そしてその次には「匂宮《におうのみや》」の帖が来て、源氏の息子の薫や、孫の匂宮が主人公になる第三部が始まります。

「幻」から「匂宮」の間には、八年の歳月が流れていて、その間に源氏は死んでいます。第三部の「宇治十帖」の中で、源氏が死の二、三年前に出家をして、嵯峨院《さがいん》に暮らしたと記されていますが、それ以上のことはどこにも書かれていないのです。

本来ならば、「雲隠」の帖にそのころの話が書かれているべきなのでしょうが、この帖にはすでに述べたように本文が一行もないのです。

はたして、この「雲隠」は最初から本文がなかったのか、それとも後世の人のしわざなのか、古来、さまざまな議論が行なわれていて、いまだ答えは出ていません。

しかし、私は丸谷才一氏の説と同じく、やはり紫式部は最初から今の形、つまり題名だけで本文なし、という斬新《ざんしん》な形を演出したのではないかと考えたいのです。

「幻」の帖で、あまりに女々しい涙ばかり流す源氏を見せられた読者にとって、もし源氏の死が生々《なまなま》しく描かれていたら、それはうんざりするだけでしかありません。

紫式部は初めから源氏の死《し》に際《ぎわ》など書くつもりはなかったのでしょう。あの仏名会で見せた清らかな、光り輝く姿が読者への最後の贈り物で、それ以上のことは必要ないと考えたに違いありません。

だからこそ、死を意味する「雲隠」という題名だけを付けて、紫式部は光源氏の生涯を終わらせたのではないでしょうか。

第九章

女人成仏の物語

――浮舟

近代小説と遜色《そんしよく》ない「宇治十帖《うじじつちよう》」の魅力

光源氏一代の物語は「雲隠《くもがくれ》」の帖で幕を閉じました。源氏の両親の恋から始まった、この大長編小説は、光源氏の生涯を描くことが主題であるならば、この「雲隠」で終わっていいはずでした。

しかし、紫式部はさらに源氏の死後を十三帖にわたって書きつづけています。

光源氏亡《な》きあと、主人公となるのは表向きは源氏の実子とされている、女三の宮が柏木との間に産《う》んだ薫の君《きみ》と、明石の中宮《ちゆうぐう》の産んだ三男で、源氏の正統の孫にあたる匂宮《におうのみや》の二人です。

この二人は叔父《おじ》、甥《おい》の関係になるのですが、年齢も近いので何かにつけてライバルとして張り合っていきます。

中でも、世に「宇治十帖《うじじつちよう》」と言われて特別に扱われている「橋姫《はしひめ》」から「夢浮橋《ゆめのうきはし》」までの十帖では、宇治に隠棲《いんせい》した源氏の異腹の弟八《はち》の宮《みや》の三人の姫君をヒロインとして、物語は展開していきます。

長女の大君《おおいきみ》、次女の中の君《なかきみ》、三女の浮舟《うきふね》はいずれも魅力的な女性たちなのですが、その中でもとりわけ男心をそそるのが三女の浮舟です。

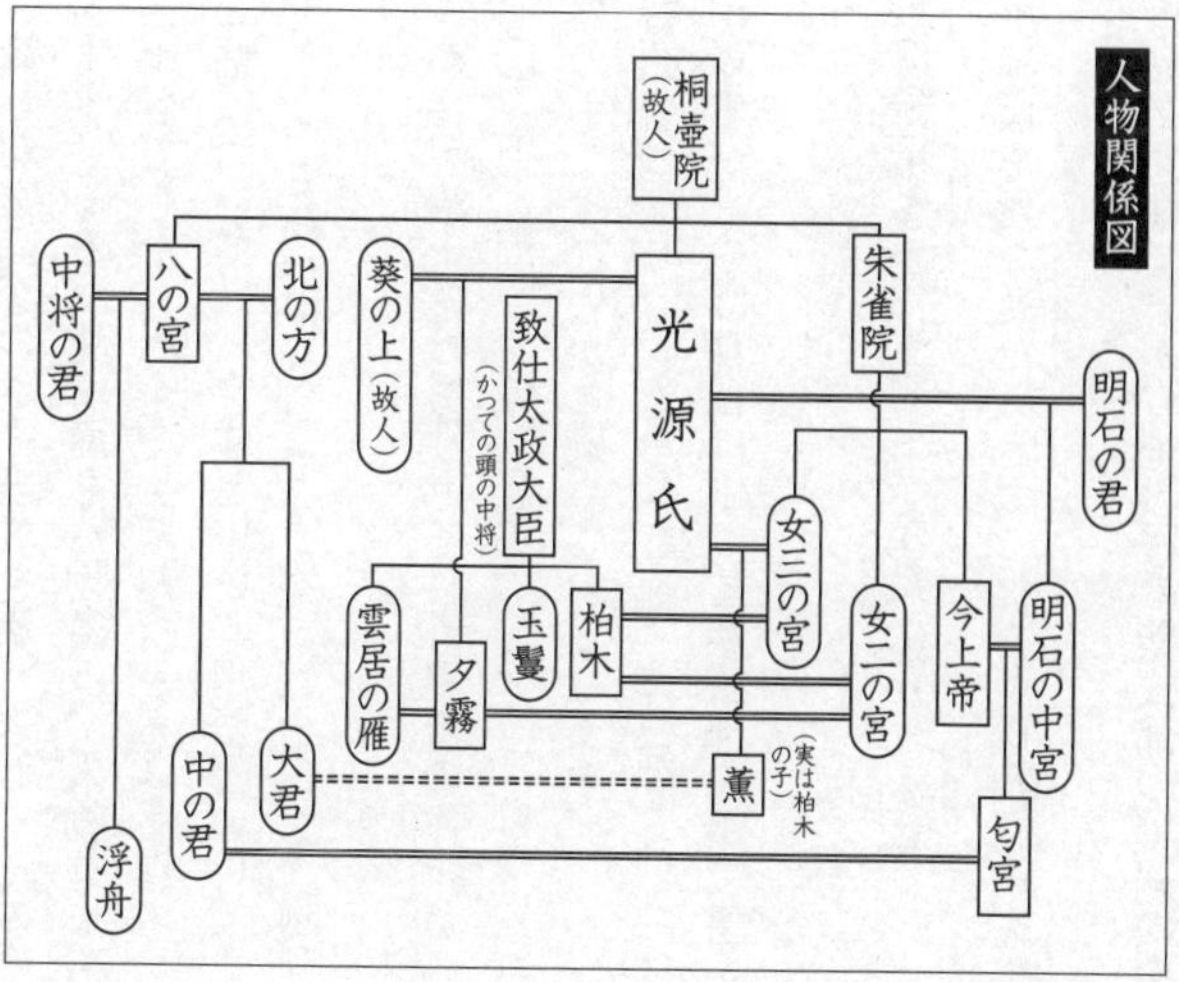
人物関係図
桐壺院（故人）
朱雀院
光源氏
明石の君
葵の上（故人）
致仕太政大臣（かつての頭の中将）
北の方
八の宮
中将の君
女三の宮
女二の宮
今上帝
明石の中宮
雲居の雁
夕霧
玉鬘
柏木
薫（実は柏木の子）
匂宮
大君
中の君
浮舟

この浮舟を巡《めぐ》って、薫と匂宮は恋のさや当てを繰《く》り返《かえ》し、その中で浮舟は運命の激しい波に翻弄《ほんろう》されていきます。その波乱に満ちた物語は、人物造形も優れていて、近代ヨーロッパの小説と引き比べてもまったく遜色《そんしょく》がないものです。

この源氏死後の十三帖については、文体といい、用語といい、また話の展開からも、「紫式部以外の人の手によって書かれたのではないか」という説が昔から言われてきています。

近世では、折口信夫が「宇治十帖は男性、それも隠者《いんじゃ》の作」という説を述べていますし、円地文子さんは、「宇治十帖には人物の結末がついていない」という不満を漏《も》らされ、やはり紫式部以外の手ではないかと疑っておられます。

たしかに十三帖の冒頭、つまり、「匂宮」「紅梅《こうばい》」「竹河《たけかわ》」の三つについては疑わしい点がなきにしもあらずですが、やはり私はすべて紫式部の筆で書かれたものであろうと考えています。

なぜ、紫式部は続編を書こうと考えたのか

紫式部は「雲隠」で源氏を死なせたあと、これで源氏物語は完結したと考えていたのでしょう。

しかし、ここからは私の想像ですが、その後の紫式部の境遇の変化が、彼女に源氏物

語の続きを書こうと考えさせたのではないかと思うのです。

前にも書いたとおり、時の権力者藤原道長が紫式部のスポンサーとなって、彼女を励ましつつ源氏物語を書かせたのは、我が子の中宮彰子が一条天皇の寵愛《ちょうあい》を受けるためでした。

その源氏物語がついに完結し、また中宮彰子が天皇の子どもを産んだ段階で、現実的な政治家だった道長の関心が紫式部から急速に薄れていったのは不思議なことではありません。

人一倍プライドの高かった紫式部にとって、情人でもあった道長のそんな態度にどれほど心が傷つけられたかは想像にあまります。

おそらく、彼女は「雲隠」までの原稿を道長に渡した後、宮仕《みやづか》えをやめ、そしてその後でいつか出家をしたのではないでしょうか。当時、彼女のライバルであった清少納言も、和泉式部も出家しています。当時は女たちがある年齢になると出家してしまうのが珍しいことでなかったのです。

知性に恵まれていた紫式部のことですから、出家後は仏教の教養を積み、勤行《ごんぎょう》にも励んでいたことでしょう。そんな中で源氏物語の続編を書く意欲が生じてきたのだと私は思います。

ここから先はまったく作家的想像ですが、もしかして出家後の彼女は宇治に庵《いおり》を結んだのかもしれません。作家は自分自身がよく知っている場所を舞台に選ぶものだし、まったく知らない土地を舞台に選ぶ作家は信用できません。

現代なら京都市内から宇治までは車なら一時間もあれば行けますが、

我《わ》が庵《いほ》は都《みやこ》のたつみ鹿《しか》ぞすむ　世《よ》をうぢ山と人はいふなり

と*喜撰法師《きせんほうし》が詠《よ》んだように、京の都から山を一つ越えた先にある、人里離れたうらさびしい場所にあり、宇治に行くには半日がかりでした。そこは風光明媚《ふうこうめいび》で、貴族の別荘地でもありました。今の平等院は藤原家の別荘のあった場所です。紫式部がそこをわざわざ舞台に選んだのには理由があったはずだと思うのです。

宇治が「憂地《うじ》」であることを肌でかみしめた紫式部が、やはりあの物語の続きを書こうと思い立ったのは、出家からどれだけ経《た》ってからのことだったのでしょう。一度、筆を擱《お》いてから数年、いや、十年ほども過ぎていたかもしれません。

紫式部は荒々しい宇治川の流れを伴奏に、写経をしながらふと、その用紙の裏にでも物語の構想を書き留めたりしたのではないでしょうか。自分の書いた源氏物語を、閑《かん》寂《じゃく》な生活の中であらためて読み返したこともあったでしょう。

芯《しん》から小説家だった紫式部は、出家してもやはり小説が書きたくてたまらなくなったのだと思います。そして、書くなら、やはり源氏物語の続編をと思ったことでしょう。

第三部冒頭の「匂宮」「紅梅」「竹河」の三巻が、それ以後の「宇治十帖」と比べると、やや劣る感じがするのは、紫式部が久しぶりに筆を持ったためだったと解釈することもできます。

何年も小説を書かなかったのですから、往年のなめらかな筆運びがすぐに戻らなくても当然です。しかし、巻を重ねていくにしたがって、鮮《あざ》やかに昔の筆の勢いがよみがえったのではないかと思います。そして、「宇治十帖」に入ると、紫式部の筆は以前にもまして冴《さ》えていきます。

喜撰法師　平安初期の歌人。六歌仙の一人であるが、後に伝わっている確かな作は本文に紹介した「我が庵は」だけである。出家して醍醐《だいご》山に入り、のち宇治山に隠れて仙人となったと伝える。

匂宮と薫の君

源氏物語第二部と、第三部冒頭の「匂宮」との間には八年間の空白があります。光源氏亡きあとには、その声望《せいぼう》を継《つ》ぐような人物は源氏の子孫の中にも現われてはきません。

わずかに今上帝と明石の中宮の間に生まれた三《さん》の宮《みや》と、源氏の正妻女三の尼宮《あまみや》が産んだ若君の二人だけが、その美貌《びぼう》で評判になっています。

女三の尼宮の若君は、表向きは源氏の次男とされてはいますが、柏木と女三の宮との間にできた不倫の子です。しかし、それを本人も知らされていません。この若君は生まれつき、体から不思議な芳香がする体質を持っています。そこでいつしか、人々は「薫の君」と呼ぶようになりました。

今上帝の三の宮はこの薫の君より一つだけ年上だったので、幼いころから一緒に遊んだ仲なのですが、何かにつけて張り合うような関係でもあります。ちょうど、昔の光源氏と頭の中将の関係に似ています。

三の宮は薫の君に負けまいと、自分で苦心して調香《ちょうこう》した名香を衣服や髪につねにたきしめるようになり、それが一種の体臭のようにもなっています。そこで、この宮のことを世間では「匂宮」と呼びならわすようになりました。

匂宮は祖父の光源氏の遺伝子を最も強く受け継いだせいでしょう、明るく華《はな》やかで、多情で色好みの点も似ています。一方、薫の君は長ずるにつれ、自分の出生に秘密があることを何となく感じ取っていて、物思いに沈みがちな、憂愁《ゆうしゅう》を帯《お》びた青年になっています。

第三部冒頭の「匂宮」「紅梅」「竹河」の三巻では、この二人の成長を追いつつ、明石の君や夕霧といった源氏ゆかりの人々の「その後」を記しているのですが、物語が本格的に動き出すのはその次に来る「橋姫」の帖からで、ここからいよいよ「宇治十帖」がスタートすることになります。

なぜ八の宮は零落《れいらく》したか

「橋姫」の帖は、故桐壺院の八男で、光源氏とは異腹の弟宮にあたる八の宮の話から始まります。

この八の宮は母君も高貴な家柄の出身だったので、他の親王たちより重く扱われていたのですが、思わぬことからその運命を狂わされてしまいます。

源氏が須磨、明石に流謫《るたく》していたとき、反対派の右大臣《うだいじん》や弘徽殿の大后《おおきさき》が源氏と藤壺の間に生まれた東宮（後《のち》の冷泉帝）を廃して、八の宮を東宮にしようと画策《かくさく》したのです。

ところが、その後、朱雀帝の決断で源氏が都に呼び戻されたために、この八の宮は政変の余波を受けて悲運の身の上となったのです。

政界に復帰した源氏は、自分が流謫されていたときに好意を示し、忠誠であった人たちには存分に報《むく》い、それぞれに地位を与えましたが、それとは逆に、右大臣一派に付いた人々には復権後、ありとあらゆる機会を利用して、こっぴどく復讐《ふくしゅう》をしています。

たとえば、紫の上の父親の式部卿《しきぶきょう》の宮もその一人です。式部卿の宮は源氏が須磨に流されていたとき、右大臣方の勢力を恐れて、源氏を見舞おうともしなかったし、都に残された紫の上をいたわることもしませんでした。源氏はそのことを根に持って、復権後もけっして式部卿の宮を許そうとはしなかったのです。

そんな源氏にとって、右大臣たちに利用されただけとはいえ、我が子の東宮を追放する企《たくら》みに加わった八の宮が同情の対象になろうはずがありません。

八の宮が東宮になりそうだという気配があったときには、宮の周《まわ》りには多くの人が集まっていたのですが、源氏が京都に戻ってきてからというもの、八の宮はまったく孤独になり、逼塞《ひっそく》した生活を送るようになってしまったのでした。

悪いことは続くもので、八の宮は北の方にも先立たれてしまい、さらには京の邸《やしき》までも火事に遭《あ》って焼けてしまいます。気落ちした宮は、都を離れ、宇治にあった山荘に娘たちを伴《ともな》って隠棲《いんせい》することになりました。

その宇治の山荘で、八の宮は仏教に帰依《きえ》し、まるで聖《ひじり》のような生活を送っています。本当なら出家をして僧になりたいのだけれど、二人の娘たちがいるために在家のままで、仏道修行に余念のない日々を送っていたのです。

出生の秘密、明らかに

自分の出生の秘密をうすうす感じ、憂鬱《ゆううつ》な青年になっていた薫は、あるとき、八の宮が宇治で隠者《いんじゃ》のような生活をしていると聞いて興味を持ち、宇治を訪れます。八の宮も、薫の誠実な人柄や熱心な求道《ぐどう》の 志《こころざし》 に打たれて、あれこれと仏教について教えるようになりました。

こうして宇治に通うようになってから三年目の晩秋のこと、八の宮が山寺に籠《こ》もっている留守に訪れた薫は、月の下で琵琶《びわ》と箏《そう》の琴《こと》を合奏する二人の姫君の姿を垣間《かいま》見ます。

この二人の姫君のことを源氏物語では、姉のほうを大君、妹を中の君と記します。大君も中の君ももちろん本名ではありません。この時代、貴族の家では長女を大君、次女を中の君と呼ぶ習慣があり、それに従って、ここでも大君、中の君と呼ぶのです。

薫は姫君たちに心を惹《ひ》かれ、応対に出た大君に交際を申し込《こ》むのですが、このとき大君に代わって話をした老女の弁《べん》から意外な話を聞きます。弁は柏木の乳母子《めのとご》だったことを明かして、薫に伝えなければならない柏木の遺言を聞いているのだと告白したのでした。

後日、薫は弁をふたたび訪ねて、自分の出生の秘密をすべて聞き出します。その証拠として、弁は柏木の遺書や、母女三の尼宮の手紙を差し出したので、薫は衝撃を受けます。薫は母に直接、その真偽を確かめようかと思ったりもするのですが、何も聞くことはできず、自分の胸に収めておくことにします。

もともと出家願望のあった薫は、この一件以来、ますますその願いを強く持つようになったのでした。

ところが、そんな薫に自分の死期が近いことを悟った八の宮は二人の姫君の将来を託《たく》し、そのまま山寺に入ってしまいました。

しかし一方で、八の宮は姫君たちに「軽々しい男の誘惑に乗らず、宇治を離れず、ここで世を終わるつもりで暮らせ」と遺言もしています。

薫に娘たちを託したのと、娘たちにうっかり結婚などするな、宇治を離れるなと言ったのとは矛盾しますが、どちらも八の宮の本心であったのでしょう。

八の宮は山寺の参籠《さんろう》が満願《まんがん》*に近づいたころ、そのまま山寺で死んでしまったのでした。

満願　日数を限って神仏に祈願し、その日数が満ちること。

煮え切らない聖人君子

八の宮が亡くなったとき、大君は二十五歳、中の君は二十三歳、薫は二十三歳でした。

薫は八の宮の遺言を守って、姉妹たちの後見人になり、あれこれと面倒を見ます。そんな中で薫は大君にどんどん惹かれていきます。

源氏物語には、大君は「静かでたしなみ深い性格で、立ち居振る舞いも気高く奥ゆかしく、心惹かれる」感じであると記されています。妹の中の君のほうは「色っぽく、やわらかでおっとりしたようす」が見るからに愛らしい女性でした。

薫は落ち着いた雰囲気の大君に心を惹かれるのですが、大君のほうは父親に似て宗教心も強いので、薫を嫌いではないけれども出家をしたいと考えていて、どうせなら妹の中の君と薫が結婚してくれと言うのでした。

大君への想いを抑《おさ》えきれなくなった薫は、とうとう大君の部屋に忍び込んでいくのですが、大君の気持ちを尊重して、手を出さずに一晩中、添い寝をするだけで終わってしまいます。

その後も、また姉妹の寝所《しんじょ》に老女の弁の手引きで薫は忍び込むのですが、このときも大君はいち早く気配を感じて逃げてしまいます。可哀《かわい》そうなのは、残された中の君です。妹の中の君はあまりのなりゆきに呆然としてしまい、なすすべも知りません。その可憐なようすに薫も心を惹かれるのですが、大君への自分の愛情をこうしたことで台無しにするのは残念なので、中の君には手を出さずに、ただ優しく物語りだけをして一夜を過ごします。

それにしても、薫というのはまったく煮え切らない変な聖人君子です。そんな立派な心がけを持っているのなら、二度も女の部屋に忍び込んでいかなければいいのにと、ついい思ってしまいます。

薫はあまりに強情《ごうじょう》な大君のあしらいに業《ごう》を煮《に》やして、中の君と匂宮を結びつけてしまおうと考えます。そうすれば、大君も自分になびいてくれるかもしれないと考えたのです。

匂宮はかねてから八の宮の美しい姉妹の話を薫から聞いていて、ことに中の君に興味を持ち、何度も手紙を出していたのでした。

薫から話を持ちかけられた匂宮は喜んで、宇治に出向きます。薫の手引きで匂宮は寝所に忍び込み、中の君を自分のものにしてしまいます。中の君の美しさは想像以上で、その愛らしさ、美しさに匂宮はすっかり満足します。

一方、薫は大君と二人きりになり、しきりとかき口説《くど》くのですが、事情を知った大君は驚愕《きょうがく》します。薫の思惑《おもわく》とは逆に大君は薫を恨《うら》み、その夜も結局、薫は大君に拒《こば》みつづけられ、何もできないままに帰るしかありませんでした。

大君の死

さて、中の君を自分のものにした匂宮は最初の三日間は長い山路《やまじ》を越えて通いつめるものの、その後は宇治行きもままなりません。親王《しんのう》という身分柄、勝手気ままな行動を許されない立場にあって、母親の明石の中宮が厳しい監視の目を光らせているからです。ようやく紅葉《もみじ》見物にかこつけて宇治に行ったのはいいのですが、お供《とも》の人間が多すぎて姉妹の住む山荘に忍んでいくこともできず、むなしく京に戻る羽目《はめ》になってしまいます。

そんな匂宮の姿を見てとりわけ憤慨《ふんがい》したのが大君でした。

やはり匂宮は噂《うわさ》どおりの浮気な男であったと落胆し、これも薫が自分の意見を聞かず、中の君を愛してくれなかったせいだと薫までも恨《うら》むようになります。

そして、「このまま中の君が捨てられてしまえば世間の笑い物になり、亡き両親の名を辱《はずかし》めてしまうことになる。それくらいなら、いっそのこと死んでしまいたい」と思い詰め、とうとう病気になってしまうのでした。

一方、匂宮は何とか宇治の中の君を訪ねたいと思っているのですが、両親の帝《みかど》と中宮に宇治通いの理由を知られてしまい、前にもまして自由に行動できなくなってしまいます。

それればかりか、夕霧の娘の六《ろく》の君《きみ》との縁談も親たちによって決められてしまいます。この縁談を聞きつけた大君は絶望をさらに深め、中の君を可哀そうだと思い詰め、瀕死《ひんし》の状態になっていくのでした。

そんな大君の看病のために、薫は宇治に泊まり込んで夜昼となく付き添います。その懸命の看病に、大君も薫にようやく心を開くようになるのですが、ついに草木の枯れていくように死んでしまうのでした。

大君の急死に薫はうつけたようになります。また、報《しら》せを聞いて駆《か》けつけた匂宮も、悲しみに沈む中の君から面会を拒まれ、悲嘆に暮れて何もできなくなります。

そんなようすを見て、匂宮の母である明石の中宮はようやく宇治の姫君たちが並々の人でないことを悟って、中の君を匂宮の住む二条院に迎えてよいと許すのでした。

『狭《せま》き門《もん》』と「宇治十帖」

私は十三歳の少女のころ、与謝野晶子訳の源氏物語を初めて読んだとき、「宇治十帖」を本編の光源氏の物語よりも面白いと感じたものでした。それは、大君と薫の悲恋がアンドレ・ジッドの『狭《せま》き門《もん》』に出てくるアリサとジェロームの関係に似ていると思ったからでもありました。

『狭き門』の主人公アリサもジェロームの一途《いちず》な愛を拒みとおし、妹とジェロームを結婚させようとします。アリサは本心では死ぬほどいとこのジェロームを愛しているのですが、妹がジェロームを慕《した》っているのを知り、身を退《ひ》きます。そして妹が別の男性と結婚したあとも、ジェロームの自分に対する幻想が崩れるのを恐れて、処女のままで死んでしまいます。

大君も最後まで薫の愛に応《こた》えようとしないし、つれない態度を示しつづけます。身動きも自由にならない重態になってからは、薫を自分の枕元に招くまでに心を開くのですが、とうとう自分の素直な気持ちを薫に打ち明けることなく死んでいきます。

日本の紫式部が「宇治十帖」を書いたのは、フランスのジッドが『狭き門』を書く九百年も前のことなのです。

しかも、主人公たちの人物造形に関して言えば、源氏物語のほうが数段も複雑で、陰影に富んでいると言えるでしょう。

これは「宇治十帖」にかぎらず、源氏物語全編に言えることですが、紫式部は登場人物について行き届いた心理描写をしています。主人公でも端役《はやく》でも、貴人でも下人でも、残りなく繊細緻密《せんさいちみつ》な心理と性格が描きわけられているのです。

たとえばジェロームと薫を比べれば、薫のほうがはるかに哲学的だし、人生に懐疑的です。アリサの妹思いの心情は宗教的な理由からだったのに対して、大君の妹への想いは現実的でこまやかで、しかも父亡きあとの家族を支えていくのだという家長的《かちょうてき》な風格を具《そな》えていると言えるでしょう。

すれ違いの面白さ

「宇治十帖」の素晴らしさは単に人物造形の深さにあるのではありません。物語の作り方そのものも近代小説に近いと言えます。

大君は薫と一晩をともに過ごしても、肉体的な関係はなかったのですが、中の君も周囲の人々もそうは思わず、二人は結婚したのだと誤解します。しかし、それを大君は誰《だれ》にも弁解しようとしません。ここに高貴な姫君のプライドが輝いています。いちいち弁解することなど、下々《しもじも》の身分の者のすることなのでしょう。それでも大君は中の君にだけは本当のことを打ち明けて、薫に対する誤解を解いておきたいと思ってはいるのですが、結局は何も言えないままに死んでいきます。

一方、薫のほうは人々が誤解しているのをいいことに、釈明も何もせず、周囲の人たちに自分と大君との仲を既成事実として認めさせてしまおうと考えています。

こうした誤解やすれ違いを読者はすべて分かっているのですが、それを登場人物たちは分からないという二重構造の作り方が面白いし、近代的なのです。

これは匂宮を巡る話でも同じで、匂宮は中の君に心惹かれて宇治に行きたいのだけれども、母の明石の中宮が厳しく監視をしているので、思うように通うことはできません。

せっかく宇治まで紅葉見物を口実に出かけても、中の君のところに忍ぶことはできずに帰るしかないのですが、そんな事情があるとは知らない大君は、匂宮が中の君を軽く思っているからだと誤解し、恨みます。

また、そんな大君に対して、当の中の君はたしかに匂宮に逢えずに悲しくは思っているのですが、それほどは恨んでいないというのも面白いところです。

何事《なにごと》も理知的に物事を捉えている処女の大君に対して、中の君は匂宮に愛されたという実感を持っているので、たとえ宇治に通ってきてくれなくても安心して待っていられるのでしょう。

田辺聖子《たなべせいこ》さんや竹西寛子《たけにしひろこ》さんのような古典の読《よ》み巧者《ごうしゃ》の方々が、揃《そろ》って「宇治十帖」は面白いと言われているのも当然のことだと思います。

薫の君は好男子か

大君の死後、中の君が匂宮に大切にされていると聞くにつけ、薫はどうして中の君を自分のものにしなかったのかと悔《く》やむようになります。

昔はそうは思わなかったけれども、見れば見るほど中の君の顔つきが大君と生き写しになっているように思われてなりません。

そこで薫は八の宮の法事にかこつけては、しげしげと中の君の許《もと》に訪れます。

中の君は、そんな薫の心中を知らず、安心して御簾《みす》の中に引き入れ、几帳《きちょう》越しに対面をします。すると薫は中の君への恋情を抑えかねて、逃げる中の君の袖《そで》を捕らえ、力ずくで想いを遂《と》げようとします。

源氏物語では、このとき薫は中の君が腹帯《はらおび》を締めていることに気づいて思いとどまったのだと記しています。

中の君は匂宮の子を懐妊していたわけなのですが、腹帯に気づいたということは、それだけ二人の体が接近していたということであり、薫がそこで思いとどまらなければ、このとき、中の君は防ぎきれない状況にあったということでしょう。

懐妊のしるしの腹帯は、このころ、衣服の上に結んでいたという説もありますが、そうではなく、現代と同じように直接、肌に巻いたものだと考えるべきでしょう。

それにしても、色事《いろごと》においては抜け目なく、あらゆる機会を捉えて実行に移していく匂宮とは対照的に、薫は真面目で堅物《かたぶつ》で、いつでもチャンスを取り逃してばかりいます。作者の紫式部ははたして、どちらの男が好みだったのでしょう。

匂宮は、中の君に染《し》みついた薫の移り香に気づき、何かきっとあったに違いないと疑いはするのですが、それを指摘して物事を荒立てようとはせず、何となく許してしまう大らかな部分を持っています。

それに対して、薫のほうは純情で、亡き大君をいつまでも忘れられない誠実な男のように見えますが、その一方で家では女房たちには平気で手を付けていることも紫式部はさらりと書いています。

薫にとって身分の低い女房たちは恋愛の対象ではなく、自分の欲望を処理する相手にすぎないということでしょう。紫式部の人物描写はけっして平面的ではないのです。

浮舟の登場

しきりと言い寄ってくる薫に困り果ててしまった中の君は、自分や亡き大君の身代わりに、実はもう一人大君に実によく似た妹がいることを薫に教えます。

それが「宇治十帖」で最も重要なヒロインとなる、源氏物語全体でも屈指の魅力的な女、浮舟なのでした。

浮舟の母の中将《ちゅうじょう》の君《きみ》は、八の宮の北の方のいとこに当たるのですが、その北の方の女房となって仕えていました。

八の宮は謹厳実直で宗教心も篤《あつ》く、また北の方を深く愛していたはずなのに、その北の方が亡くなってしまったあと、中将の君に手を付けて女の子を産ませます。これが浮舟です。

ところが、八の宮はそのことを知っているのに、この姫君を認知してやらないのです。これはいったいどうしてなのかと思ってしまいます。

中将の君は八の宮のつれない仕打ちにいたたまれなくなり、その後、常陸《ひたち》の介《すけ》の妻になります。

その名のとおり、中将の君の夫は東国に赴任《ふにん》する受領《ずりょう》で、中将の君も浮舟も常陸の介と一緒に長い間、東国に暮らしていたのです。

中の君は薫に、

「姉にひじょうに似ている妹があることを知らなかったのですけれど、最近、田舎《いなか》から京へ出てきていて、こちらへ訪ねてきて会ったところ、本当に大君に生き写しだったので、とてもなつかしく思いました」

と話します。

最初のうち、薫は「どうせ中の君が自分を遠ざけるために言ったことだから、似ているといっても大したことはあるまい」と思うのですが、老女の弁に会って話を聞くと、本当に生き写しらしいと知って大いに興味を持ちます。

運命に翻弄される女

浮舟の義父にあたる常陸の介は、当時の地方官なら誰でもそうであったように赴任中に財をなして、京で豊かな生活を送っています。常陸の介のところには先妻の子どもも多く、後妻の北の方、つまり浮舟の母との間にも子どもが次々と生まれていたので、連れ子の浮舟を常陸の介は継子《ままこ》扱いにして冷遇していました。

北の方はそれが不憫《ふびん》で、浮舟にだけはいい結婚をさせてやりたいと思っていたところ、左近《さこん》の少将《しょうしょう》という男がしきりと恋文を送ってくるので、この男なら婿《むこ》に迎えてもいいだろうと婚約をさせたのでした。

ところが、この左近の少将は浮舟が常陸の介の実子でないことを知って、急に婚約を解消してきます。

当時の結婚は、婿入りの形を取っていて、妻の実家が夫に援助をするのが当たり前とされていました。

左近の少将も、豊かな常陸の介の娘をもらえば出世に結びつくという計算をしていたので、浮舟が継子では都合が悪いというわけです。図々《ずうずう》しくも左近の少将は浮舟との婚約を破談にして、常陸の介の実の娘と結婚しようというのでした。

事情を知った母は浮舟を不憫に思って、今をときめく匂宮の北の方になっている中の君を頼ることにし、浮舟を預けます。中の君は大君に生き写しの妹の出現を喜び、二条院にかくまうことにしたのですが、ここで浮舟の運命は大きく変わることになるのでした。

あるとき匂宮が西の対《たい》にかくまわれている浮舟に目を留めてしまったのです。匂宮はそれが中の君の義妹だとは知らず、その場で彼女を自分のものにしようとします。もちろん浮舟は必死に抵抗するのですが、あまりの恐ろしさになすすべもありません。

そこへ駆けつけた浮舟のしっかり者の乳母が、その傍《かたわ》らに座りこんで、

「いけません、そんなことをなすっては」

と邪魔しようとするのですが、匂宮は乳母を無視して浮舟を口説きつづけます。

しかし、やはり乳母がそばにいては強姦《ごうかん》するわけにもいかないので、何とか追い払おうとするのですが、乳母はまるで岩になったように動かず、＊降魔《ごうま》のような形相《ぎょうそう》で匂宮を睨《にら》みつけています。

東国の田舎からずっと乳母としてついてきている女だから、おそらく野暮《やぼ》ったく、器量もよくないのでしょうが、そんな女に睨みつけられて匂宮も困ってしまいます。何と

も滑稽《こっけい》な場面ですが、三人は三人とも必死なのです。

ところで、中の君という北の方がいるのに、匂宮がこんなことができたのは、中の君がそのとき髪を洗っていたからなのです。あの長い髪を洗って乾かすのには時間がかかります。だから匂宮もついそんな気を起こしてしまったのでした。

結局、このときは宮中から母の明石の中宮の容体が悪くなったという報せが来たので、匂宮も諦《あきら》めて見舞いに出かけてしまいます。浮舟は全身汗みどろになって、気を失いかけたほどでした。

降魔のような形相　不動明王《ふどうみようおう》が悪魔を降伏《ごうぶく》させてしまうときの憤怒《ふんぬ》の表情を「降魔の相」と呼ぶ。

色好みは隔世遺伝《かくせいいでん》？

この事件をあとで聞かされた浮舟の母は、浮舟を三条の小さな家に隠すのですが、薫はそれを弁から教えられて、今度は珍しく行動力を発揮してその日のうちに浮舟を手に入れます。

浮舟の素顔を見た薫は、その予想以上の美しさ、そして大君に似ていることを喜んで、浮舟をいきなり車に乗せて宇治に連れて行き、自分の山荘に囲います。

かくして浮舟は運命に流されて、自分の意志ではなく、ついに宇治に住み着くことになるのでした。

それでも匂宮のように情熱的でない薫は公務が忙しいし、宇治までの道のりが遠いので、なかなか浮舟のところには通ってやりません。

本当に読んでいてもいらいらさせられる、冷静で澄《す》まし屋《や》の男です。あの純情一途《じゅんじょういちず》で情熱的だった柏木の血を引いているのだろうかと思ってしまいます。しかし、別の見方をすれば、父柏木の情熱ゆえに起こした数々の不幸を見て、これを反面教師にして、薫はかくも自制的な男になったとも考えられます。

どうも好色は今でも隔世遺伝《かくせいいでん》の様相があるようです。源氏、夕霧、匂宮の三代を並べてみても、その構図です。

その匂宮は、邸の中で会った誰とも分からない美しい若い女のことが忘れられません。不粋《ぶすい》な乳母が降魔のような恐ろしい顔で横で睨みつけて邪魔をするので、事が未遂に終わっただけに未練が残っていたところ、宇治の浮舟から中の君に届いた手紙を読んで、これが例の女性だと気がつきます。そして、薫が大君の死後もまだ宇治に通っているらしいのは、もしかしたら実は女を隠しているせいではないかと想像します。

そこで腹心の部下に探らせてみると、やはりその予感は当たっていました。

匂宮は薫が囲っているのが本当にあの女かどうかを確かめるために、薫の行かない日を確認して宇治に行くことにします。やはり、こういう点に関しては薫より匂宮のほうがずっと行動的です。

大胆さの勝利

薫の山荘に忍び込んで、そっと覗《のぞ》いてみると、やはりそこにはあの女がいました。女たちが寝静まるのを待って、匂宮はそっと戸を叩《たた》きます。浮舟付きの女房の右近が聞きつけて「どなた」と尋ねると、匂宮が咳払《せきばら》いをしたので、右近はてっきり薫が来たと思います。

「とにかく開けておくれ」

という匂宮の声は、薫の声に似せてあるので右近はすっかり騙《だま》されてしまいます。もともと二人の声は似ていたし、しかも小声で囁《ささや》いているので聞き分けがつかなかったのです。

「途中、追《お》い剝《は》ぎに恐ろしい目に遭わされて、ひどい格好になっているから灯を暗くしておくれ」

と言うので、右近は気の毒がって灯火を押しのけます。

それに乗じて匂宮は、

「こんな姿を誰にも見せないでほしい。私が来たといって人を起こさないように」

と言って、そのままするっと中に入ってしまいます。

右近は芳《かぐわ》しい匂《にお》いがするので、やはり薫の君だと思って疑いもしません。匂宮は大胆にも浮舟の寝所に入って、お召し物を脱ぎ捨て、もの慣れたようすで浮舟の横に身をすべりこませて入ってしまいました。女房たちは気を利《き》かせて、みな引き下がって行きます。匂宮の大胆さの勝利です。

何しろ当時の家は夜になると真っ暗になってしまうので、浮舟も最初のうちは薫が来たのだと勘違いしていたのですが、事の途中で別人だと気がつきます。

そして、綿々《めんめん》と逢えなかった嘆《なげ》きや、あれ以来想いつづけていたことの切《せつ》なさなどを訴える男の声を聞き、浮舟は相手が匂宮だと悟ります。そして、義理の姉の中の君に対して面目がないという気持ちになり、泣きに泣いてしまうのでした。

匂宮も、せっかく想いは遂げても、自分の身分や立場を考えると、これからしょっちゅう逢えるわけでもないと思えて泣いてしまうのでした。こうしているうちにも、夜はたちまち明けていきます。

なぜ「宇治十帖」はエロティックなのか

この場面の息もつかせぬ面白さは、源氏物語全編の中でも名場面の一つに数えられるでしょう。

真っ暗闇の中で、どうして浮舟が相手が薫ではないと気がついたのかは物語には書かれていませんが、匂宮の行為の手順が薫とはまったく違っていて、情熱的かつ性急、また巧者であったからでしょう。

空蟬とその義理の娘軒端《のきば》の荻《おぎ》を取り違えた源氏とはまったく逆の設定ですが、こちらのほうがはるかに緊迫感があるのは、紫式部が際《きわ》どさすれすれの限界まで踏《ふ》み込んでいるからです。

浮舟が相手を薫とは別人と悟っても、助けを呼べなかったことについて、紫式部は、

「匂宮は女君に声もあげさせないようなさいます」

と記していますが、これは唇を唇でふさいでいたということでしょう。

光源氏の物語では、けっして露《あら》わな性愛の叙述をしなかった紫式部でしたが、「宇治十帖」では色事の際どい場面や濃密な性愛の場面が気を入れて書かれています。その分、物語にリアリティが生まれ、いっそうの臨場感を出すのに効果を上げています。

なぜ、「宇治十帖」に入ってから、紫式部の描写が変わったかといえば、「雲隠」までの源氏物語は中宮彰子のサロンで朗読されることを前提にして書いていたということが大きく関係していると想像できます。

帝や中宮の前では、さすがに濃密なエロスの場面を書くわけにはいきません。そこで自然と筆を抑えて描写をするようになり、それはそれで効果を上げていたのですが、「宇治十帖」ではそんな制約もないだけに、自由に書けたという面もあるのでしょう。

すべては宿縁《しゅくえん》

呆《あき》れたことに匂宮は翌日も、帰ろうとはせず居つづけを決めこみます。

男は夜来て朝帰るのが、当時の恋の約束事《やくそくごと》なのに、匂宮のような高貴な身分の人が女の許に居つづけるのはルール違反も甚《はなは》だしいものです。つまりそれほど、昨夜の性愛は恋慣れた宮をも満足させる歓《よろこ》びがあったということでしょう。そう想像することで、当時の読者はいっそう興奮し、読書の醍醐味《だいごみ》を味わったものと思われます。

匂宮は、このまま帰れば恋死にもしかねない、何事も命あっての物種《ものだね》だと考えます。

夜が明けると匂宮は女房の右近を呼びつけて、顔を見せ、今日は帰らないと宣言し、腹心の部下の時方《ときかた》に、京に戻って「宮は山寺に籠《こ》もった」とでも伝えるようにと言います。

昨夜案内したのは薫だと思いこんでいた右近はさぞや驚いたことでしょうが、相手が皇子ではとやかく言える立場ではありません。

このときの右近の気持ちは、

「こうなった以上、じたばたうろたえ騒いだところで、取り返しのつくものでもないし、宮様にも失礼に当たるだろう。あの困った一件のあった時、深く執着なさったのも、こうして逃《のが》れることのできなかった前世の宿縁《しゅくえん》によるものだったのだ」

と書かれています。

人と逢うのも結ばれるのも、そして別れるのも宿縁で片づけるのが当時の人の発想でした。男が女を強引に犯すときでも「二人が結ばれるのは宿縁だったのだ」と言えば、それだけで正当化されてしまう時代だったのです。

しかし、一つだけ右近が困ったのは、この日、浮舟の母が迎えに来て、一緒に石山《いしやま》の観音《かんのん》にお参りに行くことになっていたことです。どうしたらいいかと右近が聞くと、匂宮は「自分はこの人の恋で馬鹿《ばか》になってしまったから、誰に何と言われても平気だ。今日は物忌《ものい》みだとでも言え」と、とりあってもくれません。

そこで右近は思案して、家中の簾《すだれ》を下ろし、そこに「物忌《ものいみ》」と書いた札《ふだ》を貼り付けて、母君からの迎えには「今朝から月の障《さわ》りで穢《けが》れていますので物詣《ものもう》ではできません」という手紙を持たせます。女の生理をこんなに生々《なまなま》しく小説に使ったのは、紫式部が初めてではないでしょうか。

明治の女流作家樋口一葉《ひぐちいちよう》は名作『たけくらべ』の中で主人公美登利《みどり》が初潮を迎える場面を書いて、当時の人々に衝撃を与えたことは有名ですが、一葉も源氏物語の愛読者で、人に講義をしたことがあるくらいですから、「宇治十帖」のこの場面を知っていて書いたのかもしれません。

石山の観音　石山寺は滋賀《しが》県大津《おおつ》市石山にある真言宗の寺。長谷寺、清水寺《きよみずでら》と並び、平安時代、貴族から庶民まで信仰を集めた。紫式部がこの寺で源氏物語を書きはじめたという伝承がある。

「きよら」と「きよげ」の大きな違い

こうして母親の使いも追い返して、二人は終日、水入らずの睦《むつ》まじいときを共有します。すでに浮舟は誠実ではあるけれども、どこか堅苦しい薫より、情熱にまかせて振舞うことのできる匂宮に心を惹かれているのです。

国語学者の大野《おおの》晋《すすむ》さんは丸谷才一さんとの対談で、浮舟が薫のことを「きよげ」と言い、匂宮を「きよら」と評しているところに着目して「この勝負、あった」と見ていらっしゃいます。「きよら」のほうが一等の美で、「きよげ」のほうは二等の美だというのです。

匂宮はこのとき、美しい男女が一緒に寝ている秘画《ひが》を描き、

「思うようにならず逢えないときは、この絵を見なさい」

と渡します。

「いつもこうしていられたら」

と匂宮がつぶやくのを聞くと、浮舟もはらはらと涙を流すのでした。

何とも色っぽい場面ですが、品が悪くならないのは作者の力でしょう。

匂宮は身を引き裂かれるような思いで都に帰ります。病気と言って誰にも会いたがらないのですが、何も知らない薫が見舞いに来ると面会だけはします。

しかし、いつものような冗談も言えず、気の引けるように立派な薫を見ては、「宇治の女は自分と比べて薫をどう思っているのか」と考えてしまうのでした。

薫の勘違い

月が変わり、薫も宇治を訪れます。

浮舟は匂宮とあんなことがあった今、どうして薫に逢うことができようと思いつつも、匂宮のひたすら情熱的だった愛撫《あいぶ》を想い出し、これからも薫と関係を続けていかなければならないのかと、つくづく情けなくなります。

切羽詰《せっぱつ》まった悩みを浮舟が抱えていることを知らない薫は、しばらく逢わない間にずいぶん大人っぽい雰囲気になったものだと誤解します。

その浮舟に薫は、京都に浮舟を迎えるための家の造作《ぞうさく》がもうほとんどできあがったのだと嬉《うれ》しそうに報告するのですが、浮舟は匂宮からも「京に落ち着いて逢える場所を見つけた」という手紙を昨日受け取っているのです。

自分には匂宮の申し出を受ける資格はないのだと思うのですが、かえってあのときの匂宮のことが想い出されて、「我ながら、何というあさましく厭《いや》な女だろう」と涙がこぼれてきます。

　薫は今夜逢った浮舟が、女として成熟したことに気がつき、「よくもまあ、女らしくなったものだ」と感心し、ますます浮舟を愛《いと》しく感じます。

　もちろん、これは匂宮によって浮舟が女として開花させられたからなのですが、それが薫には分からないわけです。いい女になったと堪能《たんのう》している薫と肌を合わせながら、浮舟は匂宮の面影《おもかげ》を心に描いているのでした。

　こうした心理のすれ違いは読者にだけは分かることで、浮舟も薫も相手の気持ちは分かりません。小説の面白さを作者は本当に心得ていて、自在に筆を操っているのです。

引き裂かれる心と体

　二月に入って、匂宮はふたたび宇治を訪れます。雪の中を山道を越えてやってきた情熱的な匂宮に浮舟は感動します。

　匂宮は山荘に入ってくるなり、浮舟をさっさと抱き上げて用意させてあった舟に乗り込みました。右近は慌《あわ》てて侍従《じじゅう》という女房をお供につけてやります。

　舟が宇治川の激しい流れを渡るときに揺れるので、浮舟は心細がってひしと宮に取りすがります。そんな姿も匂宮にはいじらしくてなりません。

川渡りの途中、橘《たちばな》の小島のそばを通り過ぎるとき、浮舟は、
橘の小島の色はかはらじを　この浮舟ぞゆくへ知られぬ
と歌います。浮舟という名前はこの歌から名付けられたものです。

向こう岸に着くと、匂宮は浮舟を抱いたまま、あらかじめ用意していた家に入り、そこで二人は三日間、誰憚《はばか》ることのない愛をむさぼり尽くしたのでした。

帰りも匂宮は浮舟を抱いて運びます。

「あなたが大切に思っているあの人（薫）だって、まさかこんなにはしてくれないでしょう。私の気持ちの深さが分かりましたか」

などと言われ、素直にうなずいている女を匂宮はたまらなくいじらしく感じます。

二人の男の間を心は揺れ動き、浮舟の苦悩は日とともに深まります。あんまり苦しい時は、あの匂宮が描いてくれた抱擁《ほうよう》の絵をこっそり眺《なが》めては涙にくれるのでした。

薫は初めての男ではあるし、尊敬もしているし、世話になった義理もあると分かっているのですが、匂宮によって目覚めさせられた肉体は、匂宮を需《もと》めるのでした。

ヨーロッパの近代文学は、その主要なテーマの一つとして「精神と肉体の乖離《かいり》、相《そう》克《こく》」を掲げてきましたが、浮舟が直面している苦悩はまさにそれなのです。心では薫を選ぶべきだと分かっているのに、肉体は匂宮を需める。「宇治十帖」はまさにヨーロッパの近代小説に匹敵する内容と深みを持っています。

追いつめられる浮舟

匂宮との情事の秘密は、たちまち薫に知られてしまい、薫は自分の荘園の男たちを動員して、厳重に山荘を警護させ、他の男を一歩も近づけないようにします。それでも匂宮は身をやつして宇治を訪れるのですが、目の前に山荘を見ながら、男たちにはばまれて、すごすごと引き返すという惨《みじ》めな目にも遭わされます。

浮舟はそんな話を聞くと、匂宮がいたわしくて泣くばかりです。あの絵を取り出してはしみじみと眺め、それを描いた宮の手つきや言葉を想い出し、また枕の浮くほど泣いてしまいます。

そして、もうこの身を消してしまうよりほか、この事態の収拾はつかないと思い詰めていき、二人の男からもらった手紙を破り捨ててしまいます。

次第に追いつめられ、死ぬことしか考えられなくなる浮舟の悩みを、紫式部はこれでもかこれでもかとばかりに、こまごまと切なく書き表わしています。

しかし、浮舟の心をつぶさにたどっていくと、彼女は身も心も匂宮に移ってしまっていることが分かるのです。しかし、浮舟の素直で優しい心は、だからといって今まで世話を見てくれた薫を捨てがたく思っていることも切々と伝わります。

そんな浮舟のところに母の手紙が届くのですが、その内容も哀切《あいせつ》で心を打ちます。

母は浮舟がそんな悩みに苦しんでいるとは知りません。しかし、夢に穏やかでないようすの浮舟を見たので、気がかりで誦経《ずきょう》をあちこちの寺でさせたとあって、「どうかよくよく身を慎《つつし》むように」と心から娘のことを気遣《づか》っています。

その手紙を読んだ浮舟は、もはや死ぬしかないと決めている自分を母親が心配してくれているのがひどく悲しくてならず、ますます思い詰めてしまうのです。

浮舟が匂宮と契《ちぎ》ってしまってからの苦悩が描かれているのが「浮舟」の帖なのですが、この「浮舟」は終始息をつかせぬ面白さで、やはり「宇治十帖」、ことにこの「浮舟」の帖がなくて何の源氏物語かと思われるできばえです。

記憶喪失

その「浮舟」の帖に続く「蜻蛉《かげろう》」の帖では、すでに冒頭から浮舟の姿は見えなくなっていて、宇治の山荘では女房たちが大騒ぎをして探すのですが見つかりません。

事情を知っている女房は右近と侍従だけで、他の女房や乳母は浮舟と二人の男の関係を知りません。

慌てて駆けつけた母は事情を聞き、仰天します。おそらく宇治川に身を投げたのだろうとは思いますが、身分のある者のすることではないので、世間体を憚って噂の広がらないその日のうちに、病死と偽《いつわ》って慌ただしく葬儀を済ませてしまいます。遺体がないので、車の中に浮舟の遺品の調度品や衣服などを積み、そのまま焼くことにしたのでした。

実は浮舟は身投げはしたものの、死ななかったのです。

浮舟は向こう岸の宇治院《うじいん》という古い建物の、庭の大木の根元で半分死んでいるようになって倒れているところを横川《よかわ》の僧都《そうず》という高徳の僧に助けられたのでした。

横川の僧都といえば、この当時、比叡山《ひえいざん》横川の恵心院《えしんいん》に住み、『往生要集《おうじょうようしゅう》』を著わした源信《げんしん》を人々は横川の僧都と呼んで尊崇していました。つまり、横川の僧都はフィクションではなく、実在の人物がいたのです。当時の読者たちは、思わずその源信のことを想像したはずです。

紫式部はよくモデルらしい人の実名を作中に使っています。それによって、物語にリアリティを持たせようと思ったのでしょう。

浮舟が発見された宇治院には、たまたまこの横川の僧都の母と妹が滞在していました。二人とも尼で、比叡山の麓《ふもと》近い小野《おの》に庵《いおり》を結んでいるのですが、長谷観音《はせかんのん》にお参りした帰りに、この寺に立ち寄ったところ、母尼が急病になり、それを見舞うために横川の僧都が駆けつけていたのでした。

発見されたとき、浮舟は記憶喪失になっていました。自分がなぜここにいるのかもいっさい覚えておらず、ただただ「川に流してくれ」と泣くばかりでした。

妹尼は自分の亡くした娘が生き返ったようだと喜んで、浮舟を小野に連れ帰って面倒を見ることにしました。

リアルな出家シーンの秘密

それから数ヶ月の間、浮舟は正気を取り戻さなかったのですが、横川の僧都が加持祈《かじき》禱《とう》をして物《もの》の怪《け》を追い払ったところ、ようやく意識が平常に戻ります。しかし、それでもなお過去のことは何も思い出せず、ただただ、

「どうぞ尼にしてください」

と言うばかりです。

体が回復していくにつれ、浮舟は過去に起こったことを思い出しもするのですが、もう匂宮や薫のことを考えても恋しくはありません。今、浮舟の周りにいるのは、腰の曲がった醜い老尼たちばかりで、まるで別の世界に来たようです。

それでも浮舟はここで妹尼の死んだ娘の婿の、中将《ちゆうじよう》に見初められ、言い寄られますが、うっとうしいばかりで心も動かないし、このうるささから抜け出すためにも、やはり出家をしたいと思うのでした。

妹尼たちがまた長谷観音に出かけた留守に、たまたま下山の用があった横川の僧都が小野の庵を訪ねてきました。浮舟は、このときとばかりに僧都に出家をさせてほしいと

頼みます。

そのあまりの熱心さに引かされて、僧都はその場で浮舟の得度《とくど》を執《と》り行なうことにします。

この浮舟の出家の場面は、これまで紫式部が書いてきた女君たちの出家場面とは違い、実にリアリティがあります。

たとえば、僧都が弟子の*阿闍梨《あじゃり》に、

「御髪《みぐし》を下ろしてさし上げなさい」

と命じるシーンもそうです。

浮舟は六尺（一メートル八十センチ）もある髪を自分の手で几帳《きちょう》の帷子《かたびら》の隙間《すきま》から外へ掻《か》き出します。

すると阿闍梨は、その髪があまりにも艶々《つやつや》と美しいのに圧倒されて、鋏《はさみ》を持ったまま、一瞬剪《き》るのをためらってしまうのです。こんな生々しい出家のシーンは、それまでの源氏物語にはなかったものです。髪が多すぎ鋏がすべってよく剪れないので、阿闍梨が
「うまく剪れず不揃いだから、後で誰かにきれいに揃えて整えてもらってください」と言うのもリアリティがぞくぞくするほど伝わります。

また僧都が自分の衣《ころも》や袈裟《けさ》を、「形ばかりでも」という気持ちから浮舟に着せるという描写もあります。

出家得度するときは、剃髪《ていはつ》すると俗服《ぞくふく》を衣に着替え、戒師《かいし》から袈裟をいただき、その場で着《つ》けるのですが、浮舟の場合は突然のことなので、そうした用意がいっさいなかったから僧都が自分のものを貸し与えたというわけです。ここなども想像だけでは書けないリアリティがあります。

また、

「親のおいでになるほうを向いて御礼拝《ごらいはい》をなさい」

と戒師の僧都に言われたとき、浮舟はどちらの方角に親がいるのか分からなくて泣くという場面もあります。

得度式では、親に感謝して礼拝する場面があります。それは単なる感謝ではなく、これでこの世の恩愛《おんない》の絆《きずな》をすべて断つという意味が込められています。

浮舟が出家する、この場面は幾度《いくど》読んでも私は自分が中尊寺《ちゅうそんじ》でした得度式を思い出して、胸がいっぱいになります。

自分の式では一滴《いってき》の涙もこぼれませんでしたが、浮舟のこの場面では何度となく泣いてしまったものです。同じ天台宗の得度式は千年経った今も式次第はまったく同じなのです。

阿闍梨　語源はサンスクリット語の「師匠、師」。平安時代の天台宗や真言宗では、朝廷が任じた高僧の呼び名。

紫式部は出家したか

私が「紫式部は出家したのではないか」と推理した最大の理由は、この浮舟の得度式の場面の生々しさにあります。

ここには型どおりの得度式が、簡単ながら正確に順序どおり書き込まれています。藤壺の出家にも、女三の宮の出家のときにも、かつてなかった描写です。

＊流転《るてん》三界中《さんがいちゅう》、恩愛《おんない》不能断《ふのうだん》

という得度のときの偈《げ》の一句も、ここで初めて出てきたものです。

この章の冒頭でも書きましたが、おそらく紫式部は源氏の死までの物語を道長の注文によって書かされ、それ以後の続編は何年か後に、自分のために書いたのではないかと思います。

そして、その続編を書く前に、彼女もまた源氏物語の女君たちと同じように出家したのではないかと考えるのです。

作家的な想像をあえて逞《たくま》しくすれば、紫式部は理知的な人だから、出家の前から仏教のことをよく勉強していたと思います。しかし、その時は教養が邪魔をして、仏教を素直に信仰する気には、なかなかなれなかったのではないでしょうか。

それでも、男上位の社会の中で、女が受ける苦悩や人生の不条理の中で、女が救われる道は出家することしかないという方向付けだけは頭の中にあったので、藤壺や朧月夜たちを出家させたのでしょう。

その紫式部がいよいよ自分自身で出家をしようと考えたのは、やはり道長との仲が終わったことにあったのではないかと思います。

いかに当代一の才女紫式部といえども、身分の差別によって道長から対等の愛を受けることはできないのです。そのことの屈辱《くつじょく》を、紫式部は肌身に染みて感じ、みずからも出家を思い立ったのでしょう。

流転三界中　恩愛不能断　剃髪の際に唱《とな》える偈（詩文）。「棄恩入無為　真実報恩者」と続く。大義としては「迷いの心を抱えたまま輪廻転生《りんねてんしょう》しているかぎり、恩愛の思いを断つことはできない。思い切ってそれを捨て仏門に入れば、それこそ真の意味での恩返しになる」ということ。

男たちのだらしなさ

紫式部は苦悩の後に出家を選んだ女君たちに、けっしてそのことを後悔させてはいないし、それぞれに心の平安を与えています。

そして、彼女たちはみな出家をした瞬間、心の丈がすっと高くなるのを感じさせます。

あの煩悩《ぼんのう》の強い朧月夜の君でさえ、出家のあとは源氏を見下ろすような態度を取っています。

浮舟もまた出家後は母への恩愛は断ちがたく、別れた男たちとの想い出も忘れきってはいませんが、それでも阿弥陀《あみだ》を一心に念じてけっして心を後戻りさせていません。

それに比べて、男たちの何と女々《めめ》しく、見苦しいこと。

源氏は出家したいと口癖《くちぐせ》のように言いながら、紫の上が死んだあともめそめそするだけで、なかなか出家できませんでした。

浮舟が宇治川に身を投げたのち、その四十九日が過ぎると匂宮も薫も、たちまち他の女に色目を使いはじめます。なぜ、それが浮舟の葬式の悲嘆のあとに続いて書かれなければならなかったのでしょうか。

しょせん、男の愛とはその程度のもので、どんな情熱も自分本位だということを、紫式部は自分自身でも思い知らされていたからこそ、それを訴えたかったのではないでしょうか。

薫は死んだと思っていた浮舟が生きて尼になっていることを知ると、浮舟の弟の小君《こぎみ》に手紙を持たせて彼女に還俗《げんぞく》(出家者が俗人に戻ること)をうながします。

浮舟はその手紙を「お人ちがいではないか」とつき返します。お経もたどたどしく数珠《じゅず》のかけ方もおぼつかない浮舟が薫からの誘いを断乎《だんこ》として断わることができた時、信じてすがりさえすれば成仏《じょうぶつ》できると読者は悟るのです。

それを見た薫は、

「もしかしたら男がいて、その男にかくまわれているのではないか」

と憶測をします。

自分自身の出生の秘密に苦悩し、早くから仏教に傾倒して宇治の八の宮のところに通っていた男にしては、何という卑《いや》しい、次元の低い想像しかできないのでしょう。

女人成仏の物語

この薫の邪推《じゃすい》めいた独白で、長い長い源氏物語は突然幕切れになります。

この唐突な終わり方に、「宇治十帖」には続きがあると考える説もありますが、私はそうは思いません。

突然断ち切られた源氏物語の向こうから、

「男なんて、せいぜいこの程度よ」

という紫式部の哄笑《こうしょう》が私には聞こえてくるような気がするのです。

といっても、源氏物語を書き出した最初から、紫式部はそう思っていたわけではないでしょう。書きつづけ、生きつづける間に、作者は男と女の愛の真実の姿に、そういう決着を付けたくなったのだと思います。

当時の仏教では、女人《にょにん》は穢《けが》れある者として、成仏には「五つの障《さわ》り」があるのだとされています。法華経の中に八歳の童女が成仏するという話があるのですが、それも一度男子に生まれ変わってから成仏したという変成男子《へんじようなんし》の物語になっているのです。

しかし紫式部は源氏物語を書きつづけるうちに、

「いや、そうではない。この世の愛に苦しむ女にこそ成仏の資格と救いがあるのではないか」

という女人成仏の悲願を持つようになったのではないかと思うのです。だからこそ、彼女は源氏に愛された女君たちや浮舟を出家させたのだと考えます。

そして、作者の紫式部自身もまた、その女人成仏の物語を出家後も書きつづけることで救われていたのではないか——源氏物語全五十四帖を訳し終えたとき、私の心にはそんな読後感が自然と湧《わ》き出てきたのでした。

《年表》光源氏の生涯

帝	源氏の年齢	主な出来事
桐壺帝治世	一	源氏、誕生
	三	夏、桐壺《きりつぼ》の更衣、死去
	四	弘徽殿《こきでん》腹《ばら》の一の宮（朱雀《すざく》帝）、東宮になる
	六	桐壺の更衣の母（源氏の祖母）、死去
	七	桐壺帝、光の君に源氏の姓を与え、臣籍に降下させる （このころ、藤壺《ふじつぼ》入内《じゅだい》す）
	十二	源氏、元服して葵《あおい》の上《うえ》と結婚
	十七	（十六〜十七歳ごろ、藤壺の宮や六条《ろくじょう》の御息所《みやすどころ》と契《ちぎ》る？） 五月雨《さみだれ》のころ、源氏、頭《とう》の中将《ちゅうじょう》と雨夜の品定めをする その翌日、源氏、空蟬《うつせみ》と出会う 八月十六日、夕顔《ゆうがお》が急死する 十月、空蟬、夫とともに伊予《いよ》国に下向
	十八	三月、源氏、北山で若紫《わかむらさき》を見いだす 夏ごろ、源氏、藤壺と密会する（この前後に、源氏、末摘花《すえつむはな》と契る） 冬、源氏、紫の上を二条院に迎える

	十九	二月、藤壺、源氏との不義の子（冷泉《れいぜい》帝）を出産する
	二十	二月、紫宸殿《ししんでん》での宴の後、源氏、朧月夜《おぼろづきよ》と契りを結ぶ
朱雀帝治世	二十一	この年、桐壺帝譲位、朱雀帝即位。藤壺腹の皇子（冷泉帝）、東宮に
	二十二	四月、葵の上と六条御息所、車争いをする 八月、葵の上、夕霧《ゆうぎり》を出産。その直後、死去 冬、源氏、紫の上と契る
	二十三	九月、六条の御息所、娘の斎宮とともに伊勢《いせ》に下向 十一月、桐壺院、崩御
	二十四	春、朧月夜、尚侍《ないしのかみ》となり、朱雀帝に仕える 十二月、藤壺の中宮、出家する
	二十五	夏、源氏と朧月夜の密会、右大臣に発見される
	二十六	三月、源氏、須磨《すま》に流謫《るたく》
	二十七	三月、須磨に暴風雨起き、源氏、桐壺院の亡霊に出会う 翌日、明石《あかし》の入道《にゅうどう》が須磨に到着、源氏を明石に導《みちび》く 同じころ、朱雀帝、桐壺院の夢を見て眼病を患《わずら》う 八月、源氏、明石の君と契る
	二十八	七月、源氏に宣旨《せんじ》下り、帰京

冷泉帝治世

二十九	二月、朱雀帝譲位、冷泉帝即位。源氏は内大臣になる
	三月、明石の姫君誕生
	秋、六条の御息所、帰京して出家。まもなく死去。源氏に遺言
三十一	春、前斎宮、入内（秋好《あきこの》む中宮《ちゅうぐう》）
	秋、明石の君母子、上京して大堰《おおい》の邸に入る
	冬、明石の姫君、紫の上に引き取られる
三十二	三月、藤壺、崩御
三十三	源氏、太政大臣になる
三十四	秋、六条院の工事始まる
三十五	八月、六条院が完成、女君たちが移転
	十月、明石の君、六条院に入る
	（このころ、玉鬘《たまかずら》も六条院に）
三十六	秋、源氏、玉鬘に言い寄る
三十七	二月、玉鬘、裳着《もぎ》。実父の大納言（かつての頭の中将）と初めて会う
	冬、玉鬘、鬚黒《ひげくろ》の右大将と結婚
三十八	十一月、玉鬘、男子を出産
三十九	四月、夕霧、雲居《くもい》の雁《かり》と結婚

治世	年齢	事項
		同月、明石の姫君、入内
		秋、源氏、准太上天皇《じゅんだいじょうてんのう》に
		十月、冷泉帝、六条院に行幸
		（ここまで第一部）
	四十	二月、女三の宮、六条院に降嫁
	四十一	三月、柏木《かしわぎ》、六条院の蹴鞠《けまり》で女三の宮を垣間見《かいまみ》る
		（四十二～四十五歳までの記述なし）
今上帝治世	四十六	冷泉帝譲位、今上帝即位
	四十七	正月、紫の上、発病
		四月、柏木、女三の宮と密通
		同月、紫の上、重病となり、五戒を受ける
	四十八	春、女三の宮、薫《かおる》を出産。その後、出家
		春、柏木、死去
	五十	九月、夕霧、朱雀帝の女二の宮と結婚
	五十一	三月、紫の上、法華《ほっけ》八講《はっこう》を行なう
		八月十四日、紫の上、死去
	五十二	十二月、源氏、仏名会《ぶつみょうえ》を執《と》り行なう
		※この後、源氏は出家し、薨去《こうきょ》したとされる
		（ここまで第二部）

表中、源氏の年齢は数え年。日付はすべて太陰暦。

本書は二〇〇七年三月、集英社インターナショナルより発行、
集英社より発売されました。

集英社文庫 目録（日本文学）

庄司圭太　孤剣　観相師南龍覚え書き
庄司圭太　謀殺の矢　花奉行幻之介始末
庄司圭太　闇の鴆毒《ちんどく》　花奉行幻之介始末
庄司圭太　逢魔《おうま》の刻《とき》　花奉行幻之介始末
庄司圭太　修羅の風　花奉行幻之介始末
庄司圭太　暗闇坂　花奉行幻之介始末
庄司圭太　獄門花暦《ごくもんはなごよみ》　花奉行幻之介始末
庄司圭太　火札　十次郎江戸陰働き
庄司圭太　紅毛　十次郎江戸陰働き
庄司圭太　死神記　十次郎江戸陰働き
小路幸也　東京バンドワゴン
城島明彦　新版　ソニーを踏み台にした男たち
城島明彦　新版　ソニー燃ゆ
白石一郎　南海放浪記
城山三郎　臨3311に乗れ
新宮正春　陰の絵図(上)(下)

新宮正春　島原軍記　海鳴りの城(上)(下)
辛酸なめ子　消費セラピー
真保裕一　ボーダーライン
真保裕一　誘拐の果実(上)(下)
真保裕一　エーゲ海の頂に立つ
水晶玉子　自分がわかる、他人がわかる　昆虫&花占い
関川夏央　昭和時代回想
関川夏央　石ころだって役に立つ
関川夏央　新装版　ソウルの練習問題
関川夏央　「世界」とはいやなものである　東アジア現代史の旅
関川夏央　現代短歌そのこころみ
関口尚　プリズムの夏
関口尚　君に舞い降りる白
瀬戸内寂聴　ひとりでも生きられる
瀬戸内寂聴　私小説
瀬戸内寂聴　女人源氏物語　全5巻

瀬戸内寂聴　あきらめない人生
瀬戸内寂聴　愛のまわりに
瀬戸内寂聴　寂聴生きる知恵
瀬戸内寂聴　いま、愛と自由を
瀬戸内寂聴　一筋の道
瀬戸内寂聴　寂庵浄福
瀬戸内寂聴　寂聴巡礼
瀬戸内寂聴　晴美と寂聴のすべて1（一九二二～一九七五年）
瀬戸内寂聴　晴美と寂聴のすべて2（一九七六～一九九八年）
瀬戸内寂聴　わたしの源氏物語
瀬戸内寂聴　寂聴源氏塾
曽野綾子　アラブのこころ
曽野綾子　狂王ヘロデ
デビット・ゾペティ　いちげんさん
髙樹のぶ子　ゆめぐに影法師
高倉健　あなたに褒《ほ》められたくて

S 集英社文庫

寂聴源氏塾《じゃくちょうげんじじゅく》

2008年10月25日　第1刷　　定価はカバーに表示してあります。

著　者　瀬戸内寂聴《せとうちじゃくちょう》

発行者　加藤　潤

発行所　株式会社　集英社
東京都千代田区一ツ橋2-5-10　〒101-8050
電話　03-3230-6095（編集）
03-3230-6393（販売）
03-3230-6080（読者係）

印　刷　凸版印刷株式会社

製　本　凸版印刷株式会社

フォーマットデザイン　アリヤマデザインストア　　マークデザイン　居山浩二

ISBN978-4-08-746362-0 C0195